U0055309

高砂復仇

Takasago's Revenge

追風人◎著

目錄 Contents

作者的話

追風人

兩年前，經友人介紹，紐約的一個出版社希望我寫一本以二次世界大戰為背景的間諜小說，作為慶祝以色列建國七十週年的文化活動之一，我欣然同意。但是整整用了一年的時間才完成了作者的第一本英文小說《From Heidelberg To Shanghai》。使用非母語的文字，創作異國文化背景的故事，的確是很吃力。

接著一位電影製片家要求提供一個驚悚和犯罪內容的故事，作為製作電影劇本的原著。她要求故事的時代背景是現今，但男女主角是原住民的後裔。故事裡的愛情發展要圍繞著原住民的歷史和人生背景。顯然這是個有趣和引人的組合，所以就接受了這個任務。

但是接下來的問題是我個人對台灣原住民無可救藥的一片無知。小時候跟著家人到日月潭，知道那裡住著一群高山族（當時對原住民的統稱），還見過他們的「領導」毛

王爺和毛公主。此外就是學校教科書裡講的「吳鳳故事」，知道了高山族有「出草」殺人的陋習。台灣有組織和有系統的正面對待原住民的發展問題時，我已經離開台灣，後續的資訊都是來自閱讀書報章雜誌和媒體的報導。

以前只聽說曾經發生過「霧社事件」，後來才知道那是一九三〇年日本人和霧社的原住民泰雅族的分支，賽德克族人發生了流血衝突，日本總督調派大批警察與軍隊入山，原住民在首領莫那・魯道率領下退守斷崖絕壁，利用地形的險要和山林洞窟繼續頑強的抵抗。

日軍違反國際戰爭公約裏的嚴格規定，施放毒氣，毒死了數百名原住民。莫那・魯道看到大勢已去，殺死了妻子後在山洞裏自殺。也許是因為毒氣的關係，莫那・魯道的屍體沒有腐化，變成了木乃伊。一九三三年他的遺骸被人意外尋獲，將其送到當時的台北帝國大學，土俗人種研究室作為學術標本。一九七四年，台灣大學在原住民強烈的要求下，將莫那・魯道的骨骸，送到霧社的「山胞抗日起義紀念碑」下葬。莫那・魯道的碧血英風氣壯山河，震驚了全世界。

和其他地區的原住民族群同樣，歷代的台灣原住民也承受了各種迫害和血腥殺戮。作者選擇了布農族後裔為書中的男女主角，是有它的時代背景和社會原因。

在日本統治台灣五十年裡，有人歌頌第四任台灣總督兒玉源太郎和他的民政長官後藤新平是「台灣現代化」的催生者，他們是經營台灣，使它成為對日本提供物資資源的殖民地。是一位「能吏」總督。但是忽略了他們有日本武士道殺人如麻的本性，以大屠殺鎮壓抗日的台灣人民，確立其統治台灣的基礎。

兒玉源太郎是在一八九八年就任台灣總督，該年的八月，後藤新平頒佈了「保甲條例」，加強了警察的管理作用，突出了當地居民之間的連帶責任。在同年的十一月，後藤新平頒佈了「匪徒刑法令」，隨即對台灣中南部對抗日本統治的人民展開了大規模攻擊，日本人稱之為「大討伐」。

自從後藤新平就任總督府民政長官開始到一九〇二年短短的五年間，被下令處死的台灣民眾就有三萬三千多人，超過當時台灣總人口的百分之一。他的「政績」，使他獲得了「殖民地經營家」的稱謂。一九〇三年八月，日本天皇提名他成為貴族院議員，三年後，又封為男爵，並立銅像以旌其功。他留下的銘言是：

「台灣人是低級生物，有貪財怕死的劣根性，所以可用屠殺和利誘兩手策略統治台灣。」

布農族在清代文獻裡稱為武崙族，主要居住在海拔一千五百公尺以上的高山上，現在全族人口約為六萬人。布農人是台灣原住民當中，人口移動幅度最大、伸展力最強的一族。在日本殖民統治台灣時期，布農族是台灣原住民族中，最後歸順日本的一族，也

是抗日時間最長久的一個族群。因此布農族青壯年的精英在日本人的「理蕃」政策下，被殺戮最多。

根據《理蕃誌稿》記載，一九一五年五月十七日，布農族大分部落頭目拉荷・阿雷及阿里曼・西肯兄弟，率領五十六名族人圍攻大分警察駐在所，造成十二名日籍警察死亡，被稱為「大分事件」。拉荷・阿雷在事件中親自手刃七名日本警察，整個拉荷・阿雷兄弟的抗日行動自一九一五年持續到一九三三年四月二十二日，最後逼得台灣總督府不得不接受拉荷・阿雷的和解條件。創下日本治理原住民史上的首例，也結束了十八年之久的抗爭。

根據《理蕃之友》第三卷記載，拉荷・阿雷享年七十二歲（一八六九年至一九四一年）。但另有一說是他享年八十九歲（一八五四年至一九四三年）。但無論是那一說，拉荷・阿雷是少數抗日而能得到善終的原住民族群頭目。

作者在一個偶然的場合認識了一位拉荷・阿雷的後人——操大業先生。他的外公是拉荷・阿雷的孫子，他有一個漢人的名字；顏春發。顏春發的妻子，也就是操大業先生的外婆，名叫顏陳寶珠，是一位原住民公主。到了這一代，他們已經完全融入了平地漢人的社會和生活方式。

操大業本人的一代陰盛陽衰，但是族群已經和平地的漢人完全沒有分別了。

大家庭的大姐，嫁給了那瑪夏鄒族，幾乎不曾回娘家，直到母親去世才傷心回來過，她自己卻也在那瑪夏稱霸一方。

二姐，嫁給一位老外省人，曾經是共黨的間諜，看似不被祝福的婚姻，卻是姐妹裡婚後生活最幸福的。

三姐，嫁給從澎湖移居到高雄市區的閩南人，老公長期有外遇，而她自己則是連續五屆的鄉民代表。

四姐，嫁給了美濃的客家人，被家暴長達三十年，是位典型的傳統婦女。

五妹，有濃重的洋派風格，原本要嫁給義大利人，後來回鄉嫁給了平埔族老公，新潮辣妹變成山中阿姨，是姐妹中性格最和藹的，默默的撐著山上老家的一切。

小弟，以前是整個家族的希望，但卻一輩子一事無成，最後還娶了世仇，以出草著名的曹族後代，是一個極其凶惡的老婆。操大業先生向作者提供了許多現今社會裡的布農人情況。

最後要說的是「高砂」一詞的由來，以及它帶給原住民的一團無法解開的情結。

「高砂」是日本古籍對台灣的稱呼，Takasago Giy tai。西元一六一五年，首次出現在日本京都金地院所藏「異國渡海御朱印帳」，以「高砂國」稱呼台灣。

「高砂義勇隊」是第二次世界大戰期間，日軍動員台灣原住民前往南洋熱帶雨林作戰的部隊。構想起源於霧社事件中，台灣原住民表現英勇，又熟知叢林地形及氣候，曾以寡擊眾，對日本軍警展開頑強抵抗。如能徵召參加協助日軍在南太平洋島嶼的戰事，應能有所貢獻。

有文獻說：響應日軍號召的原住民非常踴躍，也有文章說這些都是被威脅利誘的無知原住民青年。但是一九四二年，「高砂義勇隊」在南洋作戰的英勇表現成為日軍和美軍敵對雙方的共識。

讓人情何以堪的是，有泰雅族原住民的後裔，他們不在意自己的祖先在霧社事件中被日本皇軍施放毒氣屠殺，而奮勇直前的在南洋叢林裡為日本天皇賣命。甚至到了現今，還有泰雅族後裔在烏來立了「台灣高砂義勇隊戰歿英靈紀念碑」，碑文是選了一名「罪犯」寫的「台灣軍之歌」的歌詞，內容是永遠悼念為大日本帝國「進出」南洋而犧牲的台灣「高砂義勇隊」戰魂的功勳。

這名「罪犯」就是前台灣軍司令官：本間雅晴中將。他被調到南洋指揮日軍作戰，戰敗後沒有像其他將領一樣，按傳統為天皇切腹自殺，而是選擇了投降。但還是被送上遠東盟軍的軍事法庭受審，被判為「戰犯」。雅晴中將在一九四六年四月三日和罪犯一樣被以絞刑處死。

一名居住新北市的高砂隊遺族後裔，馬偕・旅牧，受訪時說：「日本人在台灣與烏來的泰雅族原住民相處得非常好，彼此間還有通婚，許多人為感念日本天皇德澤，甚至還取了日本姓名，這也是年逾五十歲以上泰雅族原住民，平時話家常還習慣用日語交談的主要原因……而最讓日軍感到佩服的是：高砂義勇隊在作戰時對天皇的絕對忠誠。」

是無奈的年代，還是錯亂的認同，被命運玩弄而追逐他人炮火的台灣原住民，是在演出一場歷史的悲劇，還是鬧劇？

第一章 序幕 風雨來臨

林佳秋老太太是一位傳奇人物，原本是台東的布農族原住民，兒子出生前，丈夫就失蹤了。她不僅含辛茹苦把兒子養育成人，還創造了一番事業。多年來她是「坤盛企業集團」的董事長，開始是從事農業和食品加工，後來發展到製造業，電子業，以及百貨業和房地產等等。公司總部所在的大樓是座落在台北市最昂貴的黃金地段，林蔭夾道的敦化北路。

陳有為是在下午兩點三十分準時來到坤盛企業的總部大樓，林佳秋和她的孫女吳沛美已經在會客室等他了。林佳秋已經是八十多歲的老太太了，但是看起來只有七十歲的樣子，不僅是外表健康，一身的穿著筆挺，沒有一點老態。她的孫女吳沛美，看來是三十多歲的中年婦女，穿著時尚，雅致緊身的連衣裙，配著花色的圍巾，襯托出她的身材和色彩的調和。

從她們的衣冠打扮，可以看得出是來自有教養和富裕的人家。寒暄和互相介紹後，秘書就端上了咖啡，陳有為從背包裡拿出一本筆記簿，他說：

「久仰林董事長的大名，非常榮幸能與您見面。」

林佳秋回答說：「不敢當，《真相週刊》的記者，莫馨小姐說您是位年青有為的學者博士，光臨本公司是我們的榮幸。」

吳沛美：「莫馨小姐可是我們布農族的大美女，她說跟您是多年的朋友了。」

「是的，我們都是布農族，原來都住在台東，是國小同學。」

吳沛美接著問：「聽她的口氣，你們曾是青梅竹馬的小戀人，但是分手了。真是遺憾。」

「當年我們都是打著赤腳，一起在田裡抓泥鰍，無憂無慮的打發日子，說不上是戀人，都還不懂事。」

吳沛美還是追著說：「可是莫馨說，是有人橫刀奪愛，還有人喜新厭舊，移情別戀。是嗎？」

陳有為解釋說：「小男孩考上了台南成功大學，小女孩進了台北的世界新聞大學，兩地分開，同時男女孩也長大成人。沒有天天見面，又都是在一個嶄新的環境，感情自然也就沖淡了。至於說，橫刀奪愛，喜新厭舊，移情別戀，那就見仁見智了。不過我和莫馨還是好朋友，互相關心，這還沒變。」

林佳秋老太太插嘴進來：「陳博士，您別在意沛美，她說話就是這副德行，嘴上不饒人。她是號稱要為我們布農族婦女，伸張女權。」

「吳小姐，您大可放心，我認識莫馨很久了，我還不知道有任何人膽子大到敢侵犯她的人權。」

吳沛美說：「這一點我同意，她是非常有正義感的女性。她知道了祖母這些年來一直在尋找祖父的事，馬上就寫了一篇很感人的報導登在報上。」

林佳秋老太太接著說：「她還介紹了您的情況，我們知道您的外祖父也是多年前失蹤，和我丈夫的情況很類似。所以安排了我們見面。」

陳有為說：「我從小就是個孤兒，一直是我外婆養育我長大。念大學時，外婆也去世了。」

林老太太說：「陳博士，可真是的，那麼小，就一個人留在這世上，真苦了您了。」

「其實那時我已經二十一歲，算是成人了。外婆還留了一些金子給我，我拿來當作留學的費用了。」

「莫馨小姐還說，您是一位非常優秀的研究生，取得博士學位後，學校就要留您當老師，但是您選擇了回到台灣。是這樣的嗎？」

陳有為笑著回答：「我很喜歡做研究，對所選的專業很感興趣，所以成績還不錯。加州理工學院有不許留下自己應屆畢業生當老師的規矩，幫助我爭取了麥氏基金會的資助，到亞洲來交流一年。加州理工學院就順理成章的發聘書給我，上工日期是一年後。成大是我母校，很自然的也是我來亞洲的第一站。其實，我本來就想要回台灣，希望能完成我外婆的心願。」

喝了一口咖啡，他繼續說：「外婆她老人家生前曾跟我說過，我們布農族的傳統，人死了要葬在我們自己的大山裡，否則靈魂不能安息，會四處遊蕩。外婆要我有朝一日一定要找到外祖父的屍骨，好好的埋在她老人家的身邊。」

林老太太說：「沛美，你聽見沒有？我們布農族的傳統不能不守，我們一定要找到你祖父的屍骨。」

吳沛美接著說：「祖母一生在等待著她的丈夫回家，已經超過半個多世紀了。我們已經準備了一筆錢，作為尋找祖父的費用，就是要讓祖母知道，到底祖父當年究竟發生了什麼事？」

陳有為聽了很動容，正要回答時，林佳秋老太太開口了：「陳博士，我在這世上的時日已經不多，我明白我丈夫吳坤是不能回來了，所以我要去找他，但是我必須知道他在哪裡，才能和他相見。」

陳有為說：「您千萬不要這麼說，看您的身體很硬朗，一定是個高壽的人。您一生的傳奇，證明了您的智慧，我十分欽佩。莫馨說，您丈夫和我外祖父是同時期的人，又同是布農族，有同樣遭遇的可能性很大，讓我們同心協力，完成尋人的目的。」

「陳博士，您外婆曾說過，您外祖父是如何失蹤的嗎？」

「外婆就只說過，是被日本人抓去的。您丈夫的情況呢？」

「那就對上了，讓我把我們的背景詳細的告訴您，想想我們下一步該如何進行。」

林老太太停了一會兒，似乎是在回憶，然後說：「我和我的丈夫吳坤都是台東縣的布農族，我們是在日據時代，一九四三年結婚的。兩年後我有了孩子，當時日本在太平洋戰爭中節節敗退，還有不少謠言說：盟軍就要跨海登陸台灣了。有一天，大批的日本憲兵和員警來到我們村子，把年輕的男丁都抓走了。」

「他們有沒有說是要把這些男丁送到什麼地方？」

「什麼都沒告訴我們，這些人就從此失蹤了。有人說，日本人把他們送到海邊去造防禦工事，對抗要登陸的盟軍。也有人說是送到南洋替日本人打仗去了。但是等到戰爭結束後，吳坤和那些被抓走的人一個也沒有回來。」

陳有為說：「其實我在不少書報上讀過您的故事，新婚不久，丈夫就一去不回，一般人會從此一生哀傷。但是對您來說，這卻是您一生傳奇事業的開始。」

「是的，我一直相信，只要吳坤活著，他一定會回來找我，看他還沒見過面的兒子。為了生活和撫養兒子，我只能出來打拚，當時作為單親媽媽非常辛苦。所幸兒子長大後也能好好讀書，努力工作，幫著我把事業建立起來。娶進門來的媳婦也很能幹，並且很有商業頭腦，她幫助我兒子打拚，累積了不少財富，而我也不需要工作，在家裡專心照顧小沛美，所以我們終於出頭了。但是我的命不好，兒子和媳婦都在一次意外中喪生，又只剩下了我和孫女沛美。」

陳有為說：「我在您的一本傳記裡讀到這些經歷，失去了兒子媳婦，雖然是人間的悲劇，但是您並沒有倒下。您再度投入事業的發展，將坤盛企業集團推到更上一層樓，成為台灣大型企業裡的佼佼者。」

「這全是沛美的功勞，她是個好讀書的人，又去國外留過學，有好大的本事。坤盛這幾年的發展，蒸蒸日上，全是我這孫女的功勞，我這阿嬤，只是當她的啦啦隊。」

吳沛美說：「坤盛的重要發展都是我祖母在運籌帷幄，我只是個執行者。」

老太太的臉上露出了燦爛的笑容，她繼續說：「那些年裡，雖然日子很辛苦，但是過得很充實。尤其讓我欣慰的，就是看著沛美長大，她不僅人長得漂亮聰明，很用功，很上進，也非常有孝心。我兒子和媳婦突然走了，我又進入了悲慘的世界，幸好有沛美在我身邊，我才能熬過來。」

「其實，林董事長，您是個有福之人，到了晚年能有一位貼心的孫女在身邊陪伴的人，不是很多的。」

吳沛美握住了她祖母的手說：「祖母辛苦了一輩子，也應該享福了。只是這兩年，她老人家思念祖父的心情越來越重，有時她抱著祖父的相片，流著眼淚，一整天一句話都不說，我看了非常的心酸。」

林佳秋老太太說：「沛美是個孝順的孩子，這是我的命好。她一再跟我保證，一定會找出她祖父失蹤的真相。」

陳有為說：「吳小姐，讓我們盡全力，一定不能讓您在老太太面前失信。」

他轉開了話題：「林董事長，您剛剛說，當時村子裡還有其他男丁被帶走，他們的家屬有沒有接到過任何消息？」

「沒有，完全音信全無。但是我們隔壁村子裡曾有人說過，在南投縣埔里的山裡，出現了布農族的人。那裡的原住民應該是泰雅族和阿美族，就不知道這些布農族是不是我們這裡的。」

「這是一個線索，我們應該去追查。」陳有為接著說：「吳小姐，您還進行過別的尋人努力嗎？」

吳沛美回答說：「祖母一直記得當年有謠傳說，有台灣的原住民被送到南洋去替日本人打仗，她就在想祖父會不會也去到了南洋呢？二次大戰結束後，在菲律賓的民間就不斷的出現謠傳，說當年日本人將他們在亞洲搜刮的大量黃金藏在菲律賓的山洞裡。而這些山洞都是用當地徵用的民工和外地勞工來建造的。謠傳還說，日本人為了保密，在隱藏了黃金之後，就把參與建造山洞的勞工都殺害了。多年來，祖母就一直在懷疑，我的祖父就是碰到了這樣的下場。所以我們也去找過美國的律師。」

陳有為問：「除了謠傳之外，是否有相關的證據出現過？」

「多年來，在菲律賓的多個山區裡曾發現過亂葬崗，挖掘出來的屍骨裡也曾有是當年被日本人徵召後而失蹤的人。幾年前，菲律賓爆發了掘金熱潮，世界各地的探險者都來尋找當年日本人的藏金山洞。」

「被挖掘出來的屍骨裡，有台灣勞工嗎？」

「沒有看到報導，但是兩年前，我們從報紙上看到了一篇報導，它是根據美國軍方解密後的檔案所寫的。內容說到，當年參與藏金的日本軍人為了逃避軍事法庭的戰犯審判和被推上絞刑台的命運，他們將藏金的秘密告訴了美軍的情報人員，最終是美國的情報機構取得了大量的黃金，而那些日本戰犯也逃脫了被處死刑的結果。經過朋友們的介紹，我和祖母在紐約見到了魯賓斯坦大律師，他接受了我們尋人的委託。」

陳有為說：「魯賓斯坦是位非常能幹的著名律師，尤其是他和政府部門的關係非比一般，有結果嗎？」

吳沛美說：「您說得很對，魯賓斯坦律師事務所似乎有過人的能力，去打開政府部門的大門，他們進一步在國防部取得了有關菲律賓藏金的解密文件，在其中的一份裡，具體的說明了當年日軍的藏金地點還包括了台灣的山區。陳博士，您知道嗎？在解密的文件裡還包括了日軍徵召的勞工名單，因此魯賓斯坦先生說，很可能，當年日軍也有一份建造台灣藏金山洞的勞工名單。」

陳有為說：「魯賓斯坦律師取得了勞工名單嗎？」

吳沛美回答說：「他費了不少心血，利用了不少人際關係，取得了建造菲律賓藏金山洞的勞工名單。上面沒有我祖父的名字。但是他認為日本皇軍的組織嚴密，工作效率很高，他們保留一份徵召勞工名單的可能性很高。保留這份名單的單位應該是日軍參謀本部。透過日本的律師事務所去要求查看，在理論上是可行的。」

陳有為說：「我不明白的是，為什麼美國國防部有菲律賓日軍徵召民工的名單，而沒有日軍在台灣徵召民工的名單呢？」

吳沛美說：「魯賓斯坦律師認為，美軍攻佔菲律賓後，所有日本皇軍的檔案都是『戰利品』，所以美國人把它存檔。他說這些檔案後來被東京國際法庭用來審判日本戰犯的證據。但是在台灣的日軍是向國軍投降，他們的檔案不會成為美軍的『戰利品』。陳博士，您認為我們下一步應該如何走呢？」

陳有為思考了一下說：「我認為日本皇軍的勞工名單應該是個突破口，有了名單，也就知道藏金的山洞地點，以及這些勞工的命運。這是發生在多年前的事，需要請一位有歷史專業背景的人去探索。」

吳沛美說：「莫馨也是這麼認為。她說透過關係，可以在台大歷史系找到一位應屆畢業生，為我們幹這事，名義是為坤盛企業集團擔任辦公室助理，收集資料。由我們提供薪資和相關開銷的費用，目的就是來追蹤這份勞工名單。」

林佳秋老太太說：「我覺得這是個好主意，所需要的薪資和研究開銷就由我們來負責。」

陳有為說：「這是我們兩家的事，按道理是該由我們兩家均攤所需的費用。」

吳沛美說：「我們分工合作，助理的工作支配就由您陳博士負責。資金由我們坤盛企業集團撥款，我想這樣最合情合理。」

「吳小姐，您到底是位企業家，頭腦清楚，緊密。那就這麼辦。」

陳有為將整個尋人案件的前因後果及發展情況寫成了詳細的文字報告，還包括了美國律師提供的資訊，莫馨登在《真相週刊》的報導以及林老太太打聽到的傳言，也把他們三人談話的重點記錄附上，把這份文件作為將要聘請的辦公室助理的任務說明書。他將文件整理列印，一份交給坤盛企業集團，一份放在手裡準備和新聘的助理討論。

兩星期後，陳有為接到通知說助理找到了，是一位台大歷史系的應屆畢業生，可以隨時上工。他們約好了三天後在台大對面，誠品書店旁的星巴克咖啡館見面。

夏梅萍準時到來，一眼就認出了坐在角落的陳有為，她面露笑容，彎腰鞠躬：「我是夏梅萍，台大歷史系的應屆畢業生，陳老師您好。」

她讓陳有為嚇了一跳，這位二十歲剛出頭的大學畢業生，原來是個大美女，瓜子臉，身材高挑，體型均勻，除了淡淡的口紅外，沒有化妝，但是給人氣質優雅的印象，緊身無袖的襯衫和牛仔褲凸顯了她惹火的身材，散發出性感的魅力。她的長髮梳成馬尾，用髮夾紮在後腦。陳有為多看了她兩眼，夏梅萍顯露有些神秘的微笑，似乎是在告訴陳有為說，讓你好好看個夠吧！

「夏同學請坐，我們先點飲料，想喝什麼？」

夏梅萍很大方的回答：「老師，我就不客氣了，給我一杯美式咖啡，不加糖。」

陳有為到櫃檯買了兩杯無糖的美式咖啡，他說：「好了，我們來談談工作吧！夏同學，你是怎麼知道有這份短期的臨時工作？」

「是我們系主任跟我說有一份短期的臨時工，問我有沒有興趣賺點外快。我說對賺外快太有興趣了。系主任沒告訴我工作性質，看了老師發來的文件才知道是個考古尋人的任務。」

「後來你和系主任有沒有討論過這份工作的性質？」

「我們系主任也詳細的看了老師發來的文件，他認為我可以勝任。也許是因為我對日據時代的台灣歷史有特別的愛好。」

陳有為說：「那太好了。能不能說說你的愛好呢？」

「其實我在大三的時候就完成了一項考證研究，給人的印象還不錯。」夏梅萍喝了口咖啡繼續說：「有不少人在問，『台灣』這地名是怎麼來的。我的考證是：台灣有一支稱為『大武壟族』的原住民，清朝文獻稱之為『四社熟番』，原鄉是在台南玉井盆地一帶，現今主要分佈在台南、高雄兩地區的丘陵和河谷地帶，台灣東部的花蓮、台東也有來自西部遷入的平埔族群，其中多數為大武壟族。根據日治時期的種族登記推估，目前台灣的大武壟族後裔可能超過兩萬人，是台灣僅次於馬卡道族人數次多的未正名原住民族。大武壟族自稱『大滿』(Taivoan 或 Taibowan)，發音很接近『台窩灣』或閩南語的『台灣』。所以我認為這是台灣地名的最早來源。」

「真的很不錯。太好了。在大三就能有如此的成就，讓我們這些只是在混日子的很慚愧。」

夏梅萍說：「這只是小菜一碟，不足道也。其實我對台灣的早期歷史是很感興趣的。」

「那你說說，在台灣發生最早的外交事件。」

夏梅萍回答：「老師的口試開始了。台灣最早的外交事件應該是『牡丹社事件』，是發生在西元一八七四年，也就是清同治十三年，或日本明治七年，琉球王國的海船，在台灣南部外海遇難，船員和乘船者登岸避難，闖進了台灣原住民的領地而遭到出草。老師，您知道什麼是『出草』嗎？」

「這是台灣原住民獵人頭習俗的別稱，就是將人的頭顱割下的行為，應該和祭祖的人牲有關。這種行為也存在於世界上各大洲的原住民族，而與台灣原住民關係密切的南島民族中也有多個民族有這樣的習俗。」

「是的，因此人類考古學家認為，它必定是和社會的經濟利益相關。這種習俗的形成，源出於經濟上的需要，人類為了生存，必須取得土地和它的自然資源，族群之間往往會以暴力的形式，來解決土地資源的爭端，在台灣原住民之間的這種鬥爭，被稱為『出草』。」

陳有為說：「久而久之，它就會成為族群中成年男人用來證明和提升自己社會地位的機制，並成為宗教信仰中祭祖的一環。有好些書裡都把原始部落的殺人獵頭習俗說成是單一的祭神或宗教行為。」

「台灣的原住民達悟族就沒有出草的習俗，那是因為他們居住在大海中的孤島蘭嶼，主要的經濟資源是大海，沒有消滅其他部族人口的需要，也沒有其他部族的人讓他們出草，所以沒有這種恐怖的習俗。」

夏梅萍接著說：「回來說牡丹社事件，日本因而決定出兵攻打台灣南部原住民各部落，被稱為『台灣出兵』或是『征台之役』。這起事件是日本自從明治維新以來首次對外用兵，也是中日兩國在近代史上第一次重要的外交事件之一。」

「那麼，清朝政府是如何處理這件事的呢？」

「日本是在五月中旬出兵台灣，清朝的同治皇帝隨即在五月下旬派遣船政大臣沈葆楨為欽差大臣，以巡閱台灣為名，來台主持台灣海防及對各國的外交事務。總理大臣李鴻章，調派唐定奎率領淮軍十三個營，共六千五百人赴台，該部隊熟習西洋槍炮，是淮軍主力。在當年農曆九月中旬以後到十月間，陸續抵達台灣，使得對峙的雙方戰力情勢改變，沈葆楨的談判地位因此頓時提升了許多。」

陳有為說：「看來，中國和日本的第一回合，日本人是要吃虧了。」

「老師說的沒錯，首次交戰，日軍被擊斃了二十多人，但是，他們碰上了熱病的侵襲，病死了將近有七百人，幾乎失去了所有的戰鬥力。日本人計算了一下，他們一共消耗了一千二百六十多萬日圓的軍費，欠了購買運兵用船舶的七百七十萬日圓，深深感到難以持續下去。於是日本政府派了內務卿，大久保利通為全權大使，赴北京和清廷交涉。」

「結果如何呢？」陳有為急著問。夏梅萍回答說：

「當時沈葆楨和李鴻章對情勢都有很清楚的判斷，他們分別上奏給皇上，說明日本急於謀和，是因為他們的情勢窘迫。因此大清帝國可以態度強硬。當時的軍機大臣文祥，知會日本派來的全權大使，日本方面要求的軍費賠償，清廷是『一錢不給』。牡丹社事件就此結束。」

「太好了，我還不知道有這麼一件事。以前聽到的，只要是和原住民有關的事件，結局總是有一大堆原住民被殺死了。」

夏梅萍說：「有人認為，牡丹社事件是日本軍國主義的濫觴。當年日本的《蕃地事務局》的都督是陸軍中將西鄉從道，他向英、美等國租用輪船，同時僱用美國軍事顧問，準備對台灣出兵。但在出兵前夕，英美等國卻轉變態度表示反對，聲明中立並拒絕租借船艦給日軍。」

陳有為說：「但是日本軍方並沒改變計畫，是嗎？」

「日本政府迫於外交壓力決定停止此次行動，雖然派了內務卿大久保利通親自到長崎下令罷兵。但是掌管蕃地事務的陸軍中將西鄉從道，以『已經準備妥當』為由拒不受命，斷然率領三千六百名官兵前往台灣，成為日後日本軍國主義軍官在戰場上獨斷獨行的開始，充分表現出日本軍國主義的一個原型，就是軍事的先行與政治的追認。日本著名文史學家司馬遼太郎曾評論這次出兵完全是無名之師，可稱為『官制的倭寇』」。

「日本軍人的氣焰，造成日後中國人的災難。好了，我們言歸正傳，給你的薪酬可以接受嗎？」

「我是很開心，沒想到還能賺外快。有這麼好的額外收入，蘇家媛說太超過了。」

陳有為問：「誰是蘇家媛？」

「她是我們文學院辦公室的辦事員，兼任院裡的包打聽，也是我的好朋友。她說，給我的薪酬超高。」

「你的薪酬和你們文學院無關，那是坤盛企業集團給的，我想禮貌上你應該寫封信謝謝他們。」

「一等到陳老師正式接受我，我就馬上寫感謝信。」

「理論上他們把聘請助理責任交給我，但是我只是負責寫任務書，他們是負責經費，所以還得要他們同意才能正式聘請，我不能撈過界。」

「到底是世界級的名校出身，嚴格恪守學術倫理。我們台大就是辦不到。」

「在大學裡，有些事是急不得的。基本上我們需要你做一個報告，是關於二戰時日本皇軍在台灣收藏黃金的事實，當時的負責人是誰，還有那些被征去的勞工名單。你估計這任務需要多久完成？」

「我希望兩個月，最多不出三個月，就可以查出負責人的名字和勞工名單是否存在。但是如何取得那名單，是另外一碼事。還有我希望和林秋佳老太太談談。」

「和林董事長訪談是應該的，我去約時間，然後帶你去見她。」

夏梅萍喝完了咖啡後，帶著笑容問道：「老師，我可以問一些私人問題嗎？」

「當然可以，學生問老師問題是天賦人權，老師要回答是責任。問吧！」

夏梅萍說：「根據老師給的資料，您是原住民。是真的嗎？」

「我的祖先是生蕃。夏同學，我是如假包換的純種布農族，我的父母和祖父母都是布農族。」

夏梅萍盯著眼前的人看，過了好一會才說：「我還真沒看出來，老師原來不是漢人。」

「你是不是以為，非你族類的生蕃，一定是有三頭六臂，獨眼缺鼻的奇異獸類？」

「老師，別把我想的那麼差勁，好歹我還是個台大歷史系的畢業生。我認識好幾個原住民的同學和朋友，但是您是第一位號稱是純種布農族的世界名校老師，所以多看了兩眼。」

「感覺如何？」

「感覺太良好了。」

夏梅萍離開後，陳有為有點茫然，她不但是個很漂亮的人，談吐雖然會針鋒相對，但是也非常有內涵，怪不得自古就有人說，「十步之內必有芳草」。

陳有為非常明白自己心動的原因，是因為這半年來他在感情上面臨了難關，他有預感這很可能會帶給他天翻地覆的改變。

陳有為在成功大學時的女朋友是張慧雯，她就讀世新大學，曾經和莫馨是同學。兩人的感情在成大快速發展，他畢業的時候，兩人討論了未來的日子，如何在一起成家立業。但張家是非常富裕的商人，極力反對，認為陳有為是原住民後代，沒錢沒勢，完全門不當戶不對。他們對陳有為極盡侮辱。但是張慧雯以愛情至上，奮不顧身，捨棄家庭，投入男友的懷抱。

陳有為發誓畢業後一定要有所作為，讓張家刮目相看。他以優異成績從成功大學畢業，申請獲得世界名校，加州理工學院的高額獎學金，服過兵役後他就遠渡太平洋，就讀博士學位。臨行前，他和張慧雯交換了戒指，私定終身，訂了婚。

雖然遠隔重洋，但愛情溫度不減，情書往返不斷。寒暑假日，張慧雯會飛到美國與情人相見，小住一段日子，年輕人有了肌膚之親，享受短暫的神仙日子。

但是在陳有為去美國留學的第三年，也就是他最忙，將要取得博士學位的那年，張慧雯的情書劇減，也沒去美國和愛人相會，她的理由是工作太忙。

陳有為有預感，是其他男人進入了張慧雯的生活。陳有為拿到博士的同時，他的論文也得到了學術大獎，加州理工學院決定聘請他留校任教。因為有不得立即聘用本校應屆畢業生的傳統，所以聘書生效日是一年後。

陳有為在美國求學的三年期間，他的未婚妻張慧雯成長為一名聰明、漂亮，又能幹的年輕職業婦女，她在台灣的國際紅十字會工作。因為她又是富家之女，追捧的人絡繹不絕，也造成她移情別戀的跡象油然而生。

回到台灣之後，陳有為深刻的體會到張慧雯對他的確有所改變，兩人間的感情溫度快速下降。他們已經有三個多星期沒見面了。剛剛又接到紅十字會秘書的電話，通知他張慧雯再次取消了他們吃晚飯的約會，理由是她突然接到通知，需要她馬上出發到菲律賓的馬尼拉，出席亞洲紅十字會的工作會議。

這是張慧雯在過去兩個星期內第四次臨時取消了他們相聚的約會。再一次的說明他們之間的關係可能發生了徹底的變化，他陷入了沉思。然後打開電腦，進入國際紅十字會的網頁，他又陷入了沉思，漸漸的，他的臉色變得很難看。電腦關機後，陳有為提起電話，接通了他的兒時老朋友莫馨，也是他初戀女友和紅粉知己，現任《真相週刊》調查記者。他們做了兩個多小時的長談。

他花了一整天的時間思考他和張慧雯兩人的愛情過程，四年的火熱相戀，不顧家人反對私定終身。在加州理工學院的兩個寒暑，一起度過了短暫的，但是有豐富的肌膚之親共同生活。

現在回想，他們在一起的日子，就只有兩件事，互相享受對方火熱的身體和編織充滿了詩歌的未來美夢。他們沒有面對真實的世界和生活。

陳有為問自己，他對這位未來的妻子，將要廝守終身，一輩子生活在一起的美豔婦人，瞭解多少？腳踏實地的答案讓他嚇出了一身冷汗，他強迫自己冷靜下來，然後給張慧雯寫了一封長信，對他們之間的感情變化做了分析，敘述了他的看法。

主要的重點是因為兩人的興趣不同，商界和學術界是平行線，永遠沒有交叉點，他們生活在兩個不同的世界，以及不同的朋友圈子，兩人之間的距離越來越大，成為很自然的發展。他提出了分手，兩人之間的感情就此告一段落。

信是以掛號寄到張慧雯的辦公室，但是兩周過後，陳有為沒有接到任何回應。他只能假定，張慧雯沒有反對，就是默許了，他們的分手就成為既定事實了。

陳有為發現在他的感情生活走到谷底時，能讓他有片刻的快樂心情就是夏梅萍的出現。第一次見面後，他們又碰過幾次面，名義上是討論公事，但是真正的原因是兩個人都喜歡和對方接近及說話，他在感情上所受到的打擊還是讓他有無比的沮喪和鬱悶，陳有為無法掩蓋他的心情，在夏梅萍的女性溫柔關懷下，他終於忍不住，在電話上將他和張慧雯之間所有的事都說給了她，夏梅萍說了幾句安慰的話之外，又分析說：男女之間的移情別戀是會充滿了歉意和無奈，不應該含有打擊對方的意圖。

陳有為覺得夏梅萍是個非常善良的人，是個可以無話不談的人。很快的變成了平起平坐的朋友。夏梅萍又來電話了：「陳老師，我想到成大去向你報告工作進展。」

「幾天前不是報告過一次了嗎？有人出錢買高鐵票，也不能太過分。」

「我還能買半價的學生票，人家不像老師這麼小氣。我又想喝咖啡了，能賞一杯嗎？」

「我什麼時候拒絕過你？你自己決定吧！」

「太好了，我還以為老師不想見我了。」

陳有為說：「我當然想看見美女了，只是我怕影響你的工作進度。」

「當然不會，只會鼓勵我加油。但是我想問，為什麼我去見老師，辦公室的門總是開著，一點隱私都沒有。」

「這是我們加州理工學院的老規矩，只要有異性的同學或同事來訪，門就得開著，我習慣了。」

「這是什麼破規矩？它會影響親密關係的發展，沒聽說過嗎？隱私權是重要的人權之一。」

「但是這個破規矩就是為了保護你們女性，不被騷擾，甚至傷害。學校不想介入無謂的煩惱和官司。台灣的幾個大學不就為了有這些『鍋鍋停』的事在煩惱嗎？」

「原來在世界排行榜裡頂尖的加州理工也有男性沙文主義啊！」

「什麼意思？聽不懂。」

「你們的破規矩有嚴重的社會歧視，它建立在只有男人可以性騷擾女人的錯誤假定。男女平等，為什麼女人就不能性騷擾男人呢？老師，你想體驗嗎？」

陳有為瞪起眼睛，但是帶著笑容說：「夏梅萍，你是想來抬杠，你還想來喝你的咖啡？」

「說不過我，就拿咖啡斷糧來威脅，老師，你不公平。」

「別瞎胡鬧了，你什麼時候到？」

陳有為和夏梅萍之間的距離在迅速的縮小。

秋去冬來，台北的街頭已是寒意甚濃，在路上，在捷運車上，年青婦女穿著各式冬裝，款樣繽紛，五彩豔麗。

陳有為又一次來到了台北，辦完了公事，他們決定去逛逛淡水的漁人碼頭。走在河畔木板道上，更如身臨時裝表演的走步台，非常養眼。落日夕陽將大自然的天幕和水體著色，製成一幅絕美的動畫。

陳有為想起白居易的詩句：「潯陽江頭夜送客，楓葉荻花秋瑟瑟」。遺憾的是淡水河口不是潯陽江頭，千呼萬喚也不見猶抱琵琶半遮面的彈琴美女，更聽不見大弦嘈嘈，小弦切切，大珠小珠落玉盤的琴聲，就只能在想像中去體會白大詩人「別有幽愁暗恨生，此時無聲勝有聲」的境界了。

陳有為和夏梅萍走在木板步道上，也走上了情人橋，不知不覺中夏梅萍把手彎進他的上臂，不時的把身體靠上來，把頭放在他的肩上，陳有為的嗅覺被她的體香瀰漫，同時也感受到她軟玉溫香的身體，他有點醉了。

天黑後，他們到福容大飯店去吃自助餐，夏梅萍第一次看見這麼多不同國家的佳餚，很高興的說：

「怎麼不早點告訴我，否則我就不吃早飯和中飯，可以在這裡大吃一頓。」

一頓美食美酒，似乎把兩人的友誼更進一步的升高，在享受飯後的甜點和熱飲時，陳有為問她：「你知道林武聯這個人嗎？」

「你怎麼會問起他來呢？」

「有人告訴我，他是張慧雯的男朋友。所以我想聽聽他是何方神聖。」

「林武聯是個主張台灣應該全面擁抱日本的小政客。以前是個社會上的小混混，現在宣佈要從政了。陳老師，有人說，你前任未婚老丈人就是他競選議員的幕後金主。」

「我也聽說是這樣的。那他的主要政見是什麼？」

「他朗朗上口的是他的自我感覺，他說：『我母生我時，頓覺滿室異香。經國濟世，非我莫屬。』」

「夏梅萍，你不覺得這個人很自大嗎？」

「自大？我認為他是有神經病。他在接受訪問時說過：他的父親出生在日本國，當時的日本帝國版圖包括了台灣島和朝鮮半島，他父親聽見的第一個國歌是日本國歌，看見的第一面國旗和第一個國家領袖肖像是日本太陽旗和日本天皇，喊的第一句口號是『天皇萬歲！』按任何法理，他父親都應該是日本人，因此他也應該是日本人。」

「那他就應該去當日本人，為什麼還猶豫？」

「是啊！可是非常遺憾，日本人不要他。但他還是把日本當成是他的第一祖國，堅決相信大和民族是最優秀的民族，既使是當一個日本的二等公民也是光榮的，他在書信往來中使用日本天皇的紀年『平成』，平成三十一年就是西元二〇一九年。他每年要去日本觀光旅遊，除了看櫻花，賞楓葉和泡溫泉外，最重要的是去參拜靖國神社。」

陳有為說：「這些都是他個人的感受，不是政見。」

「沒錯，他的主要政見是，台灣要回歸祖國，是指日本，他的第一祖國。因為他認為台灣所有的現代化基礎建設都是日本人的殖民政府做的。」

「顯然他上歷史課的時候，蹺課了。」

夏梅萍說：「自從教改後，某些政客就使出了千方百計，把台灣社會和經濟發展和中國的關係從歷史課本裡拿掉了。即使沒蹺課，也學不到了。」

陳有為說：「那就請你說說真實的歷史。」

「這要從中法戰爭說起，滿清政府為了加強海防，在西元一八八五年將台灣劃為單一行省，台灣就成為了中國的第二十個行省。首任台灣省巡撫劉銘傳積極推行自強新政，清理田賦，增加財政收入，購買輪船，架設電報線，設立郵電總局，建造鐵路；購買軍艦，增設炮台。設立機器局自造武器；成立煤務局，安裝新式採煤機器；設立興市公司，建街造路；創立西學堂、電報學堂，培養建設人才。劉銘傳把眾多新式事業集中於一省，使台灣成為當時中國的先進省份之一。」

「太好了，這些在台灣的建設成績和日本人是八竿子打不著，居然有人會硬拗。夏梅萍，你不覺得人要是這麼活著，不會太累嗎？」

「老師是心疼林武聯，還是心疼你前任女友，現任他未來的老婆？不能忘情的男人，活得也很辛苦。」

陳有為語重心長的說：「其實到頭來，無論是個人或是集體的親日，崇日，甚至媚日，只要是在法律範圍內的行為，都是人權的一部份，如果不同意，要麼去當孤臣孽子，要麼就像『天要下雨，娘要嫁人』，只能是遺憾了。」

兩個人都陷入了沉默，還是夏梅萍先問他：「陳老師，是不是因為您是原住民的後代，而日本人曾屠殺過原住民，所以特別不喜歡日本人？」

「那倒也不是，我有不少日本同學，朋友和同事。何況日本人殺害台灣原住民的事，是發生在兩三個世紀以前。你是學歷史的，你知道沒有殖民政府不殺當地土人的。當年美國獨立後，把印地安人當成野獸似的殺戮，幾乎滅種。」

「老師說的也是，人類的發展史裡，充滿了悲劇。」

「我從小是外婆帶大的，她老人家從來沒說過我們家族的事。真正感覺到我自己是布農族，是我在進了國中以後的事。可是我總覺得，世界上還有什麼人會比台灣的原住民對台灣有更大的發言權呢？不幸的是，我們是少數族群，要跟著多數族群起舞。」

「但是在目前的台灣，親日已經不是綠營政客們的專利了，更不僅僅是政府官員們在藍皮下露出了綠骨，它已經成為普世的價值觀。」

「夏梅萍，我現在班上的學生就讓我感到台灣的年青人是全面的擁抱了日本，包括它的文化、歷史、社會風俗、風景地理、產品、飲食、時尚等等，都一清二楚。你認為我的感覺對嗎？」

「老師說的沒錯，不少的知識份子每天定時收視日本NHK電視台的新聞報告，對在日本發生的點點滴滴如數家珍。而我的同學中有許多卻不清楚什麼是『九一八事件』，『七七事件』和『八一三事件』，他們不曉得盧溝橋是在哪裡。我說它的英文名字是『馬哥孛羅橋』，有同學就說那是外國史地，沒有印象。」

陳有為繼續說：「有不少學生和我津津樂道世界上的精彩飛行事蹟，但是他們不知道中國曾有過一位王牌飛行員高志航的故事，你是學歷史的，你知道他嗎？」

「老師要考我，是不是？高志航是抗日期間的優秀飛行員，他是蘇聯飛行教官訓練的學生，當年日本皇軍精銳的木更津航空兵團，大編隊從台灣新竹基地起飛，準備對上海進行轟炸，高志航率領霍克戰鬥機從筧橋機場升空攔截，在錢塘江口杭州灣上空遭

遇，發生激戰，一舉擊落了六架日機。老師，我的回答對了嗎？」

「哈！答案正確，不錯，孺子可教，台灣有希望了。」

「但是中國的抗戰史實，已經不是課堂上的教材，這些對台灣的年青人都是太遙遠的事了。」

淡水漁人碼頭和情人橋的漫步，加上美食、美酒和賞心悅目的談天，讓他們流連忘返，不知夜已深，天已涼，忘記了時間，錯過了最後一班捷運。

陳有為和夏梅萍坐上了計程車回台北。她緊握著他的手，靠在他身上，一路上陷入深思沒說一句話，送她到家時，已經是清晨兩點了。

他們在巷口下車，互相緊緊的摟著，到了門前她終於開口：

「我們是該說晚安，還是說早安呢？」

陳有為沒回答，夏梅萍的身體緊貼著，把臉靠了上來，吐氣如蘭的在期待，一陣過後，她說：「現在你的破規矩還存在嗎？我想侵犯你。」

「現在你還是學生，而我是老師，所以你還是要尊師重道。」

「你是傻了還是狠心？眼前的好東西都不拿。總有一天你會恍然大悟，不拿白不拿，後悔莫及。」

陳有為和夏梅萍的相互好感在直線上升，除了公事之外，他們現在是無話不談，夏梅萍問說：「老師不是有話要問我嗎？」

「不是什麼大不了的事，有人跟我說，夏梅萍人長得年輕又漂亮，人緣和脾氣都很平易近人，所以朋友很多。但就是政治理念非常古董，並且很執著。是這樣的嗎？」

「老師從什麼人那裡聽來的？」

「你們歷史系的同學有不少對你有這樣的看法。」

「我們歷史系是有名的充滿著長舌的人。他們在我背後還說些什麼壞話了？」

「別做賊心虛，人家是在讚美你，只是說你的政治理念很老古董，可能是受了家庭的影響。」

「真是亂講，我生活的社區以前是眷村，並且我們全家都是軍人，全是孫中山和蔣中正的忠實信徒。可是我是我們家的異類。」

「你的言行思想受到家人的影響是很正常的事。」

「我爺爺是黃埔軍校畢業，管蔣中正叫校長，和日本人打過仗。我父親是陸軍官校畢業，老共是假想敵，做夢時交過火。我哥哥是軍醫，國防醫學院畢業，他也夢見過反攻大陸。他們都沒去過大陸旅遊，但是總是纏著我問東問西的，因為我已經去過兩次了。我覺得他們很懷念大陸。」

陳有為說：「所以你的家人並沒有企圖左右你的想法？」

「企圖是當然有的，但是我也很叛逆，他們拿我沒辦法。我認為自己是個理性主義者，沒有跟著別人趕時髦。歷史脫不開政治，所以就有人把歷史事件用有創意的說法來解釋，來配合現時的政治環境。我拒絕這麼做，歷史事件的黑白對錯，我用自己的良心下判斷，不一定要跟著大夥起哄。」

「太好了，有你這樣的年青人，我們有希望了。我問你，你的祖父、父親和哥哥，都是軍人，也是老蔣的信徒。那麼你對老蔣的看法如何？」

「作為一個政治領袖，他的八年抗戰，堅持抵抗日本人的侵略，應該是個民族英雄。但是在接下來的國共內戰中，眼看國民黨就要被共產黨打敗了，他居然會利用一個日本人，還是個殺害了成千上萬中國老百姓的甲級戰犯，岡村寧次，來幫他對抗他的政敵，不可原諒。」

「你對多年前發生在台大文學院的一個政治事件是如何看法？」

夏梅萍說：「老師是說我們台大文學院第一任院長，林茂生被殺害的事嗎？那是白色恐怖的濫觴。」

林茂生在一九四七年二二八事件後的三月十一日被武裝人員帶走，秘密殺害。台灣最高行政長官陳儀在調查報告中指控林茂生「陰謀叛亂，鼓動該校學生暴亂；強力接收台灣大學；接近美國領事館，企圖由國際干涉，妄想台灣獨立」。

事後看來，這指控是何等的荒唐和蠻橫無理，被政府邀請擔任台大的接收委員變成了「強力」行為。但是「接近美國領事館」卻被解釋為「親日」行為，是須要有很大的想像力。林茂生在台灣日據時代就從來沒有放棄對祖國的認同，總是稱中國為祖國，甚至在日本統治下還使用中華民國紀年。

陳有為接著說：「在二二八事件中有很多日據時代的反日份子遭到毒害，大多是台灣的菁英份子。都是因為他們有抗日思想，而被當時的執政者殺害。當時的台灣政治領袖是領導中國人民，堅持抗日的民族英雄。曾幾何時，在台灣堅持抗日的知識份子，被說成是親日的典範，而拿去槍斃了。」

「我讀過林茂生的博士論文，《日本統治下的台灣公共教育》，他提到了日本帝國主義，也抨擊日本在台灣的奴化教育，以及日本人壓制台語和漢字。他的反日和漢學思想曾將中原文化彩虹化，並將中國的抗戰英雄化，而和中國產生了同舟共濟的想法。他對八年抗戰勝利的中國有很大的期待，但是和很多的知識份子一樣，最終，他是失望了。」

陳有為說：「那麼，夏梅萍，你認為林茂生被殺是什麼原因？」

「我認為當時在二二八事件的動亂後，執政者一定要找幾個所謂的陰謀者來替罪。林茂生的《民報》，對當時的台灣最高行政長官陳儀和他的執政做了尖銳的批評，所以來得正好，就讓他人頭落地了。其實真正的原因是陳儀要向老蔣有個交代，當時的大環境是『反共抗俄』，不容許任何有左派思想的人存在。所以我認為，即使沒有二二八，林茂生的小命也難保。老師，當時的台灣，不是只有你們生蕃才會出草。」

「夏梅萍，有人說，這是一樁典型的在威權時代所發生的白色恐怖事件。它發生在最高學府，表示統治者對自己地位的合法性和對被統治者的說服力都產生了懷疑。統治者就是老蔣，被統治者就是台灣老百姓，是不是？你對老蔣的看法如何？」

「在歷史上，他是功過皆有。最大的功績是他堅持對日抗戰，以八年的時間取得最後的勝利，這是他一生功業的巔峰。但他是個悲劇性人物，在以後的三年裡，他喪失了一切，落荒逃到一個海島，島上的居民還不歡迎他，讓他灰頭土臉的含恨離開這世界。」

陳有為說：「我認為你這學歷史的一點都不老古董。那你認為老蔣為什麼要發起白色恐怖事件呢？」

「追根究柢，最大的原因就是老蔣沒有當政治領袖的能力，再加上他心胸狹窄，容不下和他有不同意見的人。所以他一輩子和老毛較勁，但是因為他讀書不夠，學問沒人家大，加上他的個性，最後留在他身邊的都是無能或是拍馬屁的人。用這些人來說服一群知識份子去擁護老蔣，不是做白日夢嗎？」

「在白色恐怖事件裡鬧了很多笑話。例如著名的作家陳映真被關進去，是因為情治人員沒看懂他的作品，以為他是台獨份子，沒想到他是個道道地地，如假包換的大統派。」

夏梅萍也接著說：「德國作家雷馬克寫的名著《西線無戰事》曾被列為是禁書，因為情治人員以為雷馬克是共產主義祖師爺馬克思的兄弟，這兩人都是德國人，都姓馬克。諸如此類的笑話，不勝枚舉。但是我個人認為老蔣一生中最大的敗筆，就是他擁抱了日本皇軍的戰犯，來幫助他和老共的鬥爭。使中國老百姓繼續當受害者。」

陳有為說：「日本侵略者的狗運亨通，他們的天皇不也逃過了絞刑台嗎？就是因為老美要留著他來對抗蘇聯。」

但是夏梅萍有不同的看法：「老師是說革命實踐研究院的白團嗎？很可能就是因為沒把岡村寧次這個甲級戰犯送上絞刑台，我們現在才有可能找到陳老師的外公和林董事長丈夫的下落。」

第二章 布農族的恩怨情仇

西元一九七一年和一九七四年，兩次在台南縣左鎮鄉發現了迄今為止台灣最早的人類化石，被命名為「左鎮人」。考古學家認為，「左鎮人」是在三萬年前從大陸到台灣的，與福建考古發現的「清流人」、「東山人」同屬中國舊石器時代南部地區的晚期智人，有著共同的起源，都繼承了中國直立人的一些特性。

此外，根據考古學家在台灣發掘出來的最古老石器，估計在一萬五千年前就有人類居住在這海島上。

人類學家也考證出，他們是在十七世紀漢裔移民移入前，即已定居在此的數十個語言及生活方式不同之部族所構成，是屬於南島民族；其中台灣本島的所有部族為台灣南島語群，蘭嶼上的達悟族則屬於馬來－玻里尼西亞語族的巴丹語群。

台灣有文字記載的歷史可以追溯到西元二三〇年。當時三國吳王孫權派了一萬官兵到達「夷洲」，也就是台灣，吳國人寫的《臨海水土志》留下了世界上對台灣最早的記述。西元五八九到六一八年間的隋唐時期，台灣被稱為「流求」。隋王朝曾三次出師台灣，據史籍記載，西元六一〇年，也就是隋朝大業六年，漢族人民開始移居澎湖地區。

到了西元九六〇到至一三六八年間的宋元時期，漢族人民在澎湖地區已有相當數量。漢人開拓澎湖以後，開始向台灣發展，帶去了當時先進的生產技術。十二世紀，宋朝將澎湖劃歸福建泉州晉江縣管轄，並派兵戍守。元朝也曾派兵前往台灣。元、明兩朝政府在澎湖設巡檢司，負責巡邏、查緝罪犯，並兼辦鹽課。

葡萄牙的歷史有記載，西元一五九〇年，他們的航海家在航經台灣島時，曾在航海日記裡描繪了目睹遠方島上的高山和茂密的綠色森林，也記下了他們的讚歎：「伊那，福爾摩莎！」（啊！美麗島！）

當時的高山及綠色森林裡，就居住著現在台灣原住民的祖先。根據《原住民族身分法》登記之戶口統計，現在約有五十六萬多的人口，不到台灣總人口的百分之三。

十六世紀，西班牙、荷蘭等西方殖民勢力迅速發展、開始把觸角伸向東方。十七世紀初，荷蘭殖民者乘明末農民起義和東北滿族勢力日益強大、明政府處境艱難之時，侵入台灣。不久，西班牙人侵佔了台灣北部和東部的一些地區，後來在西元一六四二年被荷蘭人趕走，台灣淪為荷蘭的殖民地。

荷蘭殖民者實行強制統治，強迫人民繳納各種租稅，掠奪台灣的米、糖，把其收購到的中國生絲、糖和瓷器經台灣轉口運往各國，牟取高額利潤。荷蘭殖民者的統治，激起了台灣人民的反抗。

西元一六五二年九月，農民領袖郭懷一領導了一次較大規模的武裝起義。雖然是被鎮壓下去，但它表明荷蘭的殖民統治已經出現了危機。明朝後期開始出現台灣的名稱，進入十七世紀之後，漢人在台灣開拓的規模越來越大。

在戰亂和災荒的年代，明朝政府的福建當局和鄭芝龍集團曾經有組織地移民台灣。

西元一六六一年，鄭成功以南明王朝招討大將軍的名義，率二萬五千名將士及數百艘戰艦，由金門進軍台灣。與荷蘭殖民地政府軍經過激烈戰鬥和圍困，在西元一六六二年二月，迫使荷蘭總督簽字投降，收復了台灣。

鄭氏政權把大陸的政治、文教制度移植台灣，重視土地開發和興修水利，發展對外貿易，促進了台灣經濟的發展。到鄭氏政權末期，台灣的漢族人口已達十二萬人。鄭氏政權曾多次反攻大陸沿海地區，但是到了西元一六七八年秋，鄭軍戰敗，所佔領的東南沿海州縣全部喪失，隨即完全退守台灣。

此時，清朝政府統治中國已成定局，鄭氏政權逐步演變成為地方割據政權。西元一六八三年，清政府派福建水師提督施琅率水陸官兵二萬餘人、戰船二百餘艘，向澎湖守軍發起攻擊，鄭軍潰敗，結束了鄭氏政權。西元一六八四年，清政府設置分巡台廈兵備道及台灣府，隸屬於福建省。台灣在西元一八一一年時，人口已達一百九十萬人，其中多數是來自福建、廣東的移民。他們大量開墾荒地，使台灣成為一個新興的農業區域，並向大陸提供大量稻米和蔗糖，由大陸輸入的日用消費品和建築材料等，使台灣的經濟得到相當程度的發展。

這個時期，台灣與福建、廣東的來往十分密切，漢文化更加全面地傳入台灣。鴉片戰爭以後，西方列強逼迫中國開放通商口岸。十九世紀的六〇年代，台灣的淡水、雞籠、安平、打狗相繼開港，進口以鴉片為大宗，出口則以茶、糖、樟腦為主。在西元一八八四至一八八五年中法戰爭期間，法軍進攻台灣。遭到劉銘傳率領的清軍抵抗，遭到重創。

西元一八八五年六月《中法新約》簽訂，法軍被迫撤出了台灣。日本發動甲午戰爭，清政府戰敗，於西元一八九五年被迫簽訂《馬關條約》，把台灣及朝鮮半島割讓給日本。協理台灣軍務的清軍將領劉永福率軍民反抗日本的侵佔，堅持了五個多月的戰鬥，但終遭失敗。從此，台灣淪為日本的殖民地。

日本學者土田滋以語言作為主要的判準，將台灣的原住民族分成「高山族」和「平埔族」兩大類。

第一類包括住在台灣山地和東部的九個族群：泰雅族、賽夏族、布農族、鄒族、魯凱族、排灣族、卑南族、阿美族和達悟族。第二類則包括原居於台灣北部和西部平原，現在已幾近消失的另外十個族群。

原住民的社會和經濟發展都遠遠落後於後來遷移進來的漢族居民，同時高山族也落後於平埔族。因為土地是經濟生產的必要條件，為了生存，族群之間的你爭我奪就在所難免。

個人與集體的智慧和能力，造成了土地分配的結果，漢人將平埔族和高山族擠壓出土地肥沃，雨水充沛的平原地帶。平埔族佔領了丘陵地帶，將高山族排擠到大山裡，這也是「高山族」名稱的由來。

和所有的人類社會一樣，台灣的早期社會也形成了不同的階級，移民來的漢族，很自然的成為統治階級，制定各種規範，來「管理」被統治的原住民。漢族制定的「規範」，往往是建立在本身族群的利益，造成漢族和原住民族群的矛盾，進而形成了階級鬥爭。這種矛盾和鬥爭在統治者和「高山族」之間最為明顯和強烈。

在社會上，漢人將較為溫順的平埔族稱為「熟蕃」，而個性暴烈，不守規範的高山

族被稱為「生蕃」。這樣的稱呼，一直持續到台灣成為日本統治的殖民地時代。西元一九二三年，日本皇太子巡幸台灣時，反對這種民族歧視的稱呼，於是由台灣總督府將「生蕃」賦予「高砂族」之美名。

西元一六一五年，日本京都金地院所藏「異國渡海御朱印帳」，以「高砂國」稱呼台灣。日本戰國時代，大名豐臣秀吉在西元一五九三年派遣原田孫七郎赴台灣，以其親筆信致「高山國王」，要求「高山國」向日本朝貢。文書中之「高山國」與「高砂」同樣音譯自日文「タカサグン」一詞。

日據時代的五十年間，「高砂」成為台灣的別名，用在台灣的地名、設施、工商團體等，在日本則用在與台灣相關的事物。例如：高砂町（位於基隆市、台中市、台南市），高砂公園（位於基隆市，現已不存），高砂麥酒株式會社、高砂制糖株式會社、高砂棒球隊、高砂青年會、高砂豹等，大阪商船貨客船「高砂丸」（神戶—基隆航線），高砂寮（位於東京的台灣留學生宿舍）。

和世界其他地區一樣，在台灣的社會經濟發展過程中，少數族群的原住民或高山族不但沒有參與，還被認為是障礙。即使有參與，也是扮演負面角色，成為統治階級的追殺對象。

在五十年的日本殖民地統治期間，連續不斷的發生了多起的日本軍警屠殺台灣原住民的事件。從一八九七年到一九三〇年十月，期間發生了：深堀事件、人止關之役、南莊抗日事件、太魯閣抗日事件、大豹社抗日事件、枕頭山抗日事件、奇襲腦寮事件、大分抗日事件、麻荖漏事件、薩拉茅抗日事件、霧社事件等等。

所有事件的起因都是「生蕃」為了反對日本統治的政令和抵抗日本軍警的管理所引發的。最後一次的霧社事件是泰雅族馬赫坡部落的頭目莫那・魯道率勇士襲擊馬赫坡員警駐在所，擊殺日本員警所引起。

如同所有原住民抗日事件的結局，日本軍警在人力和武器配備的絕對優勢下，圍剿消滅了原住民的反抗力量，泰雅族頭目莫那・魯道率領族人退守山洞，在日軍施放毒氣時，他殺死自己的妻子後自殺，莫那・魯道的碧血英風氣壯山河，震驚了全世界。

明治維新之後，日本曾出現了數位傑出的軍事將領，並且與開發和治理台灣產生了絲絲縷縷的關係。對台灣影響最為深遠的就是兒玉源太郎。他是日本近代史裡的陸軍名將，曾被譽為明治時期第一智將，擔任過桂太郎內閣的陸軍大臣和內務大臣等重要職務。因為他特別提倡軍事力量和經濟力量的良性結合，被稱為日本一代首領豐臣秀吉的再世。

日俄戰爭時，他擔任日本滿洲軍的總參謀長，是攻克旅順海口的實際指揮者，與桂太郎和川上操六並稱為明治陸軍三傑。他是日本統治台灣的最大功臣，穿著軍服的政治家，也是中國東北南滿鐵路系統的實際創立者。

西元一八九八年，伊藤博文重新成為日本首相，在他主持召開的軍政要員會議上，兒玉源太郎起立發言說明：台灣是日本南部的屏障，軍事價值甚大。並表示如果需要，他願意擔任治理台灣的任務。伊藤博文當即派兒玉赴台擔任第四任台灣總督。到任後，他立即在台灣推行了一系列新的殖民措施；在軍事上，兒玉源太郎殘酷鎮壓台灣同胞，特別是推行連坐法，殺人無數。在經濟上他執行懷柔政策。

兒玉源太郎實行了食鹽、樟腦、煙酒、鴉片等專賣制度，大力發展台灣糖業，成為世界上主要的產糖地。同時對全台灣土地重新進行丈量，大量的增加了日本對台灣的土地稅收。

最令日本當局滿意的是，兒玉源太郎將台灣發展成為各種資源的供應基地。不僅讓政府增加了很大的財政收入，又解決了日本國內的失業問題。同時，兒玉源太郎也將台灣發展為日本南進的國家發展和外交政策的重要支援後盾。

西元一八九八年兒玉源太郎出任台灣總督府的長官時，他就邀請了後藤新平隨其到台灣，擔任台灣總督府的民政長官。在兒玉源太郎的寵信之下，後藤新平的才幹得以充分的展示。後藤新平首先頒佈了「保甲條例」，加強了員警的管理作用，突出了當地居民之間的連帶責任。

在上任的同年十一月，後藤新平又頒發了「匪徒刑法令」。在短短的五年間，在這部法令下被處死的台灣民眾就有三萬三千多人，超過了當時台灣總人口的百分之一。在兒玉源太郎擔任台灣總督的八年間，在台灣地區積極推行日本殖民統治政治的魁手就是時任民政長官的後藤新平。他的所謂政績，使他獲得了「殖民地經營家」的稱謂，西元一九〇六年被封為男爵，也讓他成為日本上議院（貴族院）議員，還被立了銅像，表揚他對日本的功績。

日本政界評價兒玉及後藤開創了一個時代，奠定了台灣殖民統治的基礎。後藤新平為日本人留下的名言是：「台灣人是低級生物，有貪財怕死的劣根性，所以可用屠殺和利誘兩手策略統治台灣。」

這些日本「殖民地經營家」還有一個「民族洗腦」的最終手段，就是對殖民地的上層社會，包括知識份子和企業家，進行「皇民化教育」。利用滿清末年政府的腐敗無能，日本的殖民地官員賤辱中國和中國人，說中國人是劣等民族，東亞病夫，是卑賤的支那清國奴。宣揚日本是高大上等的民族和文化。

皇民化使台灣的知識份子浴火重生，提升成為日本人。而整個台灣成為對大日本帝國提供資源和服務的來源。同時也讓台灣人對日本殖民政府的鎮壓，殺戮和迫害產生了麻木。在日後二戰時期，當日軍在東亞各地兵鋒無敵，國威強大，就有跟隨著的台灣人，被當地民眾視為日本人，體味到優越感和一路同唱勝利凱歌，是何等的光榮。每當日本在中國的戰事取得勝利時，台灣的學生就要敲鑼打鼓，遊行慶祝。

在日本皇軍記錄中，有一位日本陸軍第十一期的飛行員，名叫「泉川正宏」，他實際是台灣苗栗人，中文名是「劉志宏」。在二戰後期，日軍在太平洋節節敗退時，他參加了日軍的「神風特攻隊」，在菲律賓出擊美軍時被擊落，年僅二十一歲，靖國神社裏有他的牌位。

日本在台灣進行的皇民化政策是最為成功，影響最為深遠。即使在今天，日本統治台灣已經結束了七十五年後，台灣還是到處能找到「日本皇民化」所留下的明顯蛛絲馬跡。這是任何其他日本殖民地所沒有的，和台灣同時被割讓給日本的朝鮮半島，它的人民，無論是生活在南韓還是北朝鮮，念念不忘的是日本人對他們祖先的殺戮和迫害。

當台灣成為日本政府南進國策的支援地後，皇民化的政策也延伸到當時的企業界。當時台灣盛產茶葉，並且大量出口。當年在滿清政府戰敗前，台灣是有所謂的「媽振館」，它是外國洋行與台灣茶商的資金融通媒介。製茶資金是由廈門的外國銀行提供給洋行，然後洋行通過「媽振館」再融通給茶商。

「媽振館」都是由廈門或廣東人經營，資本額從數千元到數萬元。當時還有台灣本地的「匯兌館」，以換匯為主，進行廈門，福州，上海，香港之間的匯票買賣業務，同時也兼營存放業務。「匯兌館」的財力雖不如「媽振館」雄厚，業績也曾輝煌一時。

西元一八九七年，台灣割讓給日本的兩年後，「日本帝國議會」立法通過，成立了「台灣銀行」，成立的理由之一是：「協助企業擴展至華南及南洋諸島」從十九世紀末開始，日本就看到南洋，也就是現今的東南亞地區，土地廣闊，蘊藏有豐富的天然資源。因此，和中國的東北一樣，南洋也成為日本未來擴張的目標。

在政治上，那片土地是屬於西方國家的殖民地，但是實際掌握當地經濟大權的，卻是已經在南洋發展了三百多年的，從北方來的漢人，也就是華僑。他們有高明的經營能力和豐富的在地經驗，但是西方殖民地的銀行歧視他們，對他們的融資要求百般刁難。

日本人在南洋的發展比歐美各國都晚，但在第一次歐洲大戰後，日本就迅速在當地發展經濟，擴大勢力範圍，並開始設立金融機構。日本的本國銀行和台灣銀行「奉命」到南洋各地開設分行，服務的對象都是日本人開設的大型企業。

因為有日本官方或富商的色彩，對於去南洋屯墾的中小企業，或是從台灣去發展的台商，仍是不得其門而入。

一直到了第七任台灣總督，也就是最後一任的軍人總督，明石元二郎將軍，在他大力的支持下，私人擁有的「株式會社華南銀行」在西元一九一九年一月成立，創行地點在：「台北表町二丁目二番地」，就是現在的台北市館前路四十五號。

銀行的股東一半是台灣殖民地的漢人，另一半是日本人。為了要服務南洋的華僑，在台北成立了總行後，在同年又在新加坡、印尼三寶瓏和廣州設立了三家分行。接下來，在仰光、西貢、海防及東京等地開設支店或辦事處。

日本在台灣的殖民地政府，處心積慮的發展台灣的社會和經濟，整個過程中，台灣的原住民不僅不是發展的對象，也沒有扮演任何積極的角色。對於促進生蕃和熟蕃族群的發展，如教育和保健，日本殖民政府沒有任何作為，有的就是鎮壓和殺戮。

根據清代的文獻，「布農族」是被稱為「武侖族」，是台灣原住民的一個族群，主要居住在海拔一千五百公尺以上的高山上，現在的人口約五萬多人，不到六萬人。但是就遷移而言，布農人是台灣的原住民當中，人口移動幅度最大，伸展力最強的一族。

在日本殖民時期布農族是台灣原住民族中，最後歸順日本的一族，也是抗日時間最長的一族。抗日事件頻傳，如丹大、逢板、霧鹿、初來、內本鹿、大關山及大分事件的英勇事蹟。

布農族居住於中央山脈兩側，是典型的高山民族。依據布農族口傳歷史，該族最早居住地可能是在現今彰化縣鹿港鎮、雲林縣斗六市與南投縣竹山鎮和南投市等地，後來才漸漸往大山裡遷移。目前所知的最早的居住地是南投縣的仁愛鄉與信義鄉。

十八世紀時，世居南投的布農族開始大量的遷移，一是往東遷至花蓮的卓溪鄉、萬榮鄉，再從花蓮移至台東的海端鄉與延平鄉。另一支沿著中央山脈南移至高雄的那瑪夏鄉與桃源鄉以及台東縣海端鄉的山區。由於族群大遷移的結果，該族的分佈範圍也因此擴展遍佈於南投、高雄、花蓮、台東等縣境內。

有人說日本殖民地的第四任台灣總督兒玉源太郎和民政長官後藤新平是「台灣現代化」的催生者，但是他們也是以大屠殺鎮壓抗日台民，確立了統治台灣的基礎。

面對台灣原住民的頑強抗爭，除了以軍警大規模「討伐」之外，又策劃及使用招降的誘殺手段，這就是所謂「土匪招降策」，就是對於表示願意投降的原住民領袖，表面上以善意語言，允許他們歸順，實際是要徹底剿滅他們。

這個陰謀式的手段，一直沿用到台灣光復。

「大分事件」是一件由布農族發動於西元一九一五年五月十七日的抗日反政府事件，為台灣日治時期的原住民族主要抗日事件之一，抗日行動一直延續到一九二一年六月十八日，日本當局聲稱要和反抗的布農族人和解，邀請他們前去會面。會面地點在花蓮港廳玉里郡大分駐在所。

當時的台灣總督是第八任的田健治郎，也是台灣的第一個文官總督，他的理蕃政策是緊緊的追隨著已經既定的方針。他的前任就是著名的日本陸軍大將，明石元二郎。他是唯一死在任內，葬在台灣的總督，他的理蕃政策是執行殘酷的高壓手段。

田健治郎下令，在地的守備隊長和憲兵分隊長，在舉行會議時，消滅所有到場的布農族人。配備了機關槍的埋伏軍警，對前去開會的布農族，托西幼部落的二十三位壯丁開火，當場全體格殺處死。

拉荷・阿雷兄弟是布農族的抗暴志士，他們的抗日行動自是從西元一九一五年開始，一直到一九三三年四月二十二日結束。多年中以遊擊戰騷擾日本員警，最後逼得台灣總督府不得不接受拉荷・阿雷所提出的條件。和解辦法是讓布農族美女華利斯，漢名：顏涼娘，與拉荷・阿雷的次子西達結婚。在高雄州廳舉辦和解儀式，日本人則稱為「歸順儀式」，創下日本治理原住民史上的首例，也結束了十八年之久的抗爭。

根據《理蕃之友》第三卷記載，西元一八六九年出生的拉荷・阿雷是在西元一九四一年去世，享年七十二歲，是少數抗日而能得善終的原住民首領。

沒有在台灣遭到日本軍警屠殺的台灣生蕃，卻在南洋的叢林裡，為日本天皇賣命成為亡魂。生蕃的後代們，情何以堪。布農族的青少年，陳有為、楊惠書和莫馨，他們的先人都是來自布農族的托西幼部落，是被日本人格殺處死的二十三位壯丁之一。他們從小就被告知，不要忘記這血海深仇。

陳有為在台東紅葉國小念書時，是班上功課最好的學生。但是他最要好的朋友卻是班上最頑皮的楊惠書。

兩人都是運動健將，尤其是楊惠書，跑得最快，有飛毛腿的外號。足球是他們最喜歡的運動，也都被選為紅葉國小足球校隊的隊員，曾為奪得校際足球賽冠軍立下汗馬功勞。特別是楊惠書的左腳底線勾射和臨門勁射，所向披靡，非同凡響。他們南征北戰，馳騁球場的輝煌事蹟，曾被紅葉國小的校刊描述：

「對方帶球猛攻，我方後衛迎面攔截成功，中衛陳有為運籌帷幄，帶球過中線，發起進攻。對方迅速移動返防。我方中衛傳球右場，我右前鋒飛奔追球，控球後回傳前中鋒，帶球，閃躲，挺進對方球門。對方球員蜂擁而上，集中防守，我前中鋒回傳給中衛，冷靜觀察，見左前方出現空擋，揮手左前鋒後，急傳底線，飛毛腿楊惠書猛撲而去，在足球外出底線前，以優美的動作，左腳勾射，足球穿過數名對方的防守球員，飛向球門。對方守門員騰身而起，準備攔截，但我前中鋒切入以頭頂球後傳跟進的中衛。在球落地前，陳有為跳起急傳左方，足球精準落地在楊惠書前方，他起腳射門入網。紅葉又贏了一場。」

陳有為和楊惠書不僅是同班同學，也是要好的朋友，但是他們同時喜歡上班上的一位美女莫馨。三個人常常在一起有說有笑，三人在同一個國小度過了天真無邪的快樂時光。

國小畢業後，莫馨進了女校國中。陳有為和楊惠書考進了同一間男校國中，雖然分配到不同的班，但是每天都見面，下課時也是在一起混。楊惠書是個不折不扣的「玩伴」，點子特別多。

當莫馨的國中校慶時，他會帶著陳有為去參觀她們的學生作業展覽，專挑認識女生的周記和作文本詳細閱讀，他們看到過讓人臉紅的少女懷春傾訴，偶爾也發現懷春的對象竟然是他們認識的男生。有幾次還發現了莫馨在「偷窺」他們，但是國小的同學都進入了尷尬的青春期，女生們的「害羞狀」，男生們的靦腆和忐忑不安的心情，讓雙方都不敢先開口打招呼，就只能再等一年了。

楊惠書最大的收穫是讓他從那些文章裡證明了他「亂點鴛鴦譜，捉對廝殺」的假定。至少證明了女生的心中還掂記著男生，延續了天真無邪的青梅竹馬感情，楊惠書不斷的強調，女生在那「害羞狀」的背後隱藏著「含情默默的沾沾自喜」。

隨著歲月，楊惠書對莫馨的愛慕有增無減，並且表現得越來越明顯。他給莫馨一個外號，叫她「小燕子」，經常在嘴邊有一句沒一句的開始哼起那首「教我如何不想她？」的歌，但是他能記得的歌詞就只有：「天上微雲……地上微風……月光戀愛著海洋，海洋戀愛著月光……燕子你說些什麼話？教我如何不想她？……」

陳有為曾經調侃楊惠書說：要是趙元任和劉半農地下有知，聽見了楊惠書把他們的悅耳名歌和絕美歌詞，唱得如此支離破碎，在九泉之下一定會吐血的。

陳有為對莫馨的愛慕還是在默默的燃燒著，雖然是不著聲色，但是也充滿了期待。兩個布農族青年，沒有真正的去面對同時愛上一位布農族美女所造成的矛盾和衝突。直到有一天，陳有為走在一家電影院門口時，正好碰到散場，看見一位高大英俊的男生牽著莫馨的手出來。他一眼就看出是同一國中畢業的著名小開，家纏萬貫，本身又是學校的高材生，是女生們追捧的對象。陳有為用電話告訴楊惠書說：「燕子飛了」。

進了國中後，楊惠書的校外活動增加，功課慢慢的落後，等到快畢業時，他的成績已經是到了全面崩盤的邊緣，陳有為和楊惠書作了幾次的長談，但是都無法改變他不要念書的想法，在萬般無奈下，也只能祝福他進軍校的決定了。

在他們從國中畢業後，準備各奔東西的前一周，陳有為和楊惠書有了長談，除了討論各自的前途之外，莫馨終於成了話題。

楊惠書說：「我要去當兵了，現在就只靠你來保住小燕子了。」

陳有為回答：「聽不懂，你說保住小燕子是什麼意思？」

「小燕是我們布農族的美女，必須要嫁到我們布農族的家。」

「這是什麼年頭了，她要嫁給誰，是你說了就算嗎？」

「當然不是，我是說你一定要把她追到手。以前有你和我，她可以二選一，現在你要加油了。」

「你沒看到她和那個小開手牽手去看電影嗎？她不必二選一，她可選的可多了。我們兩個布農族的生蕃沒戲唱。」

「他媽的，說得也是。把老子惹火了，就要出草了。」

「還沒當兵呢，就要蠻來，怪不得人家說我們是野蠻人。」

就這樣，三個布農族的青少年：陳有為、楊惠書和小燕子莫馨，走進了成年人的世界。各自在成長，有著不同的遭遇。莫馨後悔被新的遭遇和圍著追捧的人迷惑了，等清醒後了，才發現已經失去了青梅竹馬的愛人。再回頭，一切都晚了。但是莫馨對陳有為的一往情深還是在燃燒著。

在夏梅萍又做了一次工作進度報告，陳有為感到很滿意。於是她轉開了話題說：

「老師，台灣的政治發展到現在，藍綠鬥爭互相指責對方出賣台灣。可是我發現了誰是第一個要出賣台灣的人。」

陳有為好奇的問：「你是說，社會上好些人互相指責對方是台奸，出賣台灣。有人被你抓到真憑實據了，是誰？」

「是日本殖民地政府的第三任總督，日本皇軍中將乃木希典。由於台灣人民的反抗日益激烈，日本軍人和官員經常受到老百姓的襲擊，一天到晚提心吊膽，恐懼不安，這讓乃木對日本在台灣的統治前景感到灰心失望，想趁早甩掉這個包袱回國。」

「是的，他上任兩個多月後，台東就爆發了『太魯閣鬥爭』，讓日本人的軍警有不少傷亡。」

「台灣人民的反抗讓日軍死傷慘重。他認為繼續統治台灣，日本將會賠進更多的人命和錢財。因此，他產生了出賣台灣的念頭，而且最好是賣給英國。日本國會也一度出現以一億日元的價格將台灣這塊燙手山芋賣掉的想法，當時被稱為『台灣賣卻論』。」

陳有為說：「但是顯然他並沒有賣成。」

夏梅萍說：「當時的日本政府正處於財政危機當中，乃木的建議引起了首相松方的興趣，但卻遭到了日本內閣中強硬派的反對，同時英國當局對購買台灣興趣不大，所以這筆交易沒有正式談就夭折了。」

陳有為問：「後來呢？」

「想出賣台灣的日本人，沒想到還有別人對台灣感興趣。」

夏梅萍喝了一口咖啡後，繼續說：「法國在西元一八八四年曾兩次侵犯台灣，但都未能得逞。得知日本想出售台灣的消息後，十分感興趣。雙方的外交官員經過討價還價，初步確定台灣的售價為一億五千萬法郎。」

陳有為說：「但是還是沒賣成，是不是？」

「西元一八九八年，乃木希典在軍政要員會議上再次提出將台灣賣給法國的建議，幾位日本軍政大員也在會上發言贊同乃木的主張。但是遭到兒玉源太郎和保守派等人的堅決反對，所以日本想要把台灣出賣給法國的計畫，最後終於流產了。並且也促成了伊藤博文首相派兒玉源太郎去當台灣的總督。」

「原來這位陰魂不散的兒玉源太郎是一心一意要牢牢的抓住台灣。」

夏梅萍說：「我認為兒玉源太郎是決定了台灣原住民命運的始作俑者。」

陳有為接著說：「但是我們這些生蕃認為，殺戮我們祖先第一仇人是那位，死在台灣，葬在台灣的明石元二郎。現在是文明世界，人人都要守法，不可以出草報仇了。但是作為布農族的後代，我是會牢牢的記住。」

「在台灣，尤其是年青人，只有少數還記得：日本在台灣的殖民地政府統治了台灣人民五十年，對台灣的生蕃實行了血腥的理蕃政策，包括將近二十年間各種大小的持續屠殺事件。但是老師知道嗎？日本的皇民化政策對台灣生蕃所造成的影響嗎？」

陳有為的臉色變了，他沉默不語，隔了一陣子，夏梅萍開口了：「在日軍偷襲珍珠港之後，以美軍為主力的盟軍在太平洋和日軍展開了激烈的戰鬥。雙方的陸海空三軍都投入了大量的人力和資源，日軍的耗損巨大。日本皇軍中有人想起台灣的霧社事件，當時原住民的抗日鬥爭表現英勇，又熟知叢林氣候，以寡擊眾，對日本軍警頑強抵抗。這是不可多得的人力資源。」

陳有為終於開口：「日本人用皇民化的辦法，對理蕃政策下受害的原住民進行洗腦。從來沒有受過教育的原住民是很容易被騙的，他們被派去到南洋的熱帶雨林裡為天皇賣命，台灣生蕃的表現出人的意外英勇。有人上當，日本人大樂，但是我們這些生蕃的後代，情何以堪？」

「高砂義勇隊」是第二次世界大戰期間，日本皇軍動員台灣原住民前往南洋熱帶雨林作戰的部隊。隊員是採志願方式募集，那是在西元一九四二年四月台灣正式實施志願兵制度之前。在隨後的一年多，共派出了七次，總數約在四千人左右。

第一批五百人的「高砂族挺身報國隊」是派到菲律賓參戰，因為成功的擊退了巴丹半島美軍而聲名大噪。以後的六批人，全被送往新幾內亞島的最前線作戰，估計有超過三千人在當地戰死。

後來又有高砂族的特殊任務部隊，如「齊藤特別義勇隊」等，在西元一九四三年底分批送往菲律賓呂宋島戰場，其中被取名為「熏空挺隊」，他們全軍覆沒、無人生還。

陳有為告訴夏梅萍：「在二次大戰期間，年青的生蕃死亡原因有兩種，一種是被日本理蕃的軍警殺害，另一種是替日本軍警的最高領袖天皇賣命時，死在南洋的大山裡。老天爺好像是在拿我們生蕃的性命開玩笑。」

在台灣政治大學有一場聯合演講會，非常賣座，夏梅萍和她的同學去聽講，遇見她的好朋友學姐，現在是政大歷史系的研究生，專門研究中日關係。

演講會完畢後，學姐請喝咖啡，夏梅萍提到她正在做的尋人考證，學姐建議她去查國防部的大溪檔案和國民黨的黨史資料檔案。結果就是讓夏梅萍在陳有為面前說了一句沒頭沒腦的話：「沒把岡村寧次送上絞刑台，讓我時來運轉。」

「這話學問太大，我沒聽懂。」陳有為說：「你不是說有了重大的發現，要告訴我嗎？」

「沒錯，記得林老太太拿到的美國政府解密檔案，說日軍在菲律賓的藏金作業，是由皇軍軍官酒井雄二負責。我在政大歷史研究所的學姐是專攻中日關係的研究生，她認為此人很可能是日本皇軍中埋藏金銀財寶的專家。所以日軍在台灣的藏金作業，很可能也會由此人負責。」

陳有為說：「很有可能，但是問題是我們透過日本律師，向他們國防廳提出看當年的勞工名單要求，石沉大海，沒有反應。」

「也許這個日本皇軍軍官是個突破口，能知道當年的那批勞工下場。所以我說，又回到岡村寧次這個渾球身上了。」

「我還是不懂。」

「記得嗎？老蔣成立的革命實踐研究院，是由岡村寧次聘請了一批日本軍人當教官。這個軍官團有個代號叫《白團》。老師你想想，誰會是岡村寧次的首選？又誰會主動來報名應聘呢？」

陳有為回答說：「當然是有台灣經驗的日本軍官了。」

突然，他恍然大悟：「啊！明白了，你是說，酒井雄二可能是岡村寧次替革命實踐研究院找來的軍事教官。夏梅萍，你去證實了嗎？」

「我老爸說，國防部應該有聘請的外國軍事教官名單，是由大溪國防檔案室保管。我以台大歷史系應屆畢業生的身分去要求查看相關檔案，他們要我填一份申請表，一共十幾頁，祖宗八代的資訊都全問了，然後等著審查。他們說類似的申請有上百件，每件都需要幾天到幾周的時間，等到我的申請案子批准了，我都成了老太婆了。」

「我想這是人為因素，就是不想讓你看到檔案。」

「我老爸打了幾個電話，想為我走走後門，但是門也關上了。」

「那怎麼辦？就此打退堂鼓了嗎？」

「老師，別老是小看我。我還有一條路，革命實踐研究院是中國國民黨的機構，他們的人事檔案是存在黨史館裡。我決定要單刀直入，深入虎穴。」

「不就是一張名單嗎？有這麼大的戲劇性嗎？」

「老師，別打岔。我穿上我最短的迷你裙，足登三吋高跟鞋，加上最緊身的襯衫，最上面的扣子不扣，不戴胸罩，來到了黨史館。出示台大歷史系的學生證，要求查看當年革命實踐研究院，日本白團軍事教官名單。」

「老天爺，有這副打扮去找資料的嗎？」

「黨史館的辦事員，就只顧著看我的大腿和乳溝，我叫他幹什麼，他就照做，二話不說。也難怪他，我這雙大腿在台大女生中是打遍天下無敵手。」

「那你找到要看的名字嗎？」

「名單上是有一個叫『酒井雄二』的陸軍軍官。」

「是嗎？這個人後來去了哪裡？」

「酒井雄二在他和革命實踐研究院的合同期滿後，就定居台灣，並且改了名字叫『鄭忠』。」

「他的戶籍設在什麼地方？」陳有為問她。

「他的身分證戶籍是設在革命實踐研究院宿舍的所在區公所，在他們的記錄備註裡，鄭忠是被列為失蹤人口，原因是在兩次人口普查期間，沒有此人存在的跡象。戶政機關得到法院的『死亡』裁決，也將他的後事處理了。」

「所以酒井雄二從地球上消失了，還是他真的死了？」

「這個問題非常有意思，我思考了很久，就是想不通。首先，酒井雄二放棄日本名字，改用中文名字的理由是什麼？」

「合理的推論是他想要當中國人，但是為什麼？也許他希望長住在台灣了。」

夏梅萍說：「所有白團的軍事教官在完成合同後，都給了台灣的居留權，他們不必改名也能留下來。其次，這個日本佬並沒有死，只是失蹤了，法院裁決他是死亡，但不是真的死了。我有一個預感，這個日本佬是想在台灣隱名埋姓，因為他有陰謀，也許他想隱瞞一件事。別忘了還有一大批藏金，如果有人覬覦這份價值連城的財寶。任何事都有可能。」

「你說的沒錯，雖然林老太太和我都只是尋人，和藏金無關。但是這日本佬的線索不能放棄，這是個大突破，以後要做的是社會調查，我需要去請教莫馨。」

「莫馨是不是那個女記者？曾經是你的心上人，後來硬是被張慧雯橫刀奪愛把你搶走了。」

陳有為：「你怎麼知道這些陳年舊賬？」

「當然是蘇家媛告訴我的，你過去的一點一滴我都知道，你原來是個風流人物，身邊美女如雲。但是張慧雯把你占為己有後，趕走了所有的女人，你就成了個乖寶寶。現在張慧雯背叛了你，你就想和老相好莫馨舊情復燃了，是不是？」

「人家已經有要好的男朋友，可能已經在論婚嫁了。我想把你完成後的報告給她一份，希望你不要在意。」

「雖然是我寫的報告，但是所有權是老師的，要分給什麼人，撰寫人無權過問。只要老師滿意，我就圓滿的達成任務了。」

「太滿意了！我要感謝你的勞苦功高。」

「老師是對報告滿意，還是對你聘請的助理滿意？」

「報告還沒看到，當然是對助理滿意了。」

夏梅萍嬉皮笑臉的說：「哪一點滿意？助理的學問？還是她的容貌？她的迷人身材？還是她談情說愛的能力？」

「每一點都滿意。」

「老師，你騙我。你對這些都還沒有進行過仔細的實地考查和體驗，你怎麼會知道？」

「別忘了，我是當老師的，你的小心眼逃不出我的手掌。」

「老師沒比我大幾歲，就是因為會讀書，在名校拿了博士學位，當了老師，就來欺壓剛剛畢業的大學生。是老師自己說的要感謝我，找到尋人的突破口，要怎麼謝我？」

「提要求吧，只要是能力所及，一定照辦。」

「我想要吃兩頓五星級酒店的自助餐，再加飯後餘興節目，兩場電影。」

「要求合理，就這麼辦。時間地點都由你來定。」

陳有為和夏梅萍的互動和交往快速的上升，雙方都不能否認他們在一起的時候所帶給他們的快樂，交談的內容也不再是圍繞著學校和工作的話題了。在享受豐盛的自助餐美食同時，有說不完的話，一步一步的增加了相互的瞭解。

晚餐後看電影時，兩人握著手依偎著。黑暗中學生突然轉過頭來，親吻了老師的嘴唇。她在他的耳邊輕聲細語的說：「終於偷襲成功，你的破規矩泡湯了。」然後，她的整個身體就靠上來了。

在他們第二次的約會，天氣轉涼，夏梅萍穿著一件薄薄的風衣，滿臉堆著笑容很開心的樣子。晚餐沒去吃自助餐，他們是到一家情侶餐廳，在閃爍的燭光下進餐，但是陳有為的注意力集中在夏梅萍的衣著，那是她穿著去國民黨黨史館的超性感行頭，他看得目瞪口呆，的確，她是有很足夠的本錢，才敢如此的囂張。

飯後他們選了一部愛情故事的電影，主角是美女和俊男，銀幕上的男女主角在幾乎是以三級片的尺度，表演著讓人熱血沸騰的男歡女愛，銀幕下的夏梅萍發起猛烈的攻勢，陳有為無法抵抗她侵略性的濕吻和愛撫，只能投降求饒。她再次輕聲細語的在他耳邊說：「你的破規矩完全崩潰了，我很高興，你也有了反應，就別想逃跑了。」

散場後，夏梅萍拉著投降的陳有為來到國父紀念館，在昏暗的夜晚裡，樹叢下，大石後，以及任何的陰影下，一對對的情侶在隱私環境中傳出歡愉的呻吟，他們好不容易在熙熙攘攘的大城市入夜後，尋求片刻的男歡女愛，在這裡，每一對有情人，無論是凡夫俗子，善男信女，還是老師學生，都需要入境隨俗。

夏梅萍脫下了風衣，裡頭是件緊身襯衫和超短迷你裙，襯衫上的領口打開，沒有胸罩，乳頭印出在緊繃著的薄料襯衫，還露出了半個豐滿的乳房。迷你裙下兩條修長誘人的大腿全都露在外面，腳上穿著三吋的時尚高跟鞋，陳有為被眼前的性感美女迷住了，有人咬住他的耳朵，他聽見：

「你讓我想起了我的初戀。」

「那是你多大的時候？」

「進初中認識了一個小男生，讓他吻了我，所以我當他是我的初戀。」

「那麼小就有初戀，太早熟了。」

「我要你吻我。」

她抱住了他，熱情的親吻他，她張開了嘴，奉獻出舌頭來。兩人緊緊的摟著，彼此的愛撫著，互相享受對方的身體。

在這短短的幾次相逢，他能完全的感到她渾身散發出的女性魅力，她身體的動作，說的每一句話，一舉手，一投足，和有意無意的肢體接觸，都像是前戲，而主場隨時都將開始，她又咬著他的耳朵：「從哪裡學的？這麼會吻女人。很高興，你有了反應，我不知道你是如何來迎接，迎面撲來的排山倒海愛情，可是我的初戀會隨我來擺平他。」

陳有為送夏梅萍回到家時已經是凌晨兩點，在門口，她摟著心愛的男人說：「謝謝你，今天我好高興。」

陳有為的思潮洶湧，不知如何回答。她繼續說：「老師，你還沒告訴我，每次到台北來，都是在哪裡過夜？是不是在莫馨的床上？」

「你想到那去了？人家有男朋友，都要論婚嫁了！」

夏梅萍說：「天黑後，被兩個男人輪流的愛著，莫馨太幸福了。」

「我們這代人，可沒像你們年青人那麼開通。我有個好同學，他住和平東路三段，他的車房樓上有個客房，可以單獨進出，因為沒人住，就讓我使用。」

夏梅萍說：「那太好了，我可以去陪你。」

他還是無言以對，夏梅萍歎了口氣：「為什麼師生不能戀愛，太不合情理了。我想我是愛上你了。」

夏梅萍將她完成的報告發送給陳有為，他非常的滿意，只是改了兩個筆誤，就轉給了坤盛企業集團的林佳秋老太太和她的孫女吳沛美，同時也約好了見面的時間，要當面報告及回答任何的問題。

他們準時來到敦化北路公司總部大樓，在會客室坐下不久，林佳秋和吳沛美就走進來。簡短的寒暄後，就進入了正題。林佳秋首先說：

「非常感謝二位，辛苦了。我和沛美都仔細的閱讀了報告，感到我們尋人的努力，往前邁了一大步。」

吳沛美說：「是的，二位可以想見，我們有多高興。所以還想聽聽你們親口說說結論和下一步該做的行動。」

陳有為說：「那我就先說兩句。根據收集到的資料，明顯的可以得到兩個結論。第一，日本皇軍軍官酒井雄二是掩埋日軍在亞洲掠奪的金銀財寶主要負責人。二戰期間，此人曾長駐中國。最後在台灣失蹤。第二，台灣原住民曾被徵召或自願參加日軍赴南洋作戰。但沒有資料顯示吳坤先生是其中之一。他不曾離開台灣的可能性很大。夏同學，你同意我說的嗎？」

夏梅萍點點頭，陳有為就接著說：「對於後續的工作，我有些建議：首先，我們現在有了酒井雄二這名字，一定要順藤摸瓜，不能放棄。我已經準備了英文版的報告，應該交給魯賓斯坦大律師，請美國國防部提供有關二戰時期，日本皇軍酒井雄二的藏金活動檔案，以及一切其他有關的日軍軍官檔案。二戰以後的部分，我建議將一份送給《真相週刊》的記者莫馨，她會有興趣追查此人的下落。」

林佳秋和吳沛美都同意這是非常好的建議，她們收下了陳有為翻譯的英文版報告，林佳秋說：「陳博士，我們立刻爭取時間去一趟紐約，去找魯賓斯坦大律師。接觸《真相週刊》的事就由您進行了。我們還是分工合作，這樣可以嗎？」

離開了在敦化北路的坤盛企業集團總部後，陳有為和夏梅萍又去喝咖啡，她懷疑自己是上癮了還是因為別的原因。不能否認的是，咖啡時間是她每天最開心的。但是今天她的心情不同。

「我看林老太太很欣賞你，臨走還送你一個大紅包。怎麼沒打開看看。」

「我已經知道裡頭包了一萬塊錢，是吳沛美告訴我的。」

「夏梅萍，你的臨時工作完成了，你是想考研究所，還是先工作呢？」

「噢！對不起，我沒跟老師說，我在準備出國，正在辦手續。因為需要半年多的時間，才接受了臨時的工作。」

「留學手續需要那麼久的時間嗎？」

夏梅萍的臉色變了，她低著頭，眼眶裡似乎出現了淚水。

陳有為說：「你怎麼了？是身體不舒服嗎？還是發生了什麼事？」

「老師，我對不起你，請你原諒我。」

「你要是不說究竟做了什麼事，我怎麼原諒你呢？」

「我欺騙了你，我是在辦移民手續，要去美國結婚。」

這回是輪到陳有為愣住了，說不出話來。

但是夏梅萍繼續說：「是我不應該，都已經訂婚了，還問你騙吃騙喝，勾引你晚上去國父紀念館，騷擾你。因為我還沒有接觸過像你這麼優秀的男人，一下就被你迷住了，不能自拔。但是一想到我傷害了你，就恨我自己。如果你不原諒我，我會一輩子恨我自己的。」

「夏梅萍，請你看著我，好好的聽我說。首先，你絕對沒有傷害我，這一點你一定要放心。你出現在我的感情生活到谷底時，你的內涵和美麗的外表吸引了我，你用柔情撫慰我的傷痕，對你我有一份感激的心。如果男女朋友不能天長地久，那剩下的只有回憶了。我們這兩三個月的交往所剩下來的是什麼？都是美好的回憶。我的咖啡，你的聰明談吐，共用的美食美酒，我們的激情互吻，你的性感火熱胴體和欲拒還要的呻吟和掙扎，哪一樣不是令人難忘的美好的回憶？這是我一生中寶貴的時光，沒有後悔，只有懷念。夏梅萍，你後悔了嗎？」

聽完了他的長篇大論，夏梅萍已經是淚如雨下，她嗚咽的說：「我明白了，你是個好人，可是你一定對我非常失望了。」

「我費了這麼大的工夫來開導你，像是個對你失望的人嗎？」

「那你為什麼沒有早一點出現在我的生命裡？我要你忘了你的破規矩。」

「你想幹什麼？」

夏梅萍變得很激動：「老師是真的不懂，還是慢了半拍？現在只要有一面牆，就能變成雲雨巫山的陽台，男女就能達到讓你眼冒金星，靈魂出竅的高潮。」

她的臉色一片紅暈，尤其是嘴唇通紅。等她恢復平靜後，陳有為問她：「為什麼要遠嫁美國，台灣就沒有你看得上的年青人嗎？」

「太多了，我已經交過N個男朋友。不幸的是，我沒有慧眼識英雄的能力，我看中的，到後來不是被我嚇跑了，就是不了了之，所以我爸媽就收回選擇女婿的權力。」

「你同意了嗎？」

「不同意不行啊！我的記錄實在是太差了。」

「可以告訴我，那位將要娶你的幸運男人是誰嗎？他追求你多久了？」

「說來沒有人相信，我的婚姻是父母安排的。未婚夫比我年歲大很多，是在美國東部一間大學教數學的。你是不是覺得我很封建？」

陳有為愣了一下，他說：「這只能說明我們是生活在一個多元的社會裡，存在著不同的價值觀。請記住在大喜之日前通知我，好送個賀禮。」

陳有為感歎自己的命運，未婚妻移情別戀，來了一位優秀的女伴，但已是名花有主，落得一片茫然。但是也讓他專心工作，把如何安排回加州理工學院開始工作之前的日子，再次仔細的思考一次。

三個禮拜過去了，他正在準備將要去北京大學交流的事，夏梅萍打電話到成大航空系，約他三天後在台北敘餐。

他準時到了南京東路巷子裡的一家專門賣鰻魚飯的日本料理店，小小的店面很隱蔽，夏梅萍已經先到了。

兩人沒有了老闆和夥計的雇傭關係，已經是直接的稱名道姓了。

「夏梅萍，你現在是個無業遊民了，近況好嗎？」

「不好，主要是心情很煩。」

「告訴我，為什麼心煩？」

「是我老媽，她不停的跟我囉嗦，煩死我了。」

「是什麼事，她要跟你這寶貝女兒囉嗦？」

「老媽在趕我去美國，要我快點結婚。」

兩個人都沉默了一陣，陳有為才說：「你老媽是在為你著想，別跟她老人家生氣了。」

「我想多陪陪你。陳有為，你不歡迎嗎？」

陳有為握住了夏梅萍的手：「現在是我人生裡最黑暗的時期，發生在我身上的是一件又一件的冷酷悲劇。唯一能讓我感到一絲溫暖的就是跟你說說話。你不會知道我是多麼的感激有你出現。」

夏梅萍說：「我找你出來還要跟你說件事，我決定要提早到美國去了。」

「為什麼？發生了什麼事嗎？」

「因為我碰見了你，我如果現在不走，就無法走了。」

陳有為看著她，沉默不語，夏梅萍說：「你懂嗎？怎麼不說話了？」

「萍梅，對不起……」她不等他說完便打斷了他，接著說：「你可以送一樣東西給我做紀念嗎？」

「當然，你想要什麼？」

「你身體裡有成千上萬的精子，能不能留給我一些做紀念？」

陳有為愣住說不出話來，夏梅萍說：「如果你不想把紀念品留在我的子宮裡，讓我吞到肚子裡也行。」

夏梅萍看他沒有反應，她說：「我在你的眼裡，就一點女人魅力都沒有嗎？」

說完，一顆顆的淚珠就流了下來，他用雙手握住她的肩：「夏梅萍，你聽好了，我第一眼看見你時，就曾有非分之想，但是我不能傷害你，因為我太珍惜你了。」

「可是你已經沒有婚約的限制了，為什麼還不要我？」

「可是你還有婚約。我自己剛剛經歷了做一個男人最痛苦的經驗，當另一個男人睡了你的女人時，那份痛苦不僅是來自你失去了她，而是你的尊嚴、自信、能力、自我價值、社會地位，以及他人的評語，都突然完全的崩潰。我沒有權利把這份痛苦加在你未來的丈夫身上。」

「我只是想在婚前短暫的擁有你，你連這一點愛情都捨不得給我，對我太殘酷了。

但是蘇家媛說，張慧雯靠著她老爸和她的床上功夫，就把你霸佔，等到她把你不當回事，踩在腳底下糟蹋，卻還是把你捆得牢牢地，動彈不得。她憑什麼？」

「你我之間的愛情，如果存在，就不會是天翻地覆的折騰一夜後就說再見的一夜情，因為我無法面對那位數學教授和你們的一群孩子。我追求的愛情是相濡以沫的天長地久。夏梅萍，有一天，如果老天眷顧我，讓你解脫了所有約束，我會天涯海角找到你，讓你赤裸裸的在我身體下掙扎，無論你如何搶天呼地的苦苦哀求，我絕不手軟。」

三天後，夏梅萍留下了無限的遺憾，離開了台灣，飛赴美國。

第三章 當代際遇

不是張慧雯本人，而是她的助理打電話給陳有為，為她定時間約見，說有要事。這是他將訂婚戒指送還後，第一次的回應。不為別的，一股好奇心讓他同意見面，地點是台北世貿中心頂樓的俱樂部，張慧雯是長期會員，安排了一個小包間見面吃飯。他穿著牛仔褲，帶著背包趕到時，張慧雯已經在等著他。陳有為說：

「對不起，我是從台南成大趕來，遲到了。但是太好了，我們終於見到面了。」

「你是什麼意思？」

「不重要的事，往往會使人健忘。例如寄還給你的訂婚戒指，也沒收到你的回音，相信是小事一樁，不值得費心。」

「對不起，這是我的不對。實在是因為太忙，助理也忘了給你回覆。」顯然，她對分手沒有反對。

「在我們分手前的兩周裡，我曾四次約你，你都避不見面。相信也是太忙的原因。你今天來找我，是有很重要的事嗎？」

張慧雯：「我是有事，想請你幫個忙。」

「這就對了，我就是在猜，你大概是無事不登三寶殿。那就說吧！」

「我知道，你對我的不守約，一定會耿耿於懷，所以我不是道歉了嗎？都是因為太忙了。」

「你是在說我們的婚約，還是餐約？因為太忙，不能守婚約，倒是挺新鮮的。」

「你是大學者，我說不過你。你提出分手的信，把我們之間的分歧都很冷靜的敘述和分析，雖然我不完全同意，我尊重你，也就沒提出異議。你也曾說過，婚約的目的就是讓雙方認清楚未來要走的路，只要有一方不想玩了，就只有結束。但是對這事，我是有話要跟你說的。」

陳有為沉默不語，張慧雯就繼續說：「吃飯的事，的確是因為臨時有公事，我才取消了晚飯的約會，我以為都跟你說清楚了。」

陳有為的臉上出現了神秘的笑容：「是嗎？連續四次都是因為忙嗎？」

「你這又是什麼意思？你不相信？你說我是在說謊嗎？」

「就說最後一次吧，你說要去馬尼拉開會，不能跟我吃飯，但你卻出現在香港。」

張慧雯的臉突然失去了血色，她驚慌的說：「一定是看錯人了。」

「又健忘了，是嗎？還記得，香港金鐘道萬怡大酒店七一四號房間嗎？」

陳有為打開背包，拿出一個大牛皮紙信封，取出八張放大的照片，攤開在桌上，這些照片是在敘述一對戀人親密的進出萬怡酒店，燭光下的晚餐，甜蜜的擁抱親吻，手牽手走進七一四號房間，雖然沒有房間內的照片，卻有無限的想像空間，這對戀人就是林武聯和張慧雯。她用顫抖的聲音說：

「有為，我對不起你，請你聽我的解釋，行嗎？」

陳有為沒回答她，但是他說：「你知道，上一次我接到牛皮紙信封寄來的照片是什麼嗎？」

過了一會，他看張慧雯沒有回答，他就繼續說：「那是你穿著婚紗的照片，徵求我的意見。」

「對不起。你現在一定很激動，等過幾天平靜下來，我會給你一個解釋，你是個講理性的人，你會諒解我的。」

「哈！說起激動，那你要看幾天前我是什麼樣子，那才是叫做激動。我現在是一點都不激動，因為我終於想通了。我們會走在一起是個錯誤，我們的共同點太少了，甚至連價值觀都是南轅北轍，你的美豔和能幹，加上你顯赫的家庭身世，以及親朋好友們的推波助瀾，我們沒有經過大腦就決定終身了。你的馬尼拉，噢！你的香港之行終於讓我醒了。其實，冰凍三尺非一日之寒，我不癡呆，也不麻木，早在幾個月前我就有感覺，你可能另有新歡了，只是我不肯面對現實，去質問你。從這些照片看來，萬怡酒店不應該是你們第一次上床，是不是？」

「你現在對我充滿敵意和怨恨，所以就否定了一切。難道你連聽我的解釋都不願意嗎？」

「你是不是要告訴我，你們進了房間後，是如何的脫衣上床，雲雨巫山嗎？還是要我知道，林武聯的床上功夫是多麼高強？」

「是誰告訴你，我和林武聯在香港碰面？」

「這還用人來搖旗吶喊嗎？任何市面上的八卦緋聞報章雜誌都有你們的報導。」

這回輪到張慧雯沉默不語，陳有為繼續說：「其實，我是很幸運的，還好你是現在去和別人開房間，要是等我們結婚以後，你才突然從馬尼拉轉彎到了香港去，買了一頂綠帽子給我戴，那我就非得要跳河了。」

陳有為轉開了話題繼續問：「你知道我對婚姻的追求是什麼嗎？」

張慧雯說：「當然是找一個伴侶幫助你成家立業了，不對嗎？」

「那不是我最終目的。我追求的是一顆心，愛我和我愛的心，然後相濡以沫。終老一生。」

張慧雯說：「你曾經認為我是你心目中的最佳伴侶，我認為現在我還是，只是走了一些彎路，聽我解釋了你會明白的。你曾經說過，永恆的愛情在過程中會有變化的，所以你會原諒偶爾出現的彎路，只要目標不變，愛情的永恆還是常在。」

「說的沒錯，但是你忘了我還說過，永恆的愛情裡是充滿了諒解，甚至犧牲。但是不能有絲毫的欺騙。馬尼拉和香港不是在同一個空間，彎路也只能走一次，以後的就是在時間裡的欺騙，它趕走了永恆愛情裡的諒解和犧牲內涵。」

張慧雯：「陳有為，我沒有背叛我們的愛情。」

他繼續的問說：「回到現在，有了彎路後，我在你心目中又變成是什麼呢？」

她即刻回答：「一點都沒變，和以前一樣，還是要託付終身的男人。」

陳有為問：「那麼你把林武聯放在哪裡？」

她又是沉默不語，陳有為替她說：「如果你們是有真的愛情，你當然是想要和他花好月圓，天長地久，尋找你們的快樂。但是林武聯是有婚姻的人，他的妻子未必會同情你們的夢想，那就麻煩大了。要解決法律、道德和社會帶來的困難不是不可能，但是所需要的金錢可就是天文數字了。」

張慧雯突然打斷他的話插嘴說：「你是想用這些照片來威脅報復我是嗎？你要毀了

我，也毀了林武聯，才能滿足你的報復心態嗎？」

「女人移情別戀比比皆是，我又何必要報復呢？所以你就放心吧，我沒有把照片交給狗仔隊的打算。可是話又說回來，你沒有告訴我，你找到了更精彩的男人，也沒說要和我斷絕來往，更沒有取消預定的婚紗，看來你還是要嫁給我。但是，為什麼你要欺騙我呢？」

張慧雯說：「這就是我要解釋給你聽的。林武聯是個政治人物，他有抱負也有野心，同時他在建立人際關係的能力非常強。我認同他的政治理念，同意支持他出來競選民意代表。有為，你知道我非常看好你的事業前途，同時我也想發展我自己的事業，我們需要有政治人物來支持才能更發揚光大。我之所以要接近他，就是要穩住他，讓他死心塌地的和我們站在一起。他有他的婚姻，不會影響我們的生活。你明白我的意思嗎？」

這次是輪到陳有為沉默無語，他愣住了，過一陣子才說話：「如果我沒聽錯，你是要我帶著綠帽子來發揚光大你我建立的事業，是嗎？」

「你怎麼這麼說話？男人戴綠帽子是因為老婆找到了比丈夫更優秀的男人。論學識、人品、能力，包括辦事和床上功夫，林武聯都無法跟你比。」

「那他是用什麼把你迷住了？他有特異功能嗎？」

張慧雯紅著臉說：「你是故意在氣我，你明明知道，你我的男女生活配合得很好。也許你會覺得我很可憐，林武聯不能滿足我。」

「市面上到處都有賣威爾剛的，你的幸福要緊，叫他別太小氣了。」

她用陳有為非常熟悉的特殊語氣說：「我們不說這些不愉快的事了，飯後我到你那，我們可以好好的談談，把事情解釋清楚。我們太久沒有在一起了。」

陳有為像看陌生人似的看著她說：「對不起，張慧雯，我沒有戴任何方式的綠帽子習慣，更沒有吃人家剩菜的習慣。」

他從口袋裡取出一個信封交給她：「這是你送給我的虎符項鍊，說是你父親要送給他未來的女婿，我不是候選人，所以就請你收回吧！」

張慧雯明白了，眼前這位曾經愛過她，要和她天長地久，終老一生的優秀男人，也曾是一次又一次的將她帶入那銷魂蝕骨境界的男人，竟然拒絕了她的獻身，而且就要徹底的離她而去。但是她有信心，總有一天他會回到自己的身邊。

「有為，你要是鐵了心要和我分手，沒有人能強迫你。但是請你看在我們曾是朋友一場，也有過一段很甜蜜的日子份上，你能幫個忙嗎？」

「當然，只要是我能辦得到的，沒問題。」

「所有的八卦和緋聞報刊雜誌，都在渲染林武聯有婚外情，他們的證據就是我，張慧雯。」

陳有為說：「至少他們沒有無中生有，造謠生事。這該是一大進步。」

張慧雯瞪了他一眼說：「我們都發表了聲明否認。林武聯說他有很穩定的婚姻和家庭，而我說已經和一位年青學者有婚約，不久就要結婚了。林武聯的老婆已經支持，我希望你也能出面支持我的聲明。」

陳有為說：「這與事實不符，你知道我的原則，我不會為任何人說謊的。我可以告訴你，這些照片幾乎使我崩潰的心路歷程，你要告訴任何人，只要據實，我不反對。」

張慧雯沉默了很久才說：「我記得你從前的老相好莫馨說過，你是個高尚的人，永遠站在道德據高點。我退而求其次，能不能在我們是否有婚約的事實上，保持沉默？」

陳有為回答說：「只要不讓我說謊，要我保持沉默是沒問題的。但是我得告訴你，昨天已經有記者來問我，要我澄清我是否有婚約。我的回答是：目前沒有和任何人有婚約。」

張慧雯又問：「這些照片是誰給你的？」

「不曉得，是有人把它放在我系裡的信箱裡。」

陳有為又加了一句：「別人的信箱裡有沒有，就不得而知了。要是這幾張照片流露出去，林武聯的婚外情一旦曝光，他的老婆要是發飆，那離婚費就不得了。賠了夫人又折兵，搞不好，人財兩空。」

突然，陳有為的心情變得非常惡劣，他站了起來，拿了他的背包說：「我們就到此為止，失陪了。」

張慧雯驚訝的問：「菜都上來了，你不吃完再走嗎？」

陳有為沒有回答，推開小包間的門快步離去。等到把原封未動的飯菜打包，付完賬以後，張慧雯走出世貿大樓時，她有個不舒服的感覺，似乎感到她是整件事裡的最大輸家。雖然她明白，她可能會從此失去了陳有為，但是他們還會見面嗎？她沒想到的是，那幾乎是十年後的事了。

陳有為去美國留學時，總角之交的楊惠書和莫馨進入了社會工作。念書和工作都是忙碌，也可能是藉口，讓他們之間的聯繫就只剩下每年一次的交換年終季節的賀卡。但是他們多年的友情從未消失，當陳有為即將失去他所有做男人的尊嚴時，他的求援之手是伸向兒時布農族的青梅竹馬好友莫馨，而莫馨的反應是及時和排山倒海似的強大，讓陳有為不僅保住了尊嚴，還將對方徹底的打趴在地上。

陳有為把夏梅萍報告的電子版發給莫馨，然後懷著無限的感恩，要求和莫馨見面，她欣然同意在明星咖啡館會面。那是一間在一九四九年，從以前上海的霞飛路七號搬到台北市武昌街一段七號，也就是當年台北最繁華的衡陽路西門町一帶的老字號，到現在它已經有了超過半個世紀的燦爛歲月。它的特色是美味的俄羅斯餐點與俄國皇室御用糕點，它曾撫慰了無數俄羅斯人的思鄉之情，同時也風靡了無數講究美食的達官貴人，包括了蔣經國的俄羅斯妻子蔣方良女士。

咖啡館樓下的騎樓也正是詩人周夢蝶擺舊書攤的地方，這個傳奇故事的因緣，使明星咖啡館成了台灣近代文學的重要地標，孕育出許多文壇巨擘。

曾有人說過；台灣六十年代的現代詩和現代小說裡有著濃郁的明星咖啡香味。

陳有為和莫馨已經有將近四年的時間沒見過面了，當服務生把莫馨帶到陳有為面前時，他驚訝的發現，時間的相隔，莫馨還是和深深地留在他腦海裡的印象一樣，穿著時尚的漂亮美女，刻意的顯示誘人的身材，但是保持住那優雅的體態。想到他們曾是熱戀過的情人，讓他悵然若失。

「陳有為，你不認識我了嗎？怎麼這樣看人呢？我可以坐下來嗎？」

「當然，士隔三日，刮目相看。更何況美豔依舊，讓人有無限遐想。請告訴我，看了我發給你的報告了嗎？」

「非常仔細的反覆研讀數次，我們最後再談，我有驚人的消息要告訴你。但是先要說，隔了這麼久沒見，一見面，你就吃我豆腐，是想跟我吵架，是不是？」

「不敢，吃了熊心豹膽的人都不敢和無冕王吵架，更何況我這無用的，被人遺棄的小男人。莫馨，我是來向你表達我的感恩之情，但是在驚歎你的美麗，青春常駐，好像永遠不老。」

「這都是美容院和高級化妝品的功勞，讓你好好的看看我，你是不是後悔了？」

陳有為：「看樣子，你對我的有眼無珠，不知好壞，還是懷恨在心，所以就大量的在我傷口上撒鹽。」

他們點了咖啡，一份俄羅斯軟糖和一份核桃糕。莫馨用手輕輕的剝開當年俄羅斯沙皇享受的白泡泡俄羅斯軟糖，放進口中，她說吃起來有彈牙的感覺，甜而不膩，因為是冰凍後食用，更有一番風味。核桃糕是由傳統俄羅斯點心改良成適合中國人口味的糕點，它是用精選的桂圓，加上核桃和葡萄乾組合成的，咬下一口，就有撲鼻的藍姆酒香味，再搭配鋪滿的乾果，它的香氣和口感都是別無僅有。

「莫馨，看來你對這裡很熟，一定是經常來這裡和男朋友幽會的地方。但是我還是要由衷的感激你給我的那些照片，保住了我一點當男人的尊嚴。」

「那你要如何的謝我？」

陳有為說：「我聽你的，只要我辦得到，要什麼都行。」

莫馨說：「現在先記帳，我要你還帳的時候，會告訴你。說說張慧雯對那些照片的解釋。」

陳有為把他們在世貿大樓見面的情況一五一十的告訴她。莫馨說：

「張慧雯真是個厲害人物，和別的男人上床，又要和前任未婚夫雲雨。但是被你一口回絕，你也夠狠的了。蘇家媛說，她看起來越來越美豔性感，但是以前的愛情，轉眼就煙消雲散。」

「你怎麼也會認識蘇家媛？」

「我是幹調查的記者，當然會認識所有的包打聽了。」

「莫馨，你現在知道是怎麼回事了，你認為這裡頭有愛情嗎？」

「有愛情的假像，但是她把你這傻瓜給騙了。我聽蘇家媛說，張慧雯有發大財的野心，她需要林武聯，而林武聯也需要她來助選，互相利用。」

「最讓我哭笑不得的是，張慧雯一再強調，她和林武聯上床都是為了我和她的前途。所以她繼續問我對婚紗照片的意見。」

莫馨問：「這麼說來，外面關於你和張慧雯的傳言都是真的了？」

「告訴我，傳言都是怎麼說的？是不是很難聽？」

莫馨：「從好來好散，到大打出手，有各種不同的版本。」

「那你的看法呢？哪一個版本是真實的。」

「按我跑新聞的經驗和對你的認識，第一，我認為你和張慧雯原來就有基本的分歧。第二，你的那個風騷女人和林武聯睡了覺，給你戴了頂綠帽子，所以讓你發瘋了。我說的對嗎？」

「到底是著名的調查記者，什麼事都瞞不過你。我想你現在一定很高興，當年和我分手是對了，你看穿了我是個沒用的男人。」

莫馨按住了陳有為放在桌上的手：「不許這麼說我的前任男朋友，因為他是世界上最優秀的男人。」

「但是到頭來，我還是讓你失望了。」

「我從來沒有對你失望過，我失望的是那個壞女人，她不珍惜一個好男人。張慧雯和我是大學的同學，我知道她是個什麼樣的女人，你這麼聰明，難道你還沒看出來，也沒感覺到，她是個野心很大，同時手段也很狠毒的女人嗎？還有人說她好男色，跟不少男人都曾有過魚水之歡。」

「在半年多前我就感覺她和其他男人有勾搭和曖昧的動作，但是她對我和往常一樣，可能還更是熱情一些。我們談論到婚嫁的事，還去做了驗血和選購婚紗的事。她不像是個要紅杏出牆的女人。」

「她實在是太厲害了，怪不得你被她迷住了。當時你不聽我的，放棄了我而擁抱了她。有為，我不恨你，我恨的是張慧雯，她深深的傷害了你。所幸，你終於清醒了。」

陳有為很動容地握住了她的手：

「謝謝你沒有放棄我這個不值的朋友。好了，說說你吧！快結婚了嗎？」

「你是說那個小開嗎？已經吹了。」

「為什麼？我聽說他是出身豪門，可讓你當一輩子的闊少奶，永遠風光，太可惜了。」

莫馨說：「他不成材，跟我要比的底線男人差得太遠了。」

「那個底線男人是誰？」陳有為好奇的問。

莫馨回答：「你真的不知道嗎？那你就繼續猜吧！」

陳有為看著她，隔了一會說：「莫馨，對不起。」

莫馨說：「這不是你的錯，不用向我道歉。我問你，張慧雯有沒有和你提到過，日本人找原住民埋藏黃金的事。」

陳有為驚訝的問：「你為什麼會把日本人藏金的事和張慧雯連在一起？」

「這就是我說的驚人消息。有人透露給我說，林武聯和日本黑幫合夥在找日軍二戰時在台灣的藏金，再加上我知道張慧雯是個想發財的人，所以我才問你。如果這一對狗男女是為了想發財，讓你戴了綠帽子，你就太虧了。」

陳有為不說話，但是他的憤怒完全顯露在他臉上。隔了一會兒，他才開口：

「算他們有狗運，碰到的是我，要是換了楊惠書，他一定會出草，把他們作了。」

莫馨說：「這都是你自己找的，去念了那麼多的書，變成個現代化的生蕃，已經不會出草了。」

「這都是什麼年頭了，我們布農族的人，如果再不去念書受教育，被社會當成生蕃，不出一代人，我們就會被滅亡了。好了，不說這些了。」

陳有為轉開了話題：「你和布農族原住民企業家林佳秋和她孫女吳沛美見面時，有沒有提到林武聯和張慧雯在找藏金的事？」

莫馨說：「這是我後來才知道的，所以沒提。夏梅萍的報告相當精彩，你和林老太太尋人的下一步是什麼？」

「根據夏梅萍的報告，日本皇軍藏金任務負責人酒井雄二浮出了水面，二戰後，他留在中國，後來到了台灣，最後失蹤。林老太太和孫女吳沛美會拿著報告的英文版去見美國的律師，要求美國國防部提供所有和酒井雄二有關的資料。」

陳有為喝了一口咖啡後繼續說：「顯然當年的日本皇軍應該有一份勞工名單和藏金地點。計畫是透過美國的律師，向日本政府要求相關資料。另外，酒井雄二在台灣住了很長一段時間，還用中國姓名，最後在台灣失蹤。你們《真相週刊》有興趣跟蹤調查嗎？」

莫馨說：「這是名正言順的要求，日本政府是沒有理由拒絕的。台灣方面的跟蹤調查《真相週刊》是太有興趣了。這你就放心，我來辦。」

陳有為說：「這真是太好了，我外祖父的下落就明白了。」

莫馨嬉皮笑臉的說：「但是我要調查的第一件事，就是你和那位大美女助理夏梅萍的關係。還是你自己就招供了。」

「除了雇主和雇傭的關係之外，還能有什麼關係？人家已經是名花有主，去美國嫁人了。」

「那位包打聽蘇家媛可不是這麼說的。她告訴我：大美女助理是奮不顧身，向大學者投懷送抱，展開了一場火熱的激情戀愛。最後是老媽出動，哭哭啼啼的被押送去嫁人。是這樣的嗎？」

陳有為說：「夏梅萍是打了個擦邊球，讓她的豐富人生裡，多了點繽紛。而我是親身體驗了青梅竹馬的戀人，消失在一群優勢男士的追逐裡，然後又被未婚妻戴上了綠帽子。莫馨，你見過命運這麼悲慘的男人嗎？」

陳有為沉默了，莫馨能夠感覺到他內心的動盪和痛苦的感受。她輕聲的說：

「如果你真的非常在意青梅竹馬戀人，為什麼不去奮鬥呢？沒有想到也許她是在等待著嗎？」

又是沉默了一會，陳有為說：「你終於明白了，你的青梅竹馬男友是多麼差勁。」

當莫馨看見一對充滿了淚水的眼睛時，她的手機響起了很特別的鈴聲，她即刻回答：「我是莫馨，請說。」

聚精會神的聽了後，她回答：「是，我明白。我馬上就出發。」

莫馨說：「對不起，有為，我有個緊急任務，要先走。我們話還沒說完，我還會找你。」

陳有為突然明白了莫馨的敬業精神，他肅然起敬。

陳有為和莫馨再見面時，已經是兩周後的事了。

「小銅板牛排館」是以前他們常光顧的餐館，兩人點了各自所好的餐點，就專心用餐。等吃得差不多了，莫馨才開口說：

「我看你吃得挺香的，是不是這幾天你的生活很不正常？其實，其實我把你發來的檔案仔細的研究後，就想找你細談。可是你躲起來，找不到你。」

「其實也不是，我不想成為你們媒體的目標，不想和張慧雯與林武聯在報紙上扯上關係。說我被姓林的把我的女人睡了，所以就落荒而去。我是不想給張慧雯造成更多的困擾，知道實情的人，會指責她的，我又何必讓她更難堪。所以我就搬進一間小酒店，閉關自守，輕易不見人。」

「有為，你知道嗎？你的問題就是為人太善良了，張慧雯把你整得這麼慘，你還是為她著想。我看你是跳不出她的掌心了。」

「不見得，我來找你。不是就跳出來了嗎？」

「至少這是第一步，躲在小旅館裡不是個辦法。」

「說得對，我要是決定反擊，力度就會很大。我將夏梅萍的報告發給你看，也是反擊的一招。」

「太好了，這才有點像是我的舊情人。陳有為，來日方長，我祝你成功。」

陳有為說：「謝謝你的祝福，希望不會再讓你失望了。」

莫馨有些傷感的說：「我有信心你一定不會讓我失望，但是我也知道，你會忘記我的。你已經在世界級的名校有了立足點，有朝一日會成為世界級的名教授，面對的是全世界，也包括全世界的美女，我這個台灣的草地人，還會存在你心目中嗎？」

「你別小看我，我不會忘記你的，我倒要看是誰先忘記誰，我們等著瞧。你說有重要的事，說吧！」

「首先我要你知道，對於林武聯和張慧雯的底細和所作所為，我是最有發言權。前者曾是我的調查對象，雖然把我弄得灰頭土臉，但是沒人敢批評我調查結果的真實性。後者是我大學同學，又是和我搶男朋友的死敵，在鬥爭中為了知己知彼，我把她調查得清清楚楚，雖然她戰勝了，奪走了我的愛人，但是她的一切事實，我全明白。」

陳有為說：「這些我都知道，這也是我要找你的原因。」

「那就先讓我把整件事的不合理之處告訴你，然後再說我的分析。張慧雯和林武聯上床是笑話，從男人的本質、人品、學問和能力上比較，姓林的那副德行差你十萬八千里，但是她犧牲了你，為的是什麼？是她看中了姓林的政治理念嗎？這對狗男女是在覬覦日本皇軍在二戰結束前埋在台灣的藏金。」

陳有為說：「我和夏梅萍也是這麼想的，但是他們的目的是什麼？難道他們是想奪寶嗎？黃金是有主的，沒有他們的份。」

「別的我不知道，但是我知道張慧雯是個貪心的人，她要好男人，更要財富。林武聯也是一樣，能力不怎麼樣，但是野心很大。其實當年我的調查對象是他的祖父林承璋，結果他把我告到法院，靠著他在政府裡的人脈關係，把我弄得灰頭土臉的。」

「我還記得，你是說他祖父不是烈士，還可能是個叛徒。那你是在說林武聯是個冒牌的烈士遺孤，他當然無法忍受了。」

「我看不見得，他是捨不得烈士遺孤帶給他的好處，包括考大學會加分數。我的問題是新聞從業員的道德約束，不能讓我透露我的新聞來源。」

「你跟我提過，新聞來源是個精神病患者，所以可信度有問題。」

「現在所有的當事人都去世了，我可以告訴你真相。當年來向我洩底的老兵是一個精神病人，根據他說的，他親眼看見林承璋走進共軍的前方指揮部。我去國防部查詢，這個老兵的確是有參加過山西太原保衛戰，他的團長就是林承璋，並且他曾被俘，後來才逃出來。

「我不可能只靠一個精神病人所說，就發佈新聞，我的另一個消息來源是個軍官，李建哲，他是一輩子跟隨在林承璋的身邊，從勤務兵幹到衛士，後來又成了他的副官。他說當天他是一直跟在林承璋的身邊巡視陣地，但是突然叫他回團部去拿一張地圖。回來時就有人告訴他說團長被共軍的狙擊手槍殺了。他就趕到軍醫院要看他團長最後一眼。當時國軍正在全面撤退，情況很亂，他在醫院裡看見一個身穿團長制服的死人，滿臉污垢，全身是血，是個他認識的人。但是他不是林承璋團長，而是他的勤務兵。」

「是不是李健哲不允許你透露他是你的消息來源，所以這些事都沒見報？」

「是的，再加上國防部又出示一本中共的『擊斃敵軍名單』裡，林承璋的名字是在裡頭。所以我只能收回了。但是事後我又去採訪了李建哲，他透露說，當時林承璋團長的心情不好，精神恍惚，原因是他懷疑老婆紅杏出牆，正在辦理離婚。」

陳有為說：「居然有人膽大包天，敢去和團長的老婆私通，可見愛情有多偉大，連被槍斃都不怕。」

「李健哲說團長夫人的男朋友是『酒井雄二』，是個日本軍事顧問，是何應欽的人，來頭太大，也只能離婚。這是我第一次聽見『酒井雄二』的名字。但是在你發來的夏梅萍報告裡，這個日本人的名字又第二次出現了。」

「當時你在調查『冒牌烈士』的時候，如果也去調查了烈士的寡婦和與她同居的男人，就可能大不同了。」

莫馨說：「當時我是去訪問過林武聯的祖母林老太太，她給我的印象是一個典型的烈士遺孀，靠撫恤金，辛辛苦苦的把唯一的後代孫子帶大，終於碰到了一位愛她也喜歡她兒子的男人，他們同居了是件可喜的事。」

「莫馨，你同意嗎？張慧雯遺棄了我，投進林武聯的懷抱是為了奪取日軍的藏金。」

她回答說：「我同意，因為這是唯一的理由和他們兩人的個性吻合。」

「莫馨，說說你的分析和推論。」

「我知道的有三個酒井雄二。第一個酒井雄二是日本皇軍裡埋藏黃金的專家，這是從美國解密的檔案建立的。第二個是國民黨的黨史館白團檔案裡有個酒井雄二，後來改名鄭忠後，在台灣失蹤。第三個是從我的調查訪問裡得到的，林武聯祖母曾有過一個姘頭，名叫酒井雄二。從檔案的描述和證人的證詞，這三個酒井雄二應該是同一個人。如果能取得日本皇軍的人事檔案就可確認了。」

陳有為說：「這三個酒井雄二的共同點就是那山洞裡的黃金。對不對？」

「沒錯，然後再考慮到他們的個性，這個假設就完全合理了。」

「你是說他們愛錢的個性嗎？除了林武聯是嗜錢如命，但是張慧雯是富家女，她會嗎？」

「有為，張慧雯一定沒跟你說過，她是小老婆生的，所以他父親的大老婆不讓她進門，他去世後分財產也沒有她的份兒，張慧雯恨得牙癢癢的，發誓日後一定要發財給張家看看。這是她親自告訴我的。」

「你認為他們尋寶的進展如何？」

莫馨說：「我想他們是遇到一些困難。否則他們不就是大富豪了嗎？可是根據美國政府的解密檔案，酒井雄二是參與日本皇軍藏金的主要軍官。所以林武聯和張慧雯一定是在尋找此人。」

「莫馨，你會繼續追蹤這個案子嗎？」

「當然，我還要想盡一切辦法不能讓他們兩人拿到藏金。如果可能，我還要順便的報仇，我對當年的灰頭土臉和強奪我男友的事一直耿耿於懷，一直想要出這口氣。另外，如果今晚你還能讓我滿意，我也順便為你被戴綠帽子的事報仇。」

「聽不懂，能不能解釋一下？」

「別囉嗦，快去付帳，然後跟我走。」

布農族居住的台東地區，溫泉遍佈，到處都是冒著熱水的泉眼。莫馨和陳有為從小就養成了泡湯的習慣。他們來到陽明山的麗致溫泉酒店。這間隱蔽在樹林裡的旅館是情侶們常來幽會的地方。

這裡的湯屋和一般酒店的房間一樣，有一張舒適的大床，不同的是還有一間大浴室，中間是個很大的泡湯池，打開溫泉水的龍頭，帶著濃濃硫磺味的溫泉熱水就一湧而出。顯然，莫馨是有備而來，她拿出一瓶陳有為最愛的紅酒在他眼前晃一晃：

「也許我已經沒有魅力，引不起你的興趣，但是你能拒絕它嗎？」

「你是怎麼發現我有喜愛紅酒的弱點？」

「你又忘了我是幹調查的嗎？我知道你的弱點是美女和紅酒，我也知道你的強勢。所以我可是拭目以待，別讓我失望了。」

「說說我的強勢是什麼？你怎麼會知道？」

「哈！我們女同學聚會時，張慧雯會毫無顧忌的描述你們兩人火熱的性生活，一個布農族的生蕃是如何的把她玩得死去活來。」

「那你都相信嗎？」

「幹調查的記者是要求證的。」

莫馨的赤裸裸挑逗，讓陳有為啞口無言。她拿出了兩個酒杯，只倒滿了半杯，兩人開始慢慢的品嘗。房間裡的溫度調得很高，加上瀰漫的溫泉水蒸汽，衣服成了束縛。

莫馨說：「太熱了，我要脫掉上衣。」

只剩下上衣裡頭的緊身內衣，莫馨將她惹火的身材呈現給他，沒有胸罩，薄薄的內衣緊貼在一對渾圓的乳房，暗色的乳頭和深深的乳溝，完全一清二楚。

「你還記得以前被你摸過的身體嗎？」莫馨的挑逗還在持續。

陳有為不甘示弱的回答：「我不知道別的男人是如何反應，但我是畢生難忘。」

「那我就讓你看個夠。」莫馨是在排山倒海的壓迫他。

當赤裸裸的希臘女神出現在眼前時，他已經無法忍耐了，他走向前緊緊的擁抱著她赤裸的身體，而她也用力的貼在他身上。莫馨已經失去了語言的能力，只是下意識的拚命用力呼吸和拉扯他的衣服，她驚訝的發現自己有如此強烈的需要眼前男人，而他的強烈反應，也證明他也有需要。

「我們去泡湯吧！否則就泡不成了。」

陳有為說：「說得沒錯，讓我把衣服脫了。」

「讓我來，女人最享受的，就是慢慢的脫男人衣服。」

莫馨的動作很慢，因為她花在撫摸他身體的時間，多過為他脫衣服的時間，尤其是在敏感的部位，徘徊良久。溫泉水的熱度將陳有為皮膚的毛孔張開，他頓時感到全身舒暢，將緊張和勞累一掃而光。眼前赤裸裸的美女又送上一杯美酒，耳邊的鶯聲細語，將多年前熱戀的情景出現，一幕一幕的閃過，當水蒸汽模糊了他的視線時，他想起了白居易的長恨歌，「溫泉水滑洗凝脂」，美酒讓他分不出滑膩是來自硫磺溫泉水還是緊貼在他身上貴妃美女的皮膚。她的手在溫泉水下遊動，更讓他因需要而飽滿：

「有為，我需要你。」

「我知道。」

陳有為忘記了自我，回到了從前的熱戀，他擁抱著初戀的愛人，步出湯池，纏綿在「芙蓉帳暖度春宵」。莫馨的靈魂被激蕩著，進入了一片朦朧和舒暢的感覺中，最後的迷失依然使她的身體抖動，莫馨溶化了。「春宵苦短日高起」，清晨的天光還只有微微的發亮時，大床上的人有了動靜，俯臥著的莫馨說：「你要是繼續的在我背上這麼摸下去，一切後果都要你負責。」

「別緊張，我只是舊地重遊。」

「你在想什麼？思念你的未婚妻嗎？別再傷害自己了。」

「別忘了，我是布農族的生蕃，刀槍不入。」

「可是這些年來，你就是在為張慧雯流血、流汗，還流你們男人的寶貝。一想起來就生氣。」

「還望大美女寬宏大量，手下留情，不計小人之過。」

「我問你，姓張的女人是不是常常在床上調教你？我看你伺候女人的功夫很到家，膽子也很大，什麼都敢。她大概就只顧得紅杏出牆，沒時間讓你播種，所以你就全發洩在我身上，把我弄得昏死了好幾回。」

「看你反應得那麼熱烈，我以為你很喜歡。」

「我是女人，受不了你的進攻而不起反應。可是你上下一起來，我想出聲反抗都沒辦法。有像你這樣全面佔領女人的嗎？」

陳有為說：「你搶天呼地的叫喊，別人聽見了還以為是我在強姦你，所以只好封你的嘴了。」

「張慧雯沒告訴你嗎？女人叫床是為了增加高潮時感受的強度，你封我的嘴，太不厚道了。」

他輕輕的撫摸著莫馨的胸脯，深情的吻著她的雙唇：「對不起，你太美，太誘人了。你讓我失控。」

莫馨笑了，她摸著陳有為的臉：「其實，在節骨眼時，你還是很溫柔，很會惜香憐玉。」

她翻過身來，伏臥在床上，再次被佔領時，枕頭淹沒了她的呼喊，她不要陳有為看見她滿臉的淚水。

陳有為在台灣的最後兩個月裡，他和莫馨，從青梅竹馬的小戀人升級為全方位的一對熱戀男女。兩人的閒置時間都是在一起，互相邀請對方到自己住處過夜，陽明山，北投，烏來和宜蘭礁溪的溫泉泡湯屋也留下了他們的足跡。所有認識他們的人，都一致認為他們是一對熱戀中的情侶，並且郎才女貌，是一對很匹配的年青人。

陳有為的腦海裡不時的想到他自己的未來。在大學的教書和做研究生涯是確定了，那是他「立業」的目標，也是他熱愛的前途，只要他在加州理工學院兢兢業業的努力，他會在事業上開花結果是可以預期的。但是想到了同時也要「成家」時，他不敢確定。

他非常明白，莫馨不是一個只是待在家裡，燒飯帶孩子的家庭主婦。她會非常的不快樂。她是個事業心很重的女人，在台灣已經建立了她的事業基礎，在新聞調查的行業裡，也算是個知名人物了。要她放棄這一切，在美國重新打天下，她將面對語言、文化、社會關係和種族敏感問題，等等的困難。即使一個能力很強，充滿了決心的人，是否能克服這些困難，都是個未知數。

但是陳有為非常明白，他必須要親口，面對面的問莫馨，願不願意當他的妻子，兩人一起組織家庭，打造未來。他們又來到了陽明山的麗致溫泉酒店，吃完一頓精美可口，配有紅酒的晚餐後，他們開始泡湯，陳有為使出渾身解數，親吻，愛撫，在她耳邊說著甜言蜜語的愛情故事。激情過後，莫馨進入了渾然忘我境界，但是讓她心醉的男人繼續以溫柔的愛撫和耳邊的輕聲密語，講述著愛情的故事。陳有為看著她的臉上帶著滿足的笑容睡著了，緊緊的抱住她進入夢鄉。

等他們醒來時，窗外已經出現了晨曦，他的手在她的皮膚上遊走，而她的一條腿還跨在他身上。

莫馨說：「喜歡摸我的身體嗎？」

「喜歡，這麼光滑誘人的皮膚，如果一輩子都能把手放在上面，那就是天堂了。」

「我打賭你跟張慧雯也說過同樣的話。」

陳有為沒有回答，但是他說：「大家公認，布農族女人的皮膚最滑，最細。」

莫馨不甘示弱：「張慧雯曾向大家宣佈，布農族的生蕃男人最厲害，會把女人玩得死去活來。我問你，你的第一次是不是給了張慧雯？」

「當時我是個血氣方剛的小男生，抵抗不住她的誘惑，只好投降。」

「是嗎？她可是說，你是自動獻身。然後她就把你調教成男優，專門伺候她。你太不爭氣了，替我們布農族丟臉。想到這，我就來火。」

「你相信她說的一切嗎？我是布農族的生蕃，天生就是有本事。」

「從你玩我的功夫，我想她是調教過你。」

陳有為說：「我不跟你鬥嘴了。莫馨，我愛上你了。」

「你是說，以前那些年，你都沒愛我，但是現在發現我的可愛了。」莫馨還是嬉皮笑臉。

「以前只是小打小鬧，現在我們都大了，我想知道你會不會嫁給一個布農族的生蕃。」

莫馨感到了陳有為是要玩真的了，她突然沉默，不說話了。他就接著說：「我的意思是，我們一起到美國去打拚，互相幫助開創你和我的事業。我們會碰到困難，但是我相信我們有能力來克服的。」

突然，全身赤裸的莫馨抱住了陳有為，嗚咽的哭了。陳有為慌了：「莫馨，對不起，我說錯話了。就當我沒說吧！」

沒想到，莫馨反而放聲的哭起來，她摟住同樣一絲不掛的他，一抽一抽的哭著說：

「過去的一個多月，你讓我活在神仙世界裡，你日夜的愛我，我都分不出是白天和黑夜了。你已經是我嘴裡的一顆糖了，我捨不得放棄。我該怎麼辦呀？」

「那你就跟我去美國吧！我會好好的照顧你一輩子。」

這句話似乎讓莫馨平靜下來，她停止了哭泣，但是閉上了眼睛。陳有為輕輕地撫摸著她，吻著她。隔了許久，莫馨說話了：「有一首唐朝詩人元稹寫的七言絕句：『曾經滄海難為水，除卻巫山不是雲。取次花叢懶回顧，半緣修道半緣君。』最能代表我現在的心情。有為，你去留學的幾年裡，我的人生有了天翻地覆的變化。有一天我會告訴你一切，但是現在我只能求你原諒我。」

這回輪到陳有為沉默了，他明白這首流傳了千古的絕句，被人用來表達兩種意念。第一種是用來拒絕你，因為已經有了意中人。或者是還放不下自己的前男友，所以不能和你在一起了。第二種情況是她喜歡你，『巫山』指是你，除了你，她誰也不喜歡，也不會考慮他人。既然莫馨已經說了，她會日後說清楚，他也就不能再問了。也許是因為赤裸的擁抱著，男女的身體都起了變化，莫馨用低沉的聲音說：

「再愛我一次，好嗎？」

知道陳有為要離開台灣回到美國的人只有夏萍梅和莫馨，前者已經赴美，因此去機場送行的只有莫馨一人，他們在離境大廳吻別，她還緊緊的擁抱著他：「有為，我知道我沒有緣分和你天長地久，但是有空時打個電話來和我說說話，可能的話找時間和我上陽明山去泡湯。雖然不是千里共嬋娟，但是可以聊解我的思念。」

「我永遠不會忘記你。」

當陳有為再次回到台灣時，已經是十年以後的事了。

陳有為在亞洲待滿了一年後，按計劃回到加州理工學院。在他離開台灣以後的十年裡，整個世界都起了很大的變化，而台灣的社會，從某個角度看，它的變化更是驚人。曾經圍繞在他身邊的人都經歷了天翻地覆的變化，而最平穩和循序漸進的人生成長卻發生在他本人。

陳有為回到美國加州理工學院成為正式的教員已經快有十年了，他在航空系裡用了六年的時間從助理教授開始，到副教授，最後當到終身職的正教授。在這期間，他也為自己打造了輝煌的學術成就。獲得好幾個學術大獎之外，十年裡他自己，或是和同事或學生一起，完成了三百多篇的論文，經過評審後，出版在學術期刊。

這些成果讓他建立了他個人的聲譽，在學術界和工業界，陳有為成為了有能力解決實際問題的研究工作者，不僅是他在專業的傑出表現，在工作態度和為人處世方面也有非常好的口碑。在他指導下的博士研究生，除了美國學生外，也有不少從世界各國慕名而來的研究生。

作為桃李滿天下的教書人，讓陳有為感到非常滿足和驕傲。在這十年裡，陳有為開過不少課程，在加州理工學院的航空系是屬於研究生院的，所有的課都是為碩士和博士生開的，其中有兩門課是他最得心應手的，一門是「航空氣象學」，它雖然是門選修課程，但是因為內容和講解都很吸引學生，來選課的人很多，還包括有不少外系的學生。另一門課是「應用分析方法」，實際是門高等數學的課，是全校所有碩士生和博士生的必修課，每年都會有好幾位教授同時開這門課，但是考試是以同樣考卷同步進行，多年來陳有為成為最受歡迎的講者。

資深的同事和院長們都鼓勵他將這兩門課的講義整理出來，做成完整的教科書，交給了最著名的出版社。出乎他的意料，沒幾年，這兩本教科書都成為非常暢銷的標準課本，被很多的大學研究院，包括外國的大學，採用為教科書。不僅為他帶來不小的額外收入，還獲得了最佳教科書的大獎。更沒想到的是，出版社還雇用了攝製組，利用一年的時間，將這兩門課的授課實況，全程錄影，製成光碟，和教科書同時出售，又增加了收入。

加州理工學院是個世界級的研究型大學，規模很小，學生不多，不到兩千人，但是教師卻有四百多人，多年來，一直在世界排名榜上名列前茅，在前十名之內，全校充滿著各領域裡有名的學術大師。

十年裡，陳有為也建立起了他自己的學術地位，成為一名後起之秀的年青學者。他的個人成長和事業發展都有了很大的變化，首先，他現在已經是快要到四十歲的中年男人，已經不是剛拿到學位時的「年輕人」了。人生經驗使他成熟，十年來的打拚，使他成為著名的國際學者，經常被邀請出席學術會議，發表演講。陳有為是住在一個有圍牆的社區裡，兩層樓的小洋房，有個自己的小院，雖然外觀很普通，但是內部的設備非常現代化，一個人家居方便。

因為社區環境安全周密，他可以放心的出門到各地，而沒有後顧之憂。社區距離他的學校不遠，南加州是全年好天氣，只要他早起，他就會快步急行去辦公室，然後在辦公室換下休閒裝和球鞋，開始工作。陳有為的兩部汽車，經常是分別停在學校和住家。

十年來讓陳有為最耿耿於懷的是他外婆的遺願還沒實現，從未見面的外公究竟在何處？而和外婆有著同樣命運的林佳秋老太太也已經去世，她的孫女吳沛美已經繼任為坤盛企業集團的董事長，他們還繼續有聯絡，共同聘請日本律師追查失蹤了的原住民勞工名單。

這十年來，陳有為所關心的台灣也起了天大的變化。台灣和日本的關係發生了脫胎換骨的變化，其中之一，就是「台灣獨立建國」的理念和討論已經完全搬到檯面上來了，在以前的威權時代，這是要槍斃或關監牢的。但是現在民進黨已經把「台獨綱領」寫在黨章裡。

在以前多數人的認識是：「台獨」、「親日」和「民進黨」是一碼事，但是現在不是了。台灣和日本的官方以及民間互相疼惜親愛，日本大地震海嘯，台灣的老百姓和政府感同身受，小小台灣的捐款遠遠超過了世界上的大國和富國，總統帶著夫人親自上陣勸募。

國防部邀請日本防衛相，也就是國防部部長森本敏到台灣國防大學講談，台灣如何配合日本軍方聯手在第一島鏈圍堵中國，同時「親日反中」的言行已經不是台獨人士的壟斷。

二次大戰後的初期，許多日本舊軍人紛紛舉家遷居到台灣謀求出路，一則台灣有五十年屬於日本領土的歷史，語言和生活習慣等均能適應；二則國民黨成立了「革命實踐研究院」，黨總裁蔣中正親自任院長，培訓黨政幹部和各級軍事幹部，負責人就是被中共在延安宣佈為「第一號戰犯」的日軍在華最高指揮官岡村寧次。

日本投降後，遠東盟軍最高指揮部要求中華民國引渡岡村寧次到東京，接受國際軍事法庭審判，老蔣拒絕，理由是他將在南京的軍事法庭受審。但是老蔣親自下了手諭給主審法官，命令他宣判被告人無罪釋放，然後他就成為老蔣的軍事顧問。

岡村寧次等一些原日軍將佐被聘請為「研究院」的高級軍事教官。他還組織了百餘位老部下，到台灣訓練軍隊，五〇年代駐台灣新竹的第三十二師，就是經他們的訓練，成為當時台灣的第一流部隊，老蔣檢閱後曾誇獎其為「模範師」。

上行下效，政府的集體親日，媚日行為，其來有自。西元一九三〇年日本人和霧社的原住民賽德克族人發生了流血衝突，日本總督調派大批員警與軍隊入山，原住民在首領莫那・魯道率領族人退守斷崖絕壁，利用地形的險要和山林洞窟繼續頑強的抵抗。日軍違反國際戰爭公約裡的嚴格規定，施放毒氣，毒死了數百名原住民。霧社首領莫那・魯道看到大勢已去，殺死了妻子後在山洞裡自殺。

也許是因為毒氣的關係，莫那・魯道的屍體沒有腐化，變成了木乃伊。一九三三年他的遺骸被人意外尋獲，將其送至台北帝國大學的土俗人種研究室作為學術標本。一九七四年，台灣大學在原住民強烈的要求下，將莫那・魯道的骨骸，送到霧社的《山胞抗日起義紀念碑》下葬。但是讓台灣原住民，包括了陳有為，非常憤怒的是，台灣官方從沒有為他舉辦過任何紀念活動。

林武聯的全盤親日反華政治理念並沒有被大多數選民接受，雖然他丈人出了大錢支持，同時也以丈人的公司大樓為抵押向銀行貸款，但是仍然落選。林武聯被迫以原來的商業收入來支付貸款利息，時常會出現捉襟見肘的情況，更加強了他想要發財的欲望。

面對社會有一批親日反中份子，林武聯組織了「台日聯盟」政黨，自己擔任主席。他和日本的極右派人士搭上線，定期舉辦活動，居然還吸引了一批基本選票。但是林武聯和張慧雯親密進出汽車旅館的形象，終於被狗仔隊捕捉到而在媒體曝光。

經過了「堅決否認」，「認錯道歉」，「老婆提告」到「掃地出門」的既定程序後，林武聯和老婆離婚，並且很快就和張慧雯結婚，當時新娘很顯然已有身孕了。明白內幕的人說，林武聯的前妻將他所有的財產都拿走，才同意離婚，因此使他身無分文。

林武聯與張慧雯結婚以後，他的緋聞不斷，對錢財也是手腳不清，牽涉到不少的官司。但是張慧雯卻是個有商業頭腦的人，她看準了商機，決定從事進出口貿易，由小做到大，她的「慧雯貿易公司」在五，六年後，做成氣候，有了自己的公司品牌。

三年前，張慧雯和陳有為取得聯繫，告訴他，已經和林武聯分居，並且就要離婚了。陳有為沒有任何反應，這事就此沒有了下文。但是有傳聞說：張慧雯換了好幾任丈夫，也生了好幾個孩子。她累積老公，同時也累積財富，現在是個富婆了。

對林武聯最大的打擊是來自一本出版的傳記文學回憶錄，《烈士的謎》，作者就是林武聯祖父林承璋的副官，李建哲。這本回憶錄是在李健哲去世後，由他的兒子整理修改出版。

書中列舉多個證據，顯示林承璋不僅是個「冒牌烈士」，還可能是個叛徒。書末還附有多名參與了當年太原保衛戰的軍人提出同樣的看法和證據。一時就有人給林武聯一個外號，叫他是「欺詐犯的遺孤」。

一位研究中國近代史的美國學者曾要求中共證實林承璋是不是他們派到國軍裡的臥底。回覆是：他是個忠實的共產黨黨員，曾被派到蔣介石的部隊臥底。不久又傳出國防部開始向他追討多年來林家非法冒領的「烈士撫恤金」。

雖然林武聯一身是債，他並沒有退縮，反而更加強了他全面擁抱和呼籲「親日反中」的政治理念。他向傳媒自我爆料，自稱生父是生在日本，是日本人，他要「認祖歸宗」，變成日本人，改名為「酒井武聯」。他還要以「台日聯盟」的候選人，競選立法委員，正在積極爭取簽名連署，成為下屆選舉的正式候選人。

在陳有為認識的所有人之中，他的青梅竹馬初戀女友莫馨的身世變化是最為驚天動地。張慧雯曾經是她的同學，也是好友。沒想到在中學畢業後，熱戀中的陳有為和莫馨因為考進不同的大學，硬是把這一對情侶分開兩地。

張慧雯一直暗戀陳有為，她看機會來了，就乘虛而入，橫刀奪愛。再加上莫馨是個活潑可愛的大美女，男朋友不在身邊，形單影隻，吸引了不少優秀的男生，對她發起了猛烈的追求，其中不少是金光閃閃的富二代，開始和莫馨的父母接觸。在學校，環境和家庭的三重壓力下，莫馨在不知不覺中就失去了陳有為。

第四章 莫馨的故事

當莫馨意識到，她和張慧雯之間的鬥爭已經出現分曉，在不知不覺中，陳有為漸漸的離她而去，讓她成為戰敗者。夜深人靜時，莫馨回想這一切，頓時明白是她自己沉醉在身邊眾多男士的追捧中，忽略了她自己青梅竹馬時的真愛。咎由自取，不能怨恨別人。因此決定乾脆就破釜沉舟，全身投入她熱愛的專業，從事新聞調查工作。

兩人的重逢是發生在陳有為的事業正將起飛時，他的愛情和未來婚姻遭受到空前的打擊，幾乎崩潰。莫馨用她的熱情和炙熱的胴體，撫慰她兒時的戀人，恢復了他身心的健康，兩人過了一段短暫的神仙似的日子。但是當陳有為第二次向她表示，希望和她長相廝守，終老此生時，她再次退縮。她用「曾經滄海難為水，除卻巫山不是雲。取次花叢懶回顧，半緣修道半緣君。」的詩句，表達了她的心境：

「有為，你去留學的幾年裡，我的人生有了天翻地覆的變化。有一天我會告訴你一切，但是現在我只能求你原諒我。」

事實的真相是，莫馨對陳有為的一往深情是一直在燃燒著，但是她冷靜的分析，讓她明白，自己不可能變成一個賢妻良母，相夫教子，讓陳有為專心去發展事業。她的個性和對人生的期待，最終會帶給兩人痛苦。但是她又不能抗拒陳有為排山倒海而來的愛情攻勢，所以才有了那短暫的神仙日子。

這其中還有一個難得的機遇，就是《真相週刊》所有人，她也是記者出身，但是她的財富是來自她自己的上一輩和她丈夫的事業。多年來她還會偶爾寫寫評論性的短文，登載於《真相週刊》或是其他的報章雜誌。她非常欣賞莫馨的才華，因為自己沒有後裔，她和莫馨簽了合同，如果她連續不斷的全心投入《真相週刊》，五年後，她就會將週刊產業一半的所有權給莫馨，如果她再連續投入五年，也就是十年後，《真相週刊》就屬於莫馨的了，她就會成為名正言順的「發行人」了。

莫馨無法放棄這從天上掉下來的機遇，衡量了一切，她只能放棄了讓她刻骨銘心的陳有為，生活在「期待神仙日子會偶爾來臨」的餘生。每當想到陳有為一旦成家，有了心愛的妻子和兒女時，她就會被忘記得一乾二淨。莫馨的心碎了。

把陳有為送走後，《真相週刊》給莫馨的第一個任務是調查在社會上的謠傳，有台灣居民經常向中國大陸情報機關提供機密資訊。莫馨將《真相週刊》及其他報章雜誌刊登的有關謠傳和背景資料進行了有系統的收集和分析，最後她鎖定了幾名退休軍官，媒體人士和台商。他們的洩密情資是來自透過政府部門或民意機關獲得軍方的國防年度預算，國防武器資料或軍事採購計畫。

典型的案例是退休軍官或媒體人士透過友人或仍在軍事機關任職的學弟，獲得該軍事單位的武器和軍備狀況。但是也有很可笑的情況，有媒體記者將收集來的新聞報導，整理後，寫成報告，作為「情報」提供給大陸。

此外，台商一向是中國大陸極力吸收和滲透的對象，莫馨取得消息，得知一些高科技業界的台商，曾被詢及他們對政治人物的看法和支持，專業知識與意見，投資中國的計畫，以及台灣官方對開放到中國大陸投資的政策等資料。其中包括了某些台商，藉由校友會的管道，企圖從政府機關取得公務機密。她將這些鎖定的目標，如何走進香港的新華社大門，請《真相週刊》的攝影隊錄影存檔。然後她就到國防部軍情局去見老同學，也是台東布農族的原住民，現任軍情局行動處組長的楊惠書。碰面後，楊惠書劈頭就問：「你是怎麼搞的，好好的記者不幹，跑到軍情局來撈過界。」

莫馨不甘示弱的回答：「為什麼不行？台商賣台的是又不是你們軍情局的專利。」

「不是都講好了的嗎？你要嫁給我們最有學問的同族生蕃陳有為，去當他的老婆，不是嗎？」

莫馨還是在對抗：「是誰跟誰說好了的？我怎麼不知道？」

「你是不是有先天性的健忘症？我和他都曾經喜歡過你，你是我們布農族的女人，需要和我們同族的人傳宗接代。但是我在決定去當兵時，告訴陳有為，我棄權了。所以他必須把你搞定，娶進門來。」

「楊惠書，你看著我，我是個成年的女子，我要嫁給誰，不是你們兩個生蕃說了算的。這都是什麼年頭了？你還以為不聽你的，你就可以出草了嗎？更何況，你的布農族鐵哥兒陳有為已經是變成什麼級別了，人家是世界級的名牌學者，還會看上一個大山裡出來的生蕃女人嗎？醒醒吧，別糊塗了。」

雖然針鋒相對的話語偶爾還發生，但是不能否認的是，同族和同學所帶來的感情，在兩人之間慢慢的恢復和建立。莫馨發現在軍情局裡，楊惠書被公認為是一位能幹的年青軍官，後起之秀，不能等閒視之。自從三年前從海軍調到軍情局後，表現優異，他的專業知識和能力，很得上級和同事們的認同，因此官階也升得比別人快。他在軍情局裡所建立的名聲，讓莫馨深深的欽佩。漸漸的，兩人之間的距離縮小了。

不久之後，這些被莫馨鎖定的「洩密」目標人士都陸續的接到通知，請他們到法務部調查局約談。一開始，他們都一致極力否認和大陸情報單位有任何接觸，但是在看到各種被監控的證據後，他們都寫下了「自白書」，詳細的說明了他們「洩密」的活動，他們被告知，不要離開居住地，因為檢察署將會發給他們洩密或叛國罪的起訴書。

在沒有接到起訴書之前，《真相週刊》就開始刊登小道消息，繪聲繪影的報導這些被鎖定的人士，如何為了金錢報酬，進行他們的「洩密」和「叛國」行為，並且還報導消息來源是海峽對岸。結果弄得這些人裡外不是人，他們只能足不出戶，一方面是在躲避媒體，另一方面是在家裡乾等著將要來臨的起訴書。總的結果是這種「洩密」行為，就不再發生了。

為了這事，楊惠書是由衷的感激她，還買了件大禮物送她。莫馨還有一個意外的收穫，就是她結識了一位大陸美女，名叫沈婷。和莫馨一樣，她是深圳市《濱海週報》的記者，專業也是調查與分析。

因為兩份週刊的性質雷同，經過了一番努力，它們結為「姐妹週刊」，互相支援，主要是交換雙方都感興趣的資訊。由於個性和愛好的相似，莫馨和沈婷成為無話不談的好朋友，然後很自然的發展為親密好友，兩人出差到深圳或台北時，晚上不住酒店，而是睡在另一人家裡的沙發上。後來乾脆就同床共枕，兩人可以徹夜的說悄悄話。

《濱海週報》總編輯交下給沈婷的任務是採訪十位在海內外各大學裡任教的最年青

傑出中國教員，撰寫一系列的「海外優秀學人專訪」報告，每週刊登一篇，讓讀者知道誰可能是未來的學術精英。這些人是由幾個著名的大學所推薦，然後《濱海週報》歸納出十個人，他們都是在海外不同的大學裡當助理教授，陳有為是最年輕也是唯一已當上副教授的人選。當沈婷發現他是台灣布農族原住民，就請莫馨為她安排採訪，但是莫馨警告她：

「替你寫封要求採訪的信是沒問題，但是很可能會有反效果，他會不接受。」

沈婷說：「為什麼？你剛剛還說你們是從小在一起長大，現在還有聯絡。」

「是沒錯，但是我們發生過矛盾，所以聯繫只是每年交換一次賀年卡。」

看著莫馨陷入沉思，低頭不語，沈婷猜到八九不離十，一定是跟愛情有關，她說：

「莫馨，你們是不是曾經是戀人，現在分手了？」

莫馨的臉色和聲音都變了：「我求你別再問了！」她的眼淚馬上就滾了出來。

沈婷過去抱住她：「對不起，莫馨，我不是故意要提起你的傷心事。」

等一切都平靜後，莫馨倒是毫不隱藏的將她和陳有為之間所發生的一切一五一十的告訴了沈婷：「我完蛋了，在他心目中，莫馨已經取代了白雪公主的後媽。」

「莫馨，你在說什麼亂七八糟的？」

「小時候，我們去看白雪公主卡通電影。陳有為就當眾宣佈，他最恨的女人就是白雪公主的後媽。進了小學後，凶一點的女老師就會被陳有為取『白雪公主後媽』的外號。」

莫馨說：「我自己很清楚，我是沒資格和他天長地久，我只是想短暫的擁有他，偶爾在一起享受幾天神仙日子。但是現在也泡湯了。」

沈婷說：「你是懷念他的愛情，還是懷念你們間的激情？」

「陳有為是個溫文爾雅的男人，會讓你如沐春風。但是一到節骨眼，他的愛情就會排山倒海而來，怎麼擋都擋不住。等到被他弄迷糊了，就分不清是愛情還是激情了。」

「就像你先騙我脫了睡衣睡覺，然後再來玩我，是不是你們台灣生蕃就是這副德行？」

「你不是口口聲聲說你喜歡嗎？」

「你要是再囉嗦，今晚你就睡沙發。」

沈婷來到了加州理工學院，顯然莫馨的介紹起了很大的作用，陳有為做了一番詳細的安排，她首先見到了學校的高層主管，包括校長、副校長、工學院院長、航空系主任。在公關部門聽取了簡報後，沈婷才開始了《濱海週報》的採訪。她開啟了微型答錄機，說明了採訪是以「自由談」的方式進行，由受訪者自由選擇訪談的主題和內容，但是《濱海週報》會提問題，目的是希望更有效的描繪出受訪者的學識和內涵。陳有為選擇了教授會館的大廳角落，非常安靜，沒人打擾，等送上了咖啡後，他就侃侃而談，但是震驚了沈婷。與其他的學者不同，陳有為一點都不談他個人在學術上的成就，他的主題是圍繞著大學教育的問題，他說：

多年來，傳統的大學教育理念是：「將年輕人培養成為有知識的人，有能力貢獻給社會。」但是現代的高等教育理念漸漸的變成：「培養學生獨立思考的能力，開闊視野，認識世界，走進社會。」

進工程學院在現代高等教育理念裡是個重要的選項，我們的畢業生有較高比例會直接走進社會，參加工作。而不是進研究生院或出國留學。這也會是部分家長們的看法和希望，他們盼望子女能夠練就一身本事，進入社會，成家立業。因此工程學院的課程必須滿足這兩個理念的內涵要求，這個內涵就是大學的本質是「精英教育」。

世界級的高等學府，要培養世界級的領袖人才和社會精英，但是大學對其所在地，當地政府及人民的支持是有責任的。世界級大學在從事「研究、教學和服務」的同時，也應該對當地社會需求有積極的反應。

這項任務的執行，工程學院需要扮演重要的角色。工程學院的特點是提供扎實的基礎訓練，那是求取更高深知識的必要工具。但是現代工學院科系間的「界限」正在迅速的消失，非傳統和跨科系的教學及研究，成為必要的發展。但是它不是職業訓練所。不同的科系只是教育過程中的選項，最終目的是培養社會的精英和各行各業的領袖人才。在生活能力、性格、人文精神等的培養方面，為學生提供更廣泛的選擇，塑造不同類型的優秀人才，培養他們的獨特品格。都是為了要提高精英教育的內涵而採取的必要措施。

沈婷利用陳有為停下來喝咖啡時發問：

「陳教授，剛聽簡報說明，在你們的外國學生裡，有一半以上是中國學生，能不能說說他們的長處和弱點在哪裡？」

「中國學生的長處是非常的用功，學習成績都很優秀。弱點是有些學生的數學底子較弱。」

「咦！奇怪了，我們主管教育的部門一直在說，我們學生的強項就是數學。」

「沈小姐，也許這就是問題的癥結所在。數學分為兩大部分，一是解題，也就是求取數學方程式的題解。二是，將問題轉換成數學方程式來表達。中國學生對前者的能力，也就是有了數學方程式後，找出答案的能力，是數一數二。但是對後者，如何建立問題的數學方程式，有時是一籌莫展。」

陳有為接著很細心的解釋說：

現在有不少的大學為了招生，為了留住在學的學生，把一些比較難的課程改為選修，或是就不開了，數學課就是其中之一。工程學科是應用科學，而現代的「工程學」，必須建立在嚴格的「科學原理」基礎上。因此培養優秀的工程師，灌輸科學原理的知識成為必要之途。高深的科學原理需要用「工具」來理解，從它的啟蒙到目前為止，「數學」是用來說明，演繹和延伸科學原理的唯一工具。尤其高等數學是解說許多學理的唯一方法，如：流體力學、量子物理、計量經濟學等等。

伽利略就曾說過：「自然科學的書籍須要用數學工具來閱讀」。十七世紀時，在歐洲發生的文藝復興運動，被認為是人類擺脫了宗教的束縛，從黑暗時期進入到現代科學的啟蒙時代。當時的始作俑者之一，也是對後來文明發展最有影響的人，就是義大利的科學家伽利略。他在一六二三年出版了一本書，《鑒定者》，被認為是世界上第一本有關「科學方法論」的書籍。他寫道：

「自然哲學，也就是物理學，是寫在一本大書裡，它就是我們的宇宙。這本大書在我們的視野前是永遠的打開著，但是我們不能理解它。除非我們首先去瞭解它書寫用的語言和符號，也就是數學的語言和符號。……」

當代的偉大物理學家愛因斯坦在給另一位著名的物理學家索默費爾德的信中寫道：「從前認為數學只是一些奢侈的小小細節，但是我現在明白了它的功能，所以我心中充滿了對數學的感激。」

他在給一位義大利數學家圖利奧・列維－奇維塔的信中寫道：

「我剛剛讀完了您這本美妙的新著作，相信你們的感覺一定很好，因為你們能夠騎著數學之馬前進，而我們卻只能辛苦的徒步而行。」

愛因斯坦自知數學功力不足，因此去到任何地方都會帶著他的一位數學家同事，他才會心安。清華大學工學院對它的本科生數學要求是六門課，共二十學分。著名的美國麻省理工學院機械系，要求本科學生只念三門數學課，但是每門是十二學分，共三十六學分。可見每門課的深度很大。高等數學是一門「難學」的課，學生們既要掌握它的原理，也要學習它的解題方法。

為了吸引和保留學生，不少大學將這門難學的課程轉為選修，或是完全取消。只有名校，因為不缺生源，還是繼續保留這些傳統的必修基礎課程。缺少了高等數學能力，從事創新設計工作，只能靠「工程手冊」或市場上的軟體，是否修過高等數學，成為培養「技術員」或「工程師」的區別。高等數學是我們的先人所留下的智慧累積，是一個取之不盡用之不竭的瑰寶，不可以輕易的放棄。

沈婷問說：「陳教授，您認為大學教育對年青人是有絕對的重要性嗎？」

陳有為回答說：「我認為接受教育是人生過程中重要的一環，無論是在任何年齡都應該珍惜它。傳統的觀念是大學教育會學到一技之長，能養家活口，然後還有能力貢獻給社會。我認為大學生活是人生的一個重要過程，所選擇的科系與未來的職業也不一定有直接的關係。重要的是，培養一個人的思維、表達和溝通的能力。」

「陳教授，您是說工學院出來的學生，不一定要當工程師。是這樣嗎？」

「是的，現在的社會裡，尤其是在發達國家，充滿了各行各業裡的傑出人才，他們的專業和他們所受的大學本科教育沒有直接的關係。」

「您這麼一說，可不是嗎？我就認識不少這樣的朋友。所謂的『科班出身』已經不普遍了。」

「沈小姐，所以我們現在主張『博雅厚重的本科教育』理念，來培養社會的精英和各行各業的領袖人才。」

「陳教授，我明白了，因為只有博雅教育才能做到您前面所說的，培養一個人的思維、表達和溝通的能力。」

「一點都沒錯，沈小姐。只有在博雅教育的環境裡，可以讓學生沉浸在司馬遷的史書裡，但是一轉身又能走進伽利略的文藝復興。它能推送年輕學子的志向和胸懷，讓它持續的膨脹。」

在結束了採訪前，陳有為問起了莫馨的近況，沈婷說：

「莫馨近況很好，對工作很投入，成績斐然。她不僅是台灣的名記者，她的報導現在經常被世界各地的華文報章和媒體轉載，甚至連英文媒體也用到她的報導和分析。她很想念你。你有考慮過舊情復燃嗎？」

「沈小姐，我想你是想看看一個男人，被心愛的女人拒絕了三次的樣子。好奇心無可厚非，但是太殘酷了。其實一個人的夢想並不重要，因為人生的旅途，一路走來，旅途上遇見的人，往往要比目的地更有意義，在旅途上遇見的人，可能是你一生難忘的旅伴，是在午夜夢醒時，思念的對象。我將莫馨當成是我人生旅途上的特別旅伴，我看著她，她看著我，一步一腳印的一路相隨到地老天荒。」

《濱海週報》的採訪結束後，給沈婷帶來了無比的衝擊和震盪，和莫馨見面時，她一五一十的很仔細把採訪經過都告訴了莫馨，當敘述了陳有為把莫馨當成人生旅途上的特別旅伴，要相隨到地老天荒，莫馨悲哀的放聲大哭，連沈婷也跟著掉眼淚。她告訴莫馨，沒想到的是，從台灣大山裡走出來的原住民生蕃中，居然有如此優秀的男人，沈婷認為莫馨沒有把陳有為保住將是她一生最大的遺憾。沈婷的採訪報導獲得了廣大讀者的回應。

莫馨奮不顧身的投入了她心愛的事業，沒想到三年後又來了個翻江倒海的變化。《真相週刊》的業主在毫無預警的情況下，心臟病突發去世，按照留下的遺囑，莫馨在一夜之間就成為《真相週刊》產業的所有人。經過了短期的策劃，她將週刊的目標擴大，不止是局限在台灣，而是全世界的華人社會。而出版內容更是針對全球性的新聞報導和分析，尤其是和海峽兩岸相關的新聞，更是報導和分析的重點。非常先進的中英文雙語電子版出現了。《真相週刊》正式改名為《亞洲真相週刊》，在全球發行。

莫馨聘請了專業的總經理來管理業務和人事，同時也在業界中挖過來一位已經建立了業績的週刊發行人，自已身居幕後，擔任首席特派員。她讓週刊真正的脫胎換骨，成為一份國際性的新聞調查及分析組織，國際上著名的新聞及雜誌社開始定期轉載《亞洲真相週刊》的報導及分析。

光陰似箭，不知不覺中五、六年就過去了。最近在台灣有兩件事情引起了很大的社會關注，其中之一是：軍情局行動處的楊惠書組長接到他的可靠線民從海外發來的情報，說有一個在逃的大毒梟要從菲律賓運一批毒品回台灣，數量之大，已經影響到台灣的安全。經過研判的結果，認為所得到的情報有很高的可信度。

軍情局通知了調查局，台北調查站及海洋巡防總局的偵防查緝隊清查和對比相關的資料和點點滴滴的毒品市場上的小道消息，最後認為毒梟會利用遠洋漁船來運送毒品。同時鎖定了以東港漁港為基地的海豐號是最可疑的目標，它在五天之前，帶著兩名菲律賓籍的漁工，加滿了油料和淡水後離港出航。

海巡署的巡邏艦在台灣南方的巴士海峽首先發現了海豐號漁船，巡邏艦開始進行雷達追蹤，一路上經過了十幾個大大小小的漁港，包括了三個比較大的台東港、花蓮港和蘇澳港，海豐號都沒有進港停靠，一直航行到三貂角的外海才改變方向，從正北改成往西北，還是沿著台灣島北部的海岸線航行，在海豐號經過基隆港外海時，漁政署傳來了消息，海豐號漁船要求在富基漁港進港停泊。

富基漁港的位置是在台灣最北端富貴角的西南方大約兩三公里，作為觀光景點，富貴角雖然比不上台灣最南端的鵝鑾鼻那麼有名，觀光客的數量更是差強人意，但是它也有一個曾有百年歷史的燈塔，富基漁港的漁業已經是非常蕭條了，但是它有一個魚市場，在那裡可以買到「游水活魚」和各種生猛海鮮，到富貴角去的觀光遊客們一定要到這裡吃一頓海鮮大餐，漁市場和附近的餐館就是靠這些觀光客為生，所以在平常的日子，富基漁港是一片死氣沉沉，但是一到週末和假日就會活絡起來。

海豐號是在週四進港靠上了碼頭，調查人員同時接到情報說台北的幾個毒品上盤買家都在準備往淡水方向移動，並且都帶著保鏢和槍支。

在星期天快到中午時分，調查人員終於看見了潛逃出境的大毒梟出現在福基漁港。即刻在日常是一片沉寂的小漁港四周同時響起了震耳欲聾的警笛，閃著紅燈的警車從四面八方出現向著碼頭急駛而去，全副武裝的特警迅速的展開，將碼頭團團圍住。

毒梟跳上了一條預先安排停靠在海豐號漁船邊上的快艇準備突圍，但是三條海巡署的武裝快艇閃著紅燈急駛進入了富基漁港，毒梟面對著絕對優勢的強大警力，只有棄械舉手投降了。事後在漁船上一共查出來八百五十公斤，又名K他命的安非他命毒品，估計黑市價格高達新台幣十億元，數量之多令人咋舌，警方認為可供六百萬人次吸食，是有史以來台灣島內破獲的最大宗K他命毒品走私案。

在現場逮捕到的除了被通緝的大毒梟外，還有大小上盤買家四人和他們觸犯了槍支罪的保鏢共十五人。從境外偷渡返台而被逮捕的大毒梟名叫古天斐。

第二件事是關於黑市軍火在台灣的氾濫。台灣法務部的調查局接到國際刑警組織的通告，要求協助通緝一名持台灣護照，名叫熊叔信的軍火販子，通緝理由是向恐怖組織販賣軍火和提供技術服務。

法務部要求國防部軍情局支援，調查犯罪份子在海外的活動。軍情局將任務派給了楊惠書。他組織隊伍，遠赴海外展開調查。

初步的結果指出，熊叔信是出生在屏東縣的一個農村，初中畢業後考進了陸軍士官學校，分發到聯勤司令部屬下的兵工廠，八年後他從部隊退伍時已經是兵工廠的士官長，並且成為對各種武器彈藥及軍火精通的專家。他和一群遊手好閒的朋友開了一家地下兵工廠，為黑道上幫派份子改裝槍支，後來擴大業務從菲律賓走私進口槍支，不法活動曾被警方查獲，通緝在案。因此他出逃到境外。

在調查的過程中，楊惠書發現了這兩個不同的案子，一個是販毒，另一個是走私軍火，居然有一個共同點，就是製毒工廠和軍火製造工廠都是設在菲律賓南方的民答那俄島。進一步的調查發現，台灣的走私進口毒品和各式各樣的黑槍彈藥，幾乎清一色是由菲律賓南方的民答那俄島走私來的。

那裡已經成為台灣犯罪分子的活動天堂和避風港。台灣的調查局從多年前就注意到這個事實，也開始收集相關的資訊和資料，同時派人到那裡去建立非官方的人脈關係。由於沒有正式的外交關係，加上政府的管轄權不能有效的到達，幾乎所有的情報，資料和人脈關係都是要用金錢交易來取得。

從得到的資訊判斷，這兩位台灣的犯罪份子已經和當地的武裝力量勾結，將他們的毒品和軍火市場擴展到中東和南亞地區，並且和伊斯蘭主義者的恐怖組織有了絲絲縷縷的關係。近年來美國和歐洲國家的情治單位開始對這個團夥注意，他們雖然明白團夥的大本營是在菲律賓，但是還是稱他們為來自台灣的犯罪集團，所有的通緝文件還是送到台灣來，這已經是直接和間接的影響到台灣在國際上的聲譽。

台灣最高當局責成軍情局行動處追緝並逮捕這兩個團夥的負責人，同時對團夥的活動進行毀滅性的打擊。行動處的第二組負責地區是東南亞，所以很自然的，整個任務就落在第二組組長，楊惠書中校的身上。他是位職業軍人，原本是海軍軍官。

《亞洲真相週刊》開始關注這兩個案子，在首席特派員莫馨帶領下，刊登了一系列的報導和分析。被逮捕的大毒梟古天斐背景是個典型的犯罪黑幫份子成長過程，他求學時期因交友不慎，成為不良少年，停學後變成幫派裡的小流氓，在鄰里間橫行霸道，對商家進行敲詐勒索和收保護費。後來因毆鬥傷人被捕判刑，在監獄中結識了一些黑道份子，其中不少是有案在身的走私販毒團夥，古天斐接受了經營非法活動的基本訓練和高級訓練。

經過獄友們的介紹，他在出獄後加入了走私及販毒集團，數年後，自立門戶，並擴大其非法活動，增加了製造安非他命毒品的工作。但是在走私，販毒和製毒三項犯罪活動裡，他的基本強項是走私，他擁有自己的漁船船隊，是他用來走私的主要運輸工具。他在一次利益衝突中，因殺害對手被警方通緝後逃亡海外，繼續從事走私和運毒的活動。但是在他的最大一筆毒品走私，他失手被捕。

案子在表面上是調查局偵辦，海巡署協助走私漁船的追蹤。但是最關鍵的情報是來自楊惠書的海外線民。《亞洲真相週刊》的大陸姐妹報刊《濱海週報》也開始轉載，引起了大陸中國國安部的關注。根據沈婷傳來的資訊，大陸有些藝人染上了毒癮，因此成為毒販的客戶。公安部門配合國安部的情報，順藤摸瓜找出了毒販的中盤，但是再往上查，發現大盤毒販的貨是來自菲律賓，並且團夥的主要成員是來自台灣。莫馨認為毒品的製造和生產地與毒品的消費市場在不同地點，因此毒品需要以走私方式飄洋過海，送到吸毒者手裡。因此才有台灣的情治單位盯上了漁船，而古天斐就進入了他們的視線。

根據《亞洲真相週刊》的報導，黑市軍火案的熊叔信有一個不同的成長過程，他是兵工廠的技術員出身，一做就是十年。但是在一次意外事故裡，他被開除軍籍，掃地出門，連退伍後的退休金都被取消了，所以他在走投無路下去投靠了黑道上的朋友，為他們修理或是改造他們的槍支。

他看準了在台灣槍支是一莊大買賣，黑槍最氾濫的時代，每年至少有五千多支長短槍支流入台灣，其中又以菲律賓為最大的來源地。在菲律賓宿霧一帶有許多槍支製造廠，他們製造的「山寨版」制式槍支，連許多國際大軍火製造商如貝瑞塔軍火公司都很難用肉眼來識別真偽。而且它價廉物美，一把九〇式手槍只需台幣三萬元，但是在台灣的黑槍市場上卻能賣到台幣二、三十萬元，因此就有走私犯從菲律賓偷運槍支軍火回

台，獲取暴利。其中就有古天斐的漁船走私團夥。

他們是以菲律賓北部，距離台灣南部非常近的巴布揚島為大本營，他們將槍支夾藏在魚貨裡，運到台東成功、屏東林邊，或是高雄的紅毛港。如果警方在南部的漁港加強查緝，他們會隨時轉移港口上岸，令警方防不勝防。熊叔信的槍支走私模式是「先訂貨，再出貨。」他們先和客戶談好了，貨品規格、價錢和交貨的時間及地點後，才開始製造過程，整個運作相當現代化。後來他們在宿霧開設了地下工廠，開始在黑槍的貨源占了一席重要的地位。由於熊叔信的兵工廠工作背景和經驗，他們會製造殺傷力很大也很殘忍的達姆彈，摧毀力強的槍榴彈和各重爆炸物及引爆裝置。

很快的，他們被恐怖組織注意到了，在他們協助下，他們將大本營從巴布揚島和宿霧搬遷到菲律賓南方的民答那俄島，並且很快的和當地反政府的武裝力量建立了關係。

毒品和黑槍的兩個團夥多年來在非法活動中成長，在組織、控制和運行上都已壯大和成熟。雖然他們將大本營轉移到菲律賓南方的民答那俄島，但是台灣還是他們的主要市場，同時更是他們招兵買馬的人員來源地。菲律賓南部的民答那俄島居民信奉穆斯林，也有他們自己的武裝力量，菲律賓政府對他們的管轄一直是鞭長莫及。

台灣的軍情局行動處如果要對這兩個毒品與黑槍團夥進行打擊，也就是台灣官方要在一個沒有邦交的國家領土上動用武力，必須要有非常仔細的行動方案。同時方案一定要根據實際的在地情報來建立，否則任何失敗的後果都不堪設想。負責的第二組組長楊惠書曾經數次到民答那俄島進行踩點，並且和他的線民配合，與幾位當地人，包括地方政府官員建立了關係。

熊叔信是個老實做事的人，他在兵工廠裡幹了十年的技術員。雖然在退伍後他進入了製造，走私和販賣軍火的違法活動，他認為他是在討生活，賺錢養家。私生活則是非常的循規蹈矩，非常傳統。多年來，他雖然有了豐厚的身家，但是生活簡樸，言行低調，平常一襲短褲和T恤，出入從不以豪華汽車代步，一點都看不出他是個走私和製造軍火的大頭目。他的元配妻子病逝後，他娶了菲籍新娘，又因為他精通菲律賓土話，印尼話和英語，他很快的溶入了當地的社會，沒有人懷疑他會是個犯罪分子。

大毒梟古天斐落網後，該團夥的製毒和走私活動就由他的弟弟古地斐接班。這位老弟從小就在香港和東南亞生活，養成了很重的「黑社會」份子習氣，經常出入聲色犬馬的場所，對酒色財氣無所不好。小道消息說，華人的演藝界裡，就有幾個年輕的女藝人被古地斐睡過。由於古家兄弟團夥擁有船隊，所有的走私活動都要依賴，為古家兄弟創造了不小的收入。但是現在古地斐和熊叔信成為軍情局將要摧毀的目標。

由於國際媒體對《亞洲真相週刊》的報導和分析產生了出乎意料的興趣，被大量的轉載。莫馨去見楊惠書，告訴他要去民答那俄島採訪調查古地斐和熊叔信的計畫，但是楊惠書非常反對：「莫馨，你瘋了？想去找死嗎？你知道古地斐是個什麼樣的人嗎？」

「不就是個色狼嗎？」

「他是個變態色狼，你知道有多少女人被他摧殘過了，毀在他手裡嗎？派個男記者去吧。」

「古地斐不接受我們男記者的採訪要求，我們女同事們都不肯去，所以我這首席特派員就得親自披掛上陣了。我們準備聘幾個私人保鏢，所以安全應該沒問題。」

「你知道古地斐有多少訓練有素的保鏢嗎？你玩不過他。」

莫馨發現楊惠書笑得很神秘：「楊惠書，你笑什麼？是不是你的生蕃壞心眼又來了？」

「莫馨，別不知好歹，我是在想如何保住你這條小命。我跟你交換條件，我們行動處負責你採訪古地斐時的安全。而你為我們探聽，查一查，他是不是有一份見光必死的名單。這是老美最想要的。」

「楊惠書，什麼是見光必死的名單？你就想知道是不是有這麼個名單，還是也想要這份名單？」

「我們得到的情報是，這份名單上有他收買的政府官員，包括菲律賓政府，台灣政府和大陸政府的官員。另外，很可能還包括了已經和古地斐建立了關係的伊斯蘭恐怖組織名單。但是要取得這份名單不容易，古地斐一定將它秘密隱藏，即使把他逮捕後，也很難取得。我們得另想辦法。」

「那好，我們一言為定，你們保護我的安全，我來為你們查這份名單是否存在。」

「行！就這麼說了。你在民答那俄島採訪調查的行動，就完全由我們來安排。」

自從陳有為在加州理工學院正式任教後，已經過了六年。在他被升為終身職的正教授時，先後一共出版了三本教科書，《空氣動力彈性力學》、《航空氣象學》和《高等分析方法》。多年來，除了加州理工學院外，這三本書也被其他的大學，包括好些國外學府，採用為教科書或是指定參考書。因此被翻譯成好幾種語言的課本。

這三本書在中國大陸的大學也廣受歡迎，好幾個大陸的出版社主動和他接觸，希望為他發行中文版。但是他有個私心，就是希望中文版是包括了簡體字和繁體字的版本，他是惦記著台灣的學生，雖然那裡的繁體字版市場比起大陸的簡體字版是小巫見大巫，陳有為希望他在台灣的學術界能夠留下一些痕跡，畢竟布農族原住民在學術界還名不見經傳。

為此他聯絡了沈婷，因為記得她曾說過，她有幾個同學是在出版社工作。沈婷很快的回覆，說深圳南方書局的出版部可以作這件事，他們詢問有無需要為作者聘請翻譯人。陳有為告訴他們，他的母語是中文，同時他的大學本科是在他母語的環境裡完成，寫起中文來還是得心應手。所以中文版的作者也是他自己。他預計在即將到來的學術離休期間，他可以陸續的把三本教科書的中文稿完成。

陳有為和沈婷開始了互動，尤其是在編輯和校對期間，他們經常聯繫，有好幾次還在深圳相會。

近距離的接觸，雙方都產生了好感。但是她對陳有為多次的暗示，希望他們的友誼可以更上一層樓，似乎是若即若離的猶豫不決。沈婷直接的告訴他，她知道陳有為和莫馨是青梅竹馬的戀人，並且也已經有了肌膚之親。沈婷暗示說，莫馨認為陳有為已經是她的人了，她會隨時收歸國有。

但是不可否認的是，兩人在一起時都很快樂，他們天南地北，談笑風生，都嫌時間過得太快。陳有為的兩種字體中文版進度很順利，他離開了深圳南方書局出版部，就打電話約沈婷出來喝咖啡，她建議去她住的華僑新村，那裡新開了一家美食坊，除了餐館也有咖啡館，聽說很不錯，而且她還有幾張優惠券。

那是間非常新穎的咖啡館，陳有為看見沈婷已經到了，坐在角落的桌子。他們熱情的打過招呼後，沈婷說：

「看來你對深圳南方書局出版部的工作很滿意，所以才要請我喝咖啡。」

「對他們的工作進度滿意是真的，但是請你喝咖啡是我來深圳的目的之一。」

「是嗎？真是太榮幸了。我還以為你是喜歡上深圳了。」

「沒錯，我是來過深圳好幾次了，感覺非常良好。」

沈婷問：「說說看，是什麼讓你感覺非常良好？」

「首先，這裡是廣東省的一個城市，但是和廣州市不同，在這裡沒人說廣東話，全是說普通話。」

「是的，深圳市的人口基本都是全國各地移民來的，原來小漁村的居民是客家人，說的是客家話。」

陳有為說：「這裡多數的人都很年輕，非常敬業，就拿南方書局的人為例，對我印象深刻。」

「僅此而已嗎？沒有別的讓你留下深刻的印象嗎？」

「當然還有每次來深圳時，接待我的美女，是最大的吸引力。」

沈婷盯著他看了一陣子：「怪不得莫馨警告過我多次，一定要當心陳教授的甜言蜜語。」

「莫馨是不放過任何機會，在我背後破壞我的名譽。」

沈婷說：「你別冤枉好人，莫馨是在讚揚你在女人面前所表現的男人魅力。」

「你同意她的讚揚嗎？」

「資料不足，還在觀察和體驗中。一有結論，我定會告訴你。」

陳有為說：「別讓我等得太久了。不談我了，來談談你吧！」

兩人的交談非常愉快，沒注意到時間也過得很快，不知不覺中晚餐的時候就到了。他們決定就在美食坊的西餐店用餐，還可以繼續他們的談話。

除了正餐之外，他們還各點了一杯酒助興。陳有為說：

「聽你的口音，你像是從北京來的。」

「沒錯，我們家世代都是定居在北京城，我是在大學畢業後才被迫逃離了北京。」

「非常的戲劇化，記起來了，莫馨跟我說過，你在大學時，有過轟轟烈烈的愛情，但是以失望而終。」

沈婷說：「所以我就移民到深圳來，重新打天下。」

「莫馨說，你年紀輕輕，就在深圳的《濱海週報》打出了一片天。原來你和她一樣是學新聞的。」

「我和你的莫馨不一樣，我是半路出家，是在北京大學的中國文學系畢業，原來在《濱海週報》是做校對和撰稿。在一次突發事件時，所有的記者都已經出任務了，總編就趕鴨子上架，臨時派我去現場採訪，然後回來寫報導。總編認為我問的問題很到位，就讓我寫後續的分析。就這樣一炮成名。」

「記得莫馨說過，除了你的採訪能力很強之外，你的文字簡單但是很傳情，文筆獨樹一格。」

「我相信，這是和我在北大中文系時，醉心於詩詞很有關係。莫馨跟我說過，你對詩詞也很有興趣。」

「沈婷，我只是喜歡詩詞而已，我沒有任何專業的訓練和經驗。以後可要多多向你請教了。我是很同意你說的，詩詞是會影響文字的寫作。記得我在成大教書時，有些學生的報告是慘不忍睹，他們的藉口是英文不夠好，我就讓他們用中文寫，還是同樣的慘不忍睹。相反的，有中文系學生為興趣來選課，他們的報告卻寫得有聲有色，非常流利。」

「這一點都不奇怪，有人說：文學是一種靈感，它的產生必是來自內心的要求。所以文學修養會將人與人之間的溝通變得更優美。」

陳有為說：「在古老的文化裡，例如波斯文化，文學的起源是詩歌，就是韻文先於散文。」

「陳教授，您一定讀過《詩經》，其中的一首：『昔我往矣，楊柳依依，今我來思，雨雪霏霏。』它並不是在說時令與自然，而是將自己的心情與大自然融化合一。它對內是：天人合一，心物合一的性靈。而對外則是：詩的境界。」

「你說的太好了。《詩經》的境界對我說來太虛無縹緲，不容易捕捉。我喜歡《老子》這部哲學著作，它的詞句是經過精煉的格言，像是西方尼采的作品，而它不是用問答體，把境界提高了。你同意嗎？」

沈婷萬萬沒有想到，陳有為是個傑出的科學家學者，居然能和她平起平坐，侃侃而談文學的內涵，讓她怦然心動。盯著多看了他兩眼，有點臉紅。

她繼續說：「但是在我們的漢文化裡，最高的文學就是最高的歷史。太史公的《史記》是用了浪漫派的寫法，生動地描寫人物，沒有虛假，《史記》將文學與歷史融合，也將文學與人生融合。所以有人說，《史記》是有機的載體，它本身是有生命的。」

「沈婷，從你的中國文學專業上，以及你個人的愛好上說，你比較喜歡哪一個朝代的文學作品？」

「我的同學和師長們都說，唐代是中國文學的鼎盛時期，可說是達到登峰造極了。我也同意他們的看法，但是我是追求作品的意境。」

「在你心目中，有當時的代表作嗎？」

沈婷想了一下，她說：「我選的代表作是馬致遠的小令作品《天淨沙・秋思》。在讀它的時候，你需要想像著：在古代的絲綢之路上，有人騎著馬向西邊走去。會讓你怦然心動的。」

他們天南地北的談著，一直到入夜，沈婷請陳有為陪她走回住處。華僑新村裡樹林遍佈，星光和路燈都無法驅走昏暗。

在到家之前，沈婷拉著陳有為的手來到一棵大樹的陰影下停住，她說：「我住的地方到了。」但是她沒有把緊握著陳有為的手放開。

陳有為開口了：「如果一個人，不是來自古代的絲綢之路，而是來自浩瀚的太平洋西岸，對你說出：『枯藤老樹昏鴉，小橋流水人家，古道西風瘦馬，夕陽西下，斷腸人在天涯。』會讓你怦然心動嗎？」

緊握著陳有為的手，沈婷愣住了，隔了一會她才回應說：「真沒想到你會記得這首《秋思》，你已經讓我心動。我要告訴你，我已經很久沒有度過這麼愉快的半天。我要親親你，來表示我的感謝。你不要有任何的胡思亂想。」

沈婷將她的臉湊了過去，陳有為摟住了她，吻住了她的嘴唇。她沒有抗拒，反而抱住他的脖子，整個身體全方位的緊緊貼在面前的男人，張開她的嘴唇，迎接他的入侵。禮貌上的感謝成為激情的擁抱、愛撫和熱吻。

楊惠書的行動小組已經在菲律賓的民答那俄島上有十天了，他們對熊叔信和古地斐的觀察、布控、踩點和擬定抓捕計畫就用了一個多星期。然後楊惠書就出現在大佛市機場，住進了機場邊上的海灣酒店。

在酒店櫃檯登記時，說明他是從菲律賓首府馬尼拉搭乘民航班機來的。他用的是台灣護照，名字叫楊天利，是台灣一家水果進出口公司的經理，此行是為了來採購當地的芒果，因此他在當地的計程車行，租了一部大馬力的越野汽車，說明了目的是要去附近的果園考察芒果的品質，商量採購事宜。但是楊惠書真正的目的地是民答那俄島最西邊的贊博安卡市，他開車進入市區，看見多數的路上行人都是穆斯林打扮，還有引人注意的是，其中還有些人在頭巾下戴著滑雪面具，只露出兩個眼睛和一張嘴。

毫無疑問，他們是民答那俄島上的穆斯林武裝份子，把臉包住，看不見廬山真面目。贊博安卡市的海港是反政府遊擊隊使用的對外運輸點之一，港內停泊的船隻就包括有古家兄弟的船隊。沿著山邊有一排高高的圍牆和武裝警衛的廠房區，裡頭有工作的車間，也有倉庫，這裡是熊叔信改造軍火武器和準備走私運送的工作廠房和古地斐走私貨品的儲存地。楊惠書將所看到的用手機攝影，回到酒店關起房門開始擬定他的抓捕和爆破行動方案。

好幾個美國的媒體告訴了莫馨，美國的情報單位已經獲知情報，有不同的伊斯蘭恐怖分子組織，都是菲律賓的一個非法軍火製造團夥的客戶，團夥是受當地的武裝份子保護。能夠取得這份客戶名單的新聞媒體，十有八九會獲得本年度的新聞調查大獎，莫馨是勢在必得，因此她此行採訪最大的目的就是要取得這份見光必死的名單。

《亞洲真相週刊》發給古地斐一封正式的信，說明他被華人演藝界的女藝人選為年度最有魅力的男士，針對此事，週刊希望可以派記者對他進行採訪。同時也寫明，他們會派出資深記者莫馨擔任採訪任務。

當古地斐看見隨信附帶的採訪記者照片，他不假思索，馬上就同意了週刊的要求。民答那俄島上有兩個飛機場是有正規的航班，除了大佛市機場外，另一個機場是在島上北邊的卡卡揚市，莫馨就是從馬尼拉搭乘早班機抵達這裡，她住進了機場附近的商務旅舍，並且和楊惠書取得聯繫，確定了她的行動方案。

古地斐以慶祝當選為最有魅力的男士為藉口，周日下午，在他的贊博安卡市豪宅花園裡，招待幾個他的好友和狐群狗黨，他驚訝的發現，預定在第二天才要來採訪他的《真相週刊》記者來了。也許是經過著實的打扮，古地斐看到的莫馨本人要比她的照片美豔得多，尤其是她穿的緊身旗袍，顯示了她無比惹火的身材，他感到自己的生理似乎有了變化。古地斐迎上去想要擁抱她，滿臉充滿了笑容的莫馨已經伸出手來，他只好握住了。莫馨說：

「真對不起，古先生，我聽說您的宅邸是這裡最豪華的，所以我不告就來了，非常抱歉。希望沒有打攪您的盛會。」

「莫小姐，歡迎您隨時來獻身。」古天斐用雙關語來挑逗她。

莫馨瞪了他一眼：「古先生游走於花叢的聲譽，早已有所耳聞。」

「耳聞不如身試，機會難得。」

莫馨又瞪了他一眼，若有所思的說：「是的，機會難得，我可以參觀一下您的豪宅嗎？」

古地斐很驚訝，眼前這位大美女居然會這麼容易就上鉤了：「沒問題，跟我來吧！」

莫馨跟著他從花園走進了超大的客廳，古地斐轉身牽著她的手，參觀了書房，健身房和廚房。接著就走上了樓梯去二樓，這時古地斐的手已經摟住了莫馨的腰，她沒有抗議。這時她注意到了有不少客人已經走進客廳，在注視著她。他們臉上的表情帶著奇怪的期待。她被帶到二樓走道，她問說：「古先生，二樓還有更值得看的房間嗎？」

「當然，二樓主要都是臥室，但是有一間非常特別的密室，相信是世界上絕無僅有的。」

「那我一定要觀賞一下。」

「莫小姐，但是在進去之前，必須要有心理準備。」

「什麼樣的心理準備？」

古地斐突然把莫馨往後推壓在牆上，吻她的嘴唇，雙手撫摸她全身，不放過敏感部位。莫馨不但沒有反抗，還把嘴張開，迎接入侵的舌頭。許久後，古地斐放開了她。莫馨說：「心理準備完成了，是不是可以看密室了？」

密室的空間很大，令人注意的是，中間有一張巨大的床，面對著一面落地窗。屋子的一角有一張巨大的辦公桌。除了落地窗之外的三面牆都是鏡子，莫馨說：「古先生有喜歡照鏡子的習慣。」

「不對，我是有看美女的習慣。」

古地斐按下了遙控上的按鈕，三面牆的鏡子變成銀幕，有不同的美女在做不同的事，但是其中的兩個是在放映男女性愛，仔細的看，莫馨發現男主角就是古地斐。他說：「你一定知道，我現在是進入了劍拔弩張的地步，我必須要你的身體。我不會虧待你的。」

「古先生，我完全明白，您很富有，大部分的美女都會被您的大方感到滿意。可是我是個異類，我不要金錢，我要權力。我的野心是在新聞媒體的行業出人頭地。台灣的小道謠言說，您被通緝了這麼多年，不但能逍遙在外，享受美女的眷顧，是因為您手頭有一份價值連城或是見光必死的名單。如果我能拿到那份名單，《亞洲真相週刊》的下一任副總編輯就非我莫屬了。」

「莫小姐，假定我手頭上是有一份這樣的名單，為什麼我需要讓你看呢？」

「你想要我的身體，我想看你的名單，我們來個公平交易。你可以擁有我莫馨二十四小時，我是你的人，你想怎麼玩我都行。值得嗎？」

「只要你不後悔，就當然值得。但是有個問題，這份名單放在贊博安卡市，我的工廠辦公室的保險箱裡，你得先讓我玩了你，再去看名單。」

「我們是要交換，所以要一手交錢，一手交貨。要不我們現在就去你的辦公室？」

古地斐指著他的褲子說：「我都這樣了，我必須現在就要你。」

莫馨正色的回答：「你可以用暴力玩我，我沒有抵抗你的能力。但是你會爽嗎？」

古地斐沉默不語，莫馨繼續說：

「別以為只有你會玩我，其實我也很想玩玩最有魅力的男士當選人。你把我的興致引起來，我會讓你死去活來的到天堂裡走一趟。」

古地斐愣住說不出話，莫馨在走出密室前回頭說：「我明天晚飯後來，把名單準備好。」

軍情局行動處第二組的五人突擊隊已經抵達贊博安卡市三天了，他們是住在楊惠書臨時租下的一間獨立房舍，忙碌的按擬定的行動方案進行準備，一直到了莫馨要第二次造訪古地斐的豪宅之前，楊惠書才宣佈滿意，他命令突擊隊進入位置。莫馨在天黑時，離開了她的酒店，在馬路上攔下計程車，來到了古地斐的豪宅。一位彪形大漢將她帶到了客廳，另一位彪形大漢端上了咖啡，才喝了一口，古地斐就出來了：

「啊！你終於來了，把我等得急壞了。」

莫馨說：「我也是焦急的等了一整天，才等到天黑，終於又見到古先生了。」

「莫小姐也跟我一樣，有生理上的需求嗎？」

「我是急著想把古先生玩得死去活來，送進天堂。」

「那我們就去密室吧！」

莫馨趨前親吻他，擁抱著，走上樓梯進入了密室。她噗嗤一聲笑起來：「我以為莫先生會完全使用高科技來培養男歡女愛的激情，然而這裡也有美麗的鮮花，還有一瓶法國香檳酒，非常的傳統，但我很喜歡。」

「別擔心，我會讓你經驗到高科技的催情，你也會死去活來的跟我一起到天堂走一趟。」

「但我是個有傳統習慣的女人，激情之前，需要去一次洗手間。」

「洗手間就在進門的右手邊，別讓我等得太久。」

「期待的激情會更為享受。別忘了把門鎖上，我不想讓你的保鏢看著我是如何被最有魅力的男人穿刺。」

古地斐玩過無數的美女，但是從來沒碰過如此和他針鋒相對的女人，他渴望著玩她的感覺，更想看她的反應和表情。有一點他能確定的，就是莫馨是準備要和他上床了。進到洗手間，開燈把門鎖上，莫馨首先把水龍頭打開，放水聲充滿了房間。然後將裝了毛玻璃的窗門鎖打開，把窗門拉開再關上，試了兩次都很順暢。莫馨將洗手間的燈開關兩次，不遠的小樹林裡，有紅色信號亮了兩次。她脫了所有的衣服，開了淋浴熱水，很快的將全身沖洗，用大毛巾擦乾身體，換上手提袋裡的薄紗透明短衫，走出來。古地斐也已經換上了睡袍，香檳酒打開了，兩個酒杯裡倒滿了酒。牆上鏡子的視頻全開，全在放映男女的性愛。但是當他看見一位滿臉笑容的女神漫步向他走來，他呆住了，從來沒有一個如此誘惑的女人出現在他眼前，他已經進入了極端的劍拔弩張狀態，即將一觸即發，他撲了過去。沒想到莫馨出手擋住他：

「慢點，我們昨天不是說好了嗎？一手交錢，一手交貨。等我看了名單，你就可以玩我了。」

他指一指床邊的公事皮包說：「抱歉，是我心急忘了。今天一早，我就把名單放進這公事包裡，拿到這兒放在保險箱裡了，我馬上拿出來。但是你看，我把香檳都倒好了，你就賞臉喝一口吧。」

古地斐拿起一杯，一口氣就乾杯。莫馨也拿起另一杯，喝了一口。古地斐打開床邊的櫃子，裡頭有個中型保險箱，他將箱子的鎖輪來回轉了四次，打開門，拿出一個牛皮紙信封交給莫馨。裡頭是一本裝訂好的本子，她翻開看了幾頁，然後用完全不同的語氣說：

「沒錯，就是它。古地斐先生，你聽好了：你是台灣的公民，但是在從事違法活動，台灣軍情局的行動員馬上就要來逮捕你，你需要接受法院的審判。說不定，你還能和你哥哥團圓了。」

突然，古地斐滿臉通紅，大聲喊說：「臭娘兒原來是叛徒，看我怎麼收拾你。」

他突然拿起床邊的公事包，用力揮過去，重擊莫馨的頭部。她頓時昏倒在地毯上。古地斐將她抱到臥室的床上，除下了她身上的浴袍，他從來沒見過這麼誘人的赤裸裸女人身體，閉著雙眼的臉上一點化裝都沒有，但是剛洗過熱水淋浴將她的臉色蒸得紅噴噴的，全身散發出沐浴水的特有味道，混合著女體香味，古地斐的視覺和嗅覺都被衝擊著，在他的大腦和中樞神經裡起了強烈的催情作用。

他很快的把身上的衣服脫了，撲了上去。張開他的嘴壓在莫馨的唇上。他迫不及待的把小小的三角褲扯下來，撫摸她兩腿交叉的地方。莫馨緊閉著兩眼，一動都不動，他的努力沒有讓眼前的美女起任何的反應，他抬起頭來說：

「臭婊子，快給我醒過來，我想聽你被我玩的呼喊聲，還要嘗嘗你氾濫的淫水。」

莫馨沒有反應，他看著一對非常勻稱的乳房在起伏著，細細的腰身，平坦的小腹，修長的大腿和小腿，全身沒有一點多餘的贅肉，他自言自語的說：

「我還沒玩過這麼動人的女人，非要把她的情欲挑起來才好好的玩她。」

古地斐把頭埋在剛剛撫摸的地方，開始了他的挑情動作。莫馨的眼睛睜開了，但是也開始有了感覺，她對自己說：不行，這樣下去就不能收拾了。她往下看了一眼，很快的又把眼睛閉上。

古地斐先是感到了在他嘴下的身體有了輕微的動作，隔了一下就聽見了輕微的呻吟，他明白努力將要成功了，就加大了力度。被他握住的身體開始扭動，也聽見了從喉嚨深處裡發出來的：

「嗯！我要……」

扭動的下身開始往上挺，古地斐終於等到了時機，他把莫馨的膝蓋彎了上來，分開，讓門戶大開，準備接納他。就在他將完全膨脹了的男性對準了目標，向前穿刺時，莫馨的右腿突然爆發式的伸直，踢中了將要進入的下體，古地斐感到一股尖銳的疼痛，從下身傳到心肺，漫延到了全身。他慘叫了一聲，握住了下體捲曲在床上。赤裸裸的莫馨在床上一個鯉魚打挺，輕快的下到地上，拾起了名單冊子。但是古地斐怒吼一聲：

「他媽的，我要先玩了你的身體，然後再玩你的命。」

他下床向莫馨撲過來。她的修長誘人右腿，以蹲下的左腿為中心支點，快速回轉，在古地斐伸出的雙手將要抓到莫馨時，她的「掃堂腿」踢中膝蓋，將這同樣是赤裸裸的男人，摺倒在地上，他失去重心，倒下去時，雖然頭部碰地，讓他視線模糊，但是還沒有失去反抗力，他再度挺身而起。一絲不掛的莫馨像是瘋狂了，她尖叫一聲：

「你想要玩命，我就成全你，這就送你上路。」

她騰身而起，雙腿剪切，右腳掌踢中古地斐的嘴部，嘴唇裂開，門牙脫落，馬上見血，赤裸的男人，趴倒在地。跟著她又朝男人手臂重重的踩了一腳，當場就聽到骨折的聲音。

突然，穿著黑衣的楊惠書在洗手間門口說：「莫馨，行了，別再打了。你從小就喜歡練功夫，終於派上用場了。」

「你什麼時候進來的？」

「對不起，進來晚了，門口的保鏢多費些時間才制伏。不過我看局面已經控制了，就沒出聲。」

「你還好意思說，差一點就讓他占了便宜。你怎麼這樣看人，沒見過女人嗎？」

「從來沒見過這麼美的。莫馨，我們的人已經在樓下，需要趕快撤離。」

「我趕快去穿衣服，你得看看他的保險箱，裡頭全是寶貝。開鎖號碼是〇七四〇。」

楊惠書先給古地斐注射了一針麻醉劑。把保險箱裡值錢的東西都拿走。再把名單冊子一頁頁的用手機攝影，然後再把名單冊子放進牛皮紙信封，放回保險箱。

按照既定方案，要將這件事擺設成為一件金錢為目的搶劫案，它和那份名單毫無關係。臨離去時還留下一封信，要求古地斐家人拿一百萬美金來贖回古地斐，否則就撕票。最重要的是這份名單仍然是完好無缺，並沒有被洩密。

莫馨並沒有想到，她和楊惠書在這剎那，為台灣未來的安全立下了汗馬功勞。

軍火販子熊叔信有一個多年來的習慣，他在入睡前，經常騎自行車到路口一家小吃店，吃一碗台灣魚丸湯。就在楊惠書和莫馨撤離現場時，熊叔信吃完了魚丸湯，準備回家。因天色已晚，在回家的路上，已經不見行人，在騎到他家巷子口時，一輛黑色汽車高速開來，停在他身旁。

兩名男子將熊叔信強行攔下，他還沒來得及反應，嘴巴就被用膠布貼住，無法出聲。他的自行車就倒在路邊，後輪還在自轉著，旁邊還有一封信，要求熊叔信的家人拿一百萬美金來贖人。

楊惠書將現場的佈置作了最後一次檢查，感到滿意，他用手機訊息發出了撤離的命令。軍情局的行動員，帶著他們逮捕的犯人，進入方案裡的最後程序，兩部越野車奔向山裡的叢林。這時他才發現莫馨卷伏在角落的椅子上，一言不發有一陣子了。

「莫馨，你怎麼了？」

「楊惠書，我不行了，快送我回旅店。」她的聲音不對了。

楊惠書這才看清楚，莫馨的臉色漲得像番茄一般的通紅，兩手緊緊的握拳，雙眼緊閉，嘴巴張開，用力的呼吸。他用手摸摸她的額頭，馬上感到滾燙的熱度，他問：「你在發高燒，你身體哪裡不舒服？」

「我喝了古地斐的香檳酒，這混蛋一定是在酒裡下了藥。」

「知道是什麼毒素嗎？肚子痛不痛？」

「一定是下了春藥，他是想要痛快的玩我。」

「我馬上送你去醫院，你要是有個好歹，我回來就出草把姓古的宰了。他媽的，敢給我們布農族的女人下毒，他是活得不耐煩了，我就成全他。」

莫馨說：「不行，一去醫院你們就會露餡，暴露身分和目的。我們還有一大夥人，不能因為我就都犧牲了，更何況還有那兩個千辛萬苦才抓捕到的犯人，不能讓他們溜了。」

「那你說怎麼辦？總不能放下你不管啊！」

「帶我回酒店，用冷水沖身體，同時大量的讓我喝冰水，我能挺得過去。」

「你行嗎？會不會出問題？」

「楊惠書，有你陪著我，我一定能熬過去。」

楊惠書開車，風馳電擎的回到卡卡揚市機場附近的商務旅舍時，莫馨已經語無倫次，口中喃喃的在說一些聽不懂的話，一進去莫馨的房間，楊惠書就把她推進浴室的淋浴間，將冷水打開到最大。他自己也進去，幫助莫馨去掉她身上的衣服。莫馨像是野獸在呼喊著，聲音低沉而模糊，從喉嚨的深處發出：

「楊惠書，我要你……快點給我……」

他驚訝的發現，莫馨是在脫他的衣服，衣服都已經完全濕透了，但是最後兩人還是赤裸了。

雖然大量的冷水澆灑在他的皮膚上，楊惠書還是感覺到莫馨火熱的胴體，將他覆蓋，滑膩的皮膚在摩擦他，將他全身所有的神經繃緊，進入他視神經的影像是一個全身赤裸的美豔女神，美麗的臉龐，以及誘人的身體，使他忘記了，她曾是同族好友的戀人。他的思維告訴他，眼前的美豔女神，是他的異性同類，喚起了他最基本的人性。他已經不能控制自己進入了劍拔弩張的狀態。她伸手觸摸，碩大，堅硬，因需要而飽滿，而準備即將穿刺她。現在只有他能淹沒她的需要，只有他能將她從熊熊烈火中救出來。

「楊惠書，我需要你。」

「我知道。」

莫馨握住了他：「可是我會把你吃掉……」

「別怕，我是布農族的生蕃，你吃不了我。」

她吞噬了楊惠書，對他發起了排山倒海的攻擊。一波接著一波的挺進和收縮，遭遇到兵來將擋，水來土掩的對抗，奇妙的是莫馨在一陣顫抖後，針刺似的痛苦像是夕陽裡的退潮，越來越微弱。

莫馨模糊的感到她被抱起來，進到了幽暗的臥室，被放在床上。楊惠書開始吻她，她張開嘴來讓他的舌頭佔領她，她已經失去了語言的能力，只拚命的緊緊擁抱著他，貼在他身上。她希望一切都走開，所有的一切都消失，但是體內還有些許遺毒，必須徹底清除，她還有需要。

他再次展開了拯救族人的行動。莫馨覺得出現在她視線裡的，和她感覺到的，還有她的思維，都似乎蒙上了一層不真實的薄霧。因為她的感覺是所有正在發生的都是在陽明山的麗致溫泉酒店，是陳有為在蹂躪和佔有她。莫馨的下意識是不想承認她會同時愛著兩個男人。可是這是不折不扣的性愛，當這兩個男人愛情同樣都是那麼猛烈，那麼強大到完全無法抵擋。

古地斐、熊叔信被逮捕之後的五天裡是被蒙上了雙眼，兩手被手拷反扣在背後，被放在一輛小貨車後面。車子在叢林和山溝裡迂迴，他們吃不好也睡不好，就是為了躲避菲律賓的警方和團夥的爪牙們。

唯一和上一次被綁架時不同的是，綁匪是說國語，而不是說菲律賓土話。在整個行動的過程裡，最後的接應是最為關鍵的，因為那時候有白道的警方當他們是綁架犯，要抓捕他們，如果沒有接應，這些軍情局的行動員很可能成為人贓俱獲的現行犯，他們的餘生就更可能要在菲律賓的監獄裡度過。或者是被古地斐和熊叔信團夥的爪牙們追上，那可能就要命喪異國了。

天亮之前，他們確定已經擺脫了後面的追兵，按照行動方案，他們在山裡的樹林中隱蔽。直到第二天入夜後，他們才小心翼翼的接近預定的接應點海灘，躲在一個岩石後邊，一直等到接近午夜，終於看見從一片漆黑的大海裡出現了預定的燈號，台灣的漁船按計劃到達，執行接運任務。當接運漁船遠離岸邊，接近公海時，贊博安卡市岸上傳來了巨大的爆炸聲，接著是沖天的火光照亮了海岸和海水。熊叔信以及古天斐和古地斐兄弟的軍火和製毒設施，還有他們的倉庫和漁船都摧毀了。

莫馨是從深沉的夢中醒來，當她看見自己一絲不掛的身體和熟睡在身邊的赤裸男人，極度的震驚讓她的大腦完全清醒，昨晚在古地斐豪宅發生的場景出現，她轉身抱住了楊惠書，感恩的撫摸他，把一隻大腿放在他腰上動來動去，最後是把他吻醒了。看著他睜開的眼睛在盯著她的裸體：

「昨天晚上還沒看夠嗎？」

「說到昨晚，你差一點沒把我嚇死！」

「是不是我變得很恐怖，像鐘樓怪人？把你嚇死了。」

「鐘樓怪人嚇不了我，你渾身熱得和火爐似的，像是個爆炸的燃燒彈。」

莫馨再親了他：「謝謝你救了我，這輩子都會感激你。到底是我們布農族的男人，能信得過。古地斐這個大渾球現在落在你們手裡，他身上扛著走私、販毒、製造黑槍的罪行，現在再加上一個下毒、強姦未遂的罪，他是死定了。」

「說到姓古的，我有重要的事跟你說，我們去吃早飯，可以邊吃邊談。」

楊惠書一絲不掛的起身，但是看見莫馨還躺著，盯著他，臉上有一絲笑容，他說：

「哈！這回輪到我說：昨天晚上還沒看夠嗎？」

莫馨起身，一個赤裸裸的女神，慢慢的走向他：「看你都已經完全進入備戰狀態了，不難過嗎？」

「沒有男人能被你這麼貼著，而不起反應的。」

「這回輪到我替你滅火了，何況昨晚沒吃飽，我還要你。」

莫馨抱住他倒在床上，她驚喜的發現，布農族的男人很溫柔，很體貼，能讓她全身舒暢。

在遠離台灣軍情局的菲律賓，民答那俄島上，楊惠書和莫馨經過了徹夜的激情，身心疲憊。但是莫馨從藥酒下毒的災難邊緣，被楊惠書拉了回來。她有無限的感恩心情，而他從肉體上的歡愉，昇華出對她未來的期待。

楊惠書向莫馨透露了一個天大的機密。兩年多前，軍情局接到美國情報單位局發來的「友好」資訊，說在菲律賓南方反政府的武裝力量中，和中東地區的恐怖活動有密切關係的組織裡，發現了台灣來的四名參與者。其中三人就是熊叔信，古天斐和古地斐兄弟。第四個人沒有識別，但他是個組織裡的高層人物。

前三人是調查局有案調查中的軍火販子，製毒和走私份子。但是第四人是個神秘人物，他是台灣的何許人，不得而知。軍情局將此人的存在列為最高機密，調查任務就落在楊惠書身上。經過抽絲剝繭的分析調查，嫌疑人似乎就要浮出水面，他讓楊惠書出了一身冷汗，因為他的存在很可能嚴重的影響到台灣的安全，甚至是未來生死存亡的關鍵。但是楊惠書找不到直接和有力的證據，他別無他法，只能即刻直接上報軍情局局長，局長也即刻做出決定，此事只允許他們兩人知道，對任何他人都要保密。同時下命令要不惜任何代價尋找證據。

此次追捕任務的最主要目的，就是要尋找證據。嫌疑人不是別人，就是台灣國防部軍事情報局行動處，副處長田程凱上校。

當楊惠書翻開從古地斐豪宅的保險箱裡拿出的名單冊子時，他看到了一個識別代號的數字號碼，就是田程凱的私人手機號碼。

楊惠書用他的密碼手機和軍情局局長做了長時間的通話，他和莫馨沒有馬上回台灣，而是去到馬尼拉拜訪了幾個華人朋友，由他們介紹認識了幾個華僑團體和宗親會。他是以台灣商人的身分出現，帶著年輕漂亮的老婆，到菲律賓考察生意。

在同時，莫馨又以記者身分，打探熊叔信和古天斐兄弟在東南亞的活動。這個團夥和在菲律賓南方活動的穆斯林恐怖組織的絲絲縷縷關係浮出水面。但是對於田程凱的叛國活動卻一點痕跡都沒有。

因為是夫妻身分，楊惠書和莫馨很自然的同住一室，過著真正的夫妻生活。但是莫馨不能忘懷陳有為，她對這兩個布農族的兒時玩伴，都有一絲歉意。

當熊叔信和古地斐被押解到台灣時，田程凱意識到不尋常的事可能會發生，因為追捕他的任務，他是完全被蒙在鼓裡。而他是軍情局行動處的二把手，這太不尋常了。當他去問頂頭上司處長時，處長也是一無所知。但是有一件事是確定的，就是絕不能讓古地斐受到審訊，因為他是知道田程凱的叛徒真實身分，所以他必須將古地斐在最短的時間內置於死地。

現在對古地斐的所作所為最清楚的就是楊惠書和一位知名記者莫馨，他們是最有可能推斷出田程凱的真實身分。田程凱為了活命，他必須在楊惠書和莫馨回到台灣前，執行他的計畫。但是他疏忽了一點，他所能想到的，也正是楊惠書所考慮的。

當軍情局接到楊惠書的通知，說他們將在一星期後回到台北時，其實他們已經在台灣布下了天羅地網。

當田程凱在執行他精心設計的古地斐格殺行動時，埋伏人員一擁而上，現行犯也只能束手待擒了。被逮捕後的田程凱被告知，他面臨三個選擇，一是台灣接受美國要求，將他送往中情局設在泰國的監獄，以進行恐怖活動攻擊美國的罪名受審。第二是接受「聯合反恐中心」的引渡要求，將他送往巴基斯坦的拘留站。

這兩個選擇都會讓他過著生不如死的日子。所以他要求留在台灣，接受審判及監獄服刑，能夠期待的是終老獄中，或是可能的特赦。但是他完全清楚，任何時候，當台灣當局感到他沒有據實招供，他都可能會遭到驅逐出境，面對前兩個選擇。所以田程凱別無選擇，只能一五一十把他知道的一切全部招供。

但是讓楊惠書和他的軍情局同事們驚訝的，原來恐怖組織的最終目標是中國大陸，台灣只是扮演「轉運站」的角色。這一切都其來有自，所有的歷史都擺在眼前。

歷史上曾有個橫行在亞洲中部的「突厥」遊牧民族，它擅長冶煉，曾被稱為「鍛奴」。在南北朝時期建立了強大的汗國，後來分裂為東、西兩部，隋朝及唐朝初期成為中國中原王朝的重要邊患。

「東突厥」汗國為唐大將李靖所破，「西突厥」為唐大將蘇定芳所滅。國破之後，突厥餘族與漢族和新疆各少數民族融合，不再作為一個獨立的民族存在。西征的突厥後裔建立了奧斯曼土耳其帝國，為現代土耳其國家的前身。現在新疆主要少數民族的語言是屬於阿勒泰語系裡的突厥語族。突厥斯坦是十九世紀以來歐洲地理學家對古突厥人發源地，錫爾河流域的稱謂。後來含義擴大，包括了中國的新疆地區，被稱為東突厥斯坦，或「東突」。同時也包括了前蘇聯的中亞地區，被稱為西突厥斯坦。

「泛伊斯蘭主義」和「泛突厥主義」，兩者均濫觴於十九世紀後半期，主張所有伊斯蘭國家和民族應該聯合起來，抵禦基督教國家的進攻，建立政教合一的「大伊斯蘭帝國」。

在這個時期，泛伊斯蘭主義和泛突厥主義也開始傳入新疆，並發起了「東突厥斯坦運動」，鼓吹「東突民族」有近萬年歷史，其祖國「西至北海、紅海、黑海以及歐洲，北至北冰洋，東至太平洋，南至印度洋」，「是人類歷史上最優秀的民族」，要聯合曾生活在中國北方和西域的所有少數民族，建立政教合一的國家，消滅異教徒，驅逐漢族。在外部勢力的支持下，「東突」分裂主義分子在二十世紀三〇年代曾屢屢發動叛亂，圖謀建立獨立的「東突厥斯坦國」，例如「南疆回教國」，「和田伊斯蘭教國」，以及「東突厥斯坦伊斯蘭共和國」等。

從四十年代初到八十年代末，新疆境內的分裂分子在國際勢力的影響和支持下，製造了數十起分裂事件。「東突厥斯坦」是一個具有殖民主義色彩的詞彙，在「泛伊斯蘭主義」和「泛突厥主義」的思想根源下，「東突恐怖主義」成為「東突分裂主義」的極端形式。

歷史演變到今天，在中東地區出現了伊拉克和大敘利亞伊斯蘭國，簡稱ISIS，它是一個自稱建國而活躍在伊拉克和敘利亞的極端恐怖組織。它的組織的不斷擴張，最大的威脅是對伊拉克、敘利亞、伊朗等中東國家。不過在它組織所規劃的「伊斯蘭國」的終極版圖中，還有中國的新疆等地區。ISIS領導人在建國宣言中說：

「在中國、印度、巴勒斯坦、索馬里……穆斯林的權利都被強行剝奪了……阿拉在上，我們要復仇！」

在這份他們羅列的「復仇」名單上，中國被排在了第一位。在ISIS領導人的講話中，曾多次提到中國以及中國新疆，指責中國政府在新疆的政策，同時要求中國穆斯林和全世界穆斯林一樣對他效忠。ISIS恐怖組織正式宣佈，將擴張計畫，並揚言五年後佔領中國新疆。在新疆的東突的武裝分子中參加ISIS所組織的活動越來越多，在ISIS對敘利亞北部地方發動的閃擊戰中，出現了多名中國籍的武裝分子。

伊朗攝製的新聞錄影《深入「伊斯蘭國」恐怖訓練營》紀錄片中，可以看到來自新疆的東突武裝人員集體效忠ISIS，伏擊敘利亞和伊拉克政府軍，接受各種武器訓練，發動自殺式襲擊前相互擁抱告別的畫面。ISIS已經成為在新疆信奉「泛伊斯蘭主義」和「泛突厥主義」的東突份子，接受暴力恐怖訓練的主要基地。

他們的目的：一是爭取國際恐怖勢力更多認同，培養國際暴力恐怖活動人脈，二是累積回流中國境內策劃組織類似活動的「實戰經驗」。他們的最終目的仍是「打回」中國。目前他們面對的最大困難是：如何出入新疆的邊境，而不被查出來是要去中東「培訓」。因此以台灣為「轉運站」的想法油然而起。

第五章 情歸何處

《亞洲真相週刊》刊登了一系列的報導和分析，透露和說明了世界各地的某些政府官員及企業和恐怖份子及他們的組織之間絲絲縷縷的關係。這些新聞資料被全球的媒體廣為轉載，讓莫馨的週刊名利雙收。她對楊惠書有無限的感恩，但是她不能忘懷陳有為。

古地斐的名單冊子裡所記錄的是官員的姓名，其中少數是用代號，而不是真名真姓。他們所工作的政府，除了台灣之外，還有中國大陸和美國。這些人的共同點就是他們和團夥間的關係，簡單的說，就是拿錢辦事。

軍情局整理出一份名單交給了法務部的調查局，名單上的人都陸續的被請去「喝茶」，在短短的幾個星期內，這些人都被「處理」了。有些被請出了公家機關，有些被

請出後，又被請進了大牢，但是都要把拿的錢吐出來。唯獨榜上有名的一位名叫齊秀媛的女士，她是在台灣電力公司核廢料處，擔任資料及文件管理員。可是她左請不到，右請也不到，調查局只好派人登門拜訪，但是發現人去樓空。去管區的派出所詢問，才知道齊秀媛的家屬在三天前已經以人口失蹤為由報警了。

調查局回報軍情局，楊惠書查看齊秀媛手機的通聯記錄，發現昨天她還在使用，為什麼家人會報她失蹤呢？太蹊蹺了！

楊惠書要求身世調查的資料，把他嚇出了冷汗。齊秀媛是一個虔誠的穆斯林，每週都會去台北的清真寺禮拜，在那裡有不少朋友，包括從東南亞來的外勞。通聯記錄顯示，齊秀媛手機最後的通話地點是新北投的附近小山上。楊惠書有個預感，可能有嚴重的事態將要發生，決定自己去看看。

他坐上行動處的公務車，將地址輸入了車上的電子地圖，即刻給出了路線圖，指示他向北方的士林開去，然後轉進去新北投的路。開了不久就上了一條很窄的山路，楊惠書在一個獨門獨戶有籬笆圍牆的農舍前停下來，用車上的通訊系統通知行動處他所在位置，再把隨身的個人通訊器用藍牙和車上的通訊系統連線，然後通知行動處的通訊中心，他將要下車去調察情況，隨身的個人通訊器已連線。

楊惠書從駕駛座下取出紅色警燈放在車頂上，打開了刺眼閃爍的紅燈，目的是告知有政府人員在執行公務。從外面看去，農舍很安靜，似乎沒有任何人在內。他沿著籬笆圍牆繞到後面，有一個虛掩著的小門，裡頭是一間像是倉庫或是儲藏室的大房子，他迅速的匍匐前進到窗下，看見裡頭有四個男人，兩人的腰上別著手槍，其他兩人持有長刀。楊惠書按下了隨身通訊器，軍情局行動處的通訊中心響起了警鈴：

「七號行動員呼叫，請求緊急支援，新北投山區，GPS地點。嫌疑犯四人攜有武器。」

在倉庫的一角，他們正在毆打被捆在椅子上的齊秀媛，雖然是已經被打得渾身是血，奄奄一息，但是四個大漢還是毫不留情的重手出擊，顯然是要置她於死地。楊惠書用手摸了摸腰上槍套裡的槍，然後把倉庫小門推開，大聲的呼喊，表明身分。

他看見一人往腰間伸手，同時眼角看見有另一個人手裡拿著一把兩尺長的刀向他撲了過來，楊惠書向右移動，躲開了閃閃發光向他砍過來的刀鋒，同時轉身拔槍，槍在出槍套時將保險打開，隨即槍管指向拿刀的人連扣兩下扳機，然後再轉回身體對著前面正在拔槍的人又連開了兩槍，這四槍都分別射中要害，在他們倒在地之前就死了。另一個拿槍的人向齊秀媛開了一槍後，就和另一個拿刀的同夥丟下武器，舉手投降。

在後續的調查發現，被楊惠書擊斃的持槍者是名叫哈基爾的陸客，他是來自新疆烏魯木齊的維吾爾人，是以自由行的理由進入台灣，另外的三個人都是被哈基爾收買的台灣黑道份子。哈基爾來台灣的目的是向齊秀媛購買資料，但是在最後一刻，齊秀媛反悔，不但沒賣給他資料，還威脅要舉報他。所以哈基爾決定把她殺了。在大批的警方，情治單位和救護車到達前，楊惠書注意到齊秀媛的嘴唇動了一下，他試著要摸摸她的脈搏，但是找不到。楊惠書把耳朵湊近她的嘴邊，聽見了非常微弱的聲音說：

「他們要製造骯髒炸彈。」齊秀媛吐出了最後一口氣後，離開了這個世界。

叛徒田程凱的口供裡沒有提到齊秀媛和哈基爾，但是楊惠書認為這是一條非常重要的線索，哈基爾老遠的從烏魯木齊來到台灣殺害齊秀媛，背後一定有驚人的陰謀，再加上齊秀媛斷氣前在楊惠書耳邊說的死前遺言，讓楊惠書這位身經百戰的軍情局行動員坐立不安。

他的經驗和直覺告訴他，事情的背後一定不簡單，非常可能會有目前的政府官員的參與，但是官員的層次就不得而知。

越是高層，帶來的災難就越大。

目前他還不敢和任何人討論他心中所思，他唯一信得過的人就是莫馨，當他和盤托出告訴她後，莫馨同意他的看法，尤其是「台灣成為恐怖份子的轉運站」和「骯髒炸彈」這兩件事，如果沒有政府官員介入是不可能的。莫馨自告奮勇，說「不入虎穴，焉得虎子」，要以週刊的名義去調查。楊惠書不答應，說太危險了，那是他們行動處要幹的事。莫馨保證她不會親自深入虎穴，楊惠書才勉強同意。

莫馨飛到深圳，下飛機後，住進了深圳南山區的東華假日酒店，那裡離深圳最繁華的地段，濱海大道，不遠，沈婷工作的《濱海週報》報社就在濱海大道上。沈婷是提著購物袋來到了莫馨的酒店，她最喜歡的台灣阿里山高山茶已經為她準備好了，坐下後，沈婷馬上就品茶，

「實在太好喝了，看我都喝上癮了。」

「沒問題，我帶了兩大包給你，你就喝吧！」

「太感謝了，台灣布農族的美女越來越體貼人了。」

沈婷把購物袋給她：「這是我們週刊送你的，我買不起這麼貴的極品禮物。」

莫馨一看就驚呼：「哇！極品的冬蟲夏草和燕窩，這是幹什麼？你是不是給錯人了？」

「這是給你美容的，讓你美上加美。感謝你給我們的名單，上面的政府官員，個個都是資深黨員，居然當起了叛徒。國安部順藤摸瓜，又發現不少他們的同夥。這是個嚴重問題，幾年前就開始調查，但是阻力很大，你幫了大忙，我們週報也借光受到獎勵。

你要我怎麼謝你？」

「這世界上沒有白吃的午餐，你就等我的要求吧！我問你，聽過一個叫哈基爾的人嗎？」

「哈基爾？是不是在烏魯木齊的維族人？」

「沒錯，他是維吾爾人。三個星期前，他以自由行觀光的理由到台灣來。」

「聽說我們的國安部也正在找他，他是東突恐怖份子，手上有國安部偵查員的血。我們想在他被捕前採訪他，他現在在什麼地方？」

「台北第二殯儀館。」

「什麼？他死了？怎麼死的？」

「哈基爾拿槍對著楊惠書，他就先開槍格殺了哈基爾。」

「楊惠書是不是你提過的你們布農族生蕃，他是你老相好陳有為的鐵哥兒？」

「楊惠書現在是我們軍情局行動處的組長。所以我們週刊想知道此人的背景。」

莫馨喝了一口茶，繼續說：「根據楊惠書所說，哈基爾到台灣來找一個叫齊秀媛的女人，她是台灣電力公司的一個資料管理員。我們相信他是來買資料的，但是哈基爾把她殺了。但是我們認為這事情不簡單，所以我來找你幫忙，找出背後的原因。沈婷，這個忙你非幫不可。」

「沒問題，這事就交給我，我們有哈基爾的檔案。我們聽說了，台灣軍情局在菲律賓的民答那峨進行了大行動，你給我的名單就是來自這個行動，是不是？」

「沈婷，名單都給你了，就別再問了。把哈基爾到台灣來的目的查清楚，告訴我就好了。」

「國安部還接到信息，說你們軍情局還把兩個國際通緝的重要犯人捕獲，替台灣爭光。你知道這事嗎？」

「不僅知道，我還正在採訪其中的一個通緝犯，差一點把小命都丟了。沈婷，你要是能替我保密，我就告訴你一切的經過。」

「大美女，我什麼時候出賣過你？你說話要講良心。」

「在兩年前，楊惠書開始懷疑他們內部有叛徒，並且鎖定了嫌疑人，但是苦無證據，又因為他是個高層，人脈關係深厚，不能隨便動他。軍情局去菲律賓執行秘密任務的主要目的，就是要去取得證據。給你的那些人名字，也是出現在同一個證據裡。」

「你能透露，這個叛徒是誰嗎？」

「他是我們軍情局行動處的副處長田程凱。別急，他招供了，他不是你們的人。他加入了ISIS，是你們共產黨的死對頭。田程凱說：恐怖組織的最終目標是中國大陸，台灣只是要扮演『轉運站』的角色。」

沈婷正色的說：「新疆的東突武裝分子裡參加ISIS恐怖組織的人越來越多，它已經成為信奉泛伊斯蘭主義和泛突厥主義的東突份子，接受暴力恐怖訓練的主要基地。他們目前最大的困難是：如何出入新疆的邊境，所以我認為這可能是利用台灣為轉運站的理由。」

莫馨說：「目前有好幾家航空公司有桃園直飛烏魯木齊的來回航班，台灣乘客需要有台胞證，陸客需要有入台證。但是實際辦理這兩種證件的是海峽兩岸的旅行社。這很可能會是不法份子的切入口。」

「莫馨，你說得沒錯。前些日子我們曾接到公安單位的彙報，說在新疆被捕的東突武裝份子中，搜查出台胞證和從台北到烏魯木齊的機票。」

「請你把這些人的姓名和有關資訊給我，我去調查他們是如何入境台灣的。我一直認為田程凱還是沒有完全招供，他還留了些底沒說。」

沈婷說：「也許他還指望著有那麼一天，他會被放出來。走，我請你吃晚飯。你不是說還有私事想問我嗎？」

莫馨拿出一個隨身碟：「這是哈基爾身上隨身碟的拷貝，楊惠書說裡頭有關於大陸的重要資訊，他要我請你轉交給你們國安部。別忘了ISIS恐怖組織是衝著你們的。因為內容牽涉到台灣的政治敏感，楊惠書決定不將這隨身碟上繳。你得答應我，必須保密。」

沈婷說：「沒問題，我一定替你轉交。」

「謝了！楊惠書說你們《濱海週報》是國安部的特別關係戶，他信得過你們。你知道台灣目前的執政黨政策，全面緊抱美國和日本，然後逢中必反。並且就像你們毛主席在文革時候說的：廟小妖風大，池淺王八多。執政黨的內部鬥爭，也是你死我活，任何有關國安的機密都會外泄。」

「知道了。我們走吧！」

因為這頓飯沈婷是可以報公賬的，她們就大大方方的去到酒店的海鮮餐館，叫了美味可口的生猛海鮮，又各要了一杯白酒，著實享受了一番。飯後她們又回到莫馨的房間喝茶。莫馨挨著沈婷坐下：「我們把冒死取得的恐怖分子名單給你，你們成了受益者。你說了要報答我，我可是玩真的。」

「我沒跟你開玩笑，我也是玩真的，說吧，你要我幹什麼？」

「先讓我問幾個問題，你要照實回答，不許說謊。我問你，你是不是和陳有為在談戀愛？」

「莫馨，你是什麼意思？我只是介紹陳有為給深圳南方書局出版部，他想出版中文的教科書。」

「為什麼我每次一提陳有為，你的臉就漲得通紅。你要不要拿鏡子照照，看看現在你的臉有多紅。」

別無退路了，沈婷小聲的默認：「他是個很優秀的男人，我很欣賞他。但是我們是存在兩個世界，沒有我們共同的空間。」

「既然欣賞他，為什麼不就在一起去面對未來呢？」

沈婷說：「不可能，陳有為已經是美國公民，我不可能嫁給外國人，這輩子我就待在中國了。」

「那我問你，你們除了出版中文書的業務上有互動之外，還有別的來往嗎？」

「我們有在一起吃過飯，也去看過表演。深圳不時有些精彩的文藝活動。」

「沈婷，你看你，明明是被他迷住了，還說沒愛上他。那他把你擺平了嗎？」

「聽不懂，你是什麼意思？」

「我是問，你有沒有讓他睡了你？」

沈婷抗議的回答：「只有在你們資本主義社會，才會男女看順眼了就立刻上床。」

「沒讓他睡你，但是一定讓他吻了你，老實招來。」

沈婷的臉又開始漲得通紅，她低著頭小聲的說：「我擋不住他。」

「你把嘴張開來給他嗎？」

「他非要濕吻，否則就不放我。」

「果然，上下都是濕了。沈婷，你一定要幫我，我活不下去了。」

她突然看見莫馨滿臉的眼淚，緊緊的把她抱住。沈婷也摟住她：「你怎麼了？快告訴我。」

莫馨流著眼淚，一五一十的說出了她的故事：從小學、國中、高中、大學，到進入社會，陳有為對她的不能忘情，以及他在情感生活中受到的磨難，毫無保留的，全都告訴了沈婷。

「莫馨，別哭了，說出來就會好受一點。」

「你現在知道我都幹了些什麼壞事，是不是覺得我是個爛人？」

「太年輕就成了大美女，被淹沒在眼花繚亂，如夢幻般的繽紛生活中。等到一天突然夢醒，想到了青梅竹馬的戀人時，已經被人乘虛而入，搶走了。說實在的，你也太馬虎了，陳有為是男人裡的精品，你也讓他從你手中溜走。太可惜了。」

「但是換個角度看，你一定明白，他現在是世界級的學術大師，我無法進入他的世界，他也容不下我這樣的終身伴侶。」

「你說要我幫忙，是要幹什麼？把他綁架過來送給你？」

「我失去他，只能怨我自己。但我又傷害了他，讓我耿耿於懷，不能原諒自己。」

「你是說，他後來幾次來找你，要求和你花好月圓，千里共嬋娟，一起去打拚天下，而你沒答應。」

「沒錯，我跟他說，我們不是一路人，缺少共同語言和興趣。另外我的調查記者生涯，造成我的特殊個性，我很可能這輩子不會和男人成家的。陳有為要我答應他，如果我改變了主意，要在第一時間通知他，給他一個機會。我說沒問題，一言為定。」

「你說的合理，他應當理解的，何況他也說了，他只是要你給他一個機會。」

「沈婷，他當時是理解了。但是我現在又要去傷害他了。」

「為什麼？你瘋了？」

「我決定要嫁給他的鐵哥兒，楊惠書。我這輩子對不起陳有為。可是我最擔心的是他會不會因為打擊太大，就放棄了他的前途。」

「我覺得你是大腦有問題，陳有為哪一點比不上楊惠書？」

「你有所不知，楊惠書救了我的命，我現在才能在這裡跟你說話。」

「真的啊？就是你們最近去菲律賓的民答那峨出任務時發生的事嗎？」

「那個大混蛋古地斐想痛痛快快的玩我，就把香檳酒裡放了春藥讓我喝。當時我是急著要套出他的名單，沒當心就喝了。等我們把姓古的逮捕，名單也拿到手之後，藥性發作，我渾身發熱了。楊惠書要送我去醫院急救，我不答應，因為會露餡，不但任務泡湯，我們隊伍也可能被關押。」

沈婷說：「那後來怎麼辦？」

「我叫楊惠書送我回酒店，用冷水澆我，讓我挺過去。但是等楊惠書把我推進淋浴時，我已經慾火焚身失控了。我把他的衣服剝下來，當場就把他強姦了。」

沈婷聽得入神，隔了一會才問說：「怎麼會這樣呢？後來呢？」

「大概是女人在性高潮時產生了大量的荷爾蒙，將春藥的藥性中和，排出體外。楊惠書把我放到床上，整夜一次又一次的把我帶進高潮，一直到我的體溫恢復正常。」

沈婷說：「也真是難為了楊惠書，他是真的為你賣命了。」

「事後我才明白，我在春藥的刺激下，有了非常激烈的反應，吞噬了他，但是他還是死命的配合我，替我排毒。楊惠書是用他的生命硬是把我拉回來，後來他在床上整整躺了兩天兩夜。」

「所以你是為了報答他救命之恩，決定嫁給他了。」

「也不完全是為了報答他，我發現楊惠書很體貼我，在他身邊會活得很舒服。他的專業能力很強，我很欽佩他。他也很支持我辦週刊的事業。要是嫁給陳有為，這些都不可能了。」

沈婷笑著說：「我相信你們在床上的生活也是如魚得水的配合完美，是不是？」

莫馨的臉紅了，沒回答，就繼續的說：「現在我們已經同居了，楊惠書催我快結婚。」

「這些事你都跟陳有為說了嗎？我擔心他會不會心理崩潰？都是你惹的禍，你要好好的處理。」

「沈婷，我還有一個快要煩死我的最大原因，就是這些年來，我一直在欺騙陳有為。跟他說，我已經和一位含金量很高的小開訂婚了，不久就要嫁過去。」

「莫馨，你幹嘛要欺騙他呢？」

「我也不知道為什麼。打從張慧雯得到了陳有為的初夜，霸佔了他的人和他的心，我在她面前就感到矮了半截，總想報復。大概是我想讓他感到我比張慧雯要優秀，好讓他後悔。現在想起來，從頭到尾，我都是個糊塗蛋。」

「重要的是，你不能再去傷害他了。」

「楊惠書也是這麼說的，所以我才來找你，我們都認為只有你能讓陳有為忘記他青梅竹馬的戀人。」

沈婷說：「我沒這能耐。你要我去幹什麼？」

莫馨說：「要你去做你最想幹的事，就是去和陳有為做愛。」

沈婷沉默不說話，莫馨就繼續說：「別騙我，你讓他吻你的時候，沒有感覺想要和他做愛嗎？」

沈婷用問題來回答問題：「莫馨，你真的不想要嫁給陳有為了嗎？」

「你就放心吧，陳有為，從頭到腳，裡裡外外，全是你的。」

「我問你，台灣原住民的生蕃，是野蠻人。他們對女人會很溫柔嗎？」

「我們生蕃會很溫柔的去蹂躪我們的愛人，帶給她們死去活來的歡愉。」

莫馨摟住她親吻，很久以後才放開她。沈婷說：「你這是幹什麼？」

「感覺如何？我們生蕃溫柔嗎？」

「可是你不是陳有為。女生蕃不一定知道男生蕃想幹的事。」

「我和陳有為只有過幾次魚水之歡，他非常的溫柔，讓我畢生難忘，正像你說的，沒有女人能擋得住他的親吻。同樣的，你也擋不住他對你排山倒海的蹂躪。」

「你說你已經和楊惠書同居了，他是不是每天晚上都蹂躪你？」

「我已經答應當他的女人了，他要睡我，我還能怎麼辦？」

「那我問你，你和這兩個鐵哥兒兄弟做愛時，感覺不同嗎？」

「我們親熱時，我會有下意識的罪惡感。等到我被他弄迷糊時，我就會閉上眼睛，想像是陳有為在穿刺我，最後就完全分不清了。」

「也許生蕃男人是用同樣過程去蹂躪女人。但是我是問你，這哥兒倆，誰比較會伺候女人。」

「兩個人都帶給我高潮。」

沈婷還是棄而不捨，追著問：「我是在問你，哪一個會讓你更爽，更想要。」

「保密，不能告訴你。你和楊惠書一樣，非要我說，他們兩人到底是誰能讓我更滿足。我拒絕說，他就沒完沒了的往死裡蹂躪我。看我怎麼收拾你。」

當莫馨再一次親吻沈婷時，她張開嘴來迎接侵入的舌頭，然後閉上了眼睛。沈婷迷迷糊糊的聽到莫馨在她的耳邊說：「我警告你，陳有為會把你玩得死去活來的，要你苦苦哀求，他才穿刺你。」

莫馨認為新疆的東突份子一路去到ISIS訓練基地的地理和相關歷史背景，很有吸引力，她說服了沈婷的老闆，由台灣的《亞洲真相週刊》和深圳的《濱海週報》聯合收集資料和執筆，撰寫一本小冊子，加上由專業攝影人員在沿途拍下的圖片。六個月之後，一本書名為《恐怖份子的絲路》中文簡體字版和繁體字版同時問世了，在很短時間內，它成為華文世界的暢銷本。也馬上被翻譯成多種外文，在世界各地發行。莫馨沒想到的是，這本小冊子除了成為許多國家的國安人員必讀物，還成為觀光旅遊行業的刊物，這條「新絲路」上出現的，已經不只是恐怖份子了。

楊惠書對莫馨說：「都是你和沈婷慧的禍！」

《恐怖份子的絲路》寫道：

持有「台胞證」的東突分子在出發前的集中地點是南疆喀什市的艾提尕爾清真寺，它是坐落在喀什市解放北路，是中國最大也是最著名的伊斯蘭教清真寺，以其悠久的歷史和有民族特色的雄偉建築聞名中外，在中亞地區，它與布哈拉及撒馬爾罕等地的著名大清真寺齊名，已成為絲路上的明珠和喀什古城的地方象徵，來此地的觀光遊客絡繹不絕。在集中後，東突分子上了預先安排的汽車，就被送往下一站；帕米爾高原上從新疆通往巴基斯坦的中巴公路，在接近「瓦罕走廊」的地點下車，有塔吉克人嚮導在等待。從這裡他們將開始漫長的徒步行程。

「帕米爾高原」的名字來自波斯語，意思是「平頂屋」。在古代中國，它是被稱為「蔥嶺」，古代絲綢之路曾在此經過。它地處中亞東南部，以及中國的最西端，橫跨塔吉克斯坦，中國和阿富汗。是崑崙山，喀喇崑崙山，與都庫什山和天山交會的巨大山結。有紅其拉甫和明鐵蓋等山隘，是古絲綢之路南下印度，西去阿富汗和伊朗的重要通

道。現在已有中巴公路通過。

按照自然地理狀況，帕米爾高原分為「八帕」。由北向南依次為：和什庫珠克帕米爾、薩雷茲帕米爾、郎庫里帕米爾、阿爾楚爾帕米爾、大帕米爾、小帕米爾、塔克敦巴什帕米爾以及瓦罕帕米爾。帕米爾高原是中國的西疆極地，平均海拔五千公尺以上。

它地跨中國新疆西南部，塔吉克斯坦東南部以及阿富汗東北部，高原上有廣闊的牧場，在塔什庫爾干河谷地，宜農宜牧，可種青稞和小麥等多種作物，高原上居民百分之九十以上是塔吉克人。帕米爾高原是古絲綢之路上最為艱險和神秘的一段，它屬高寒氣候，是現代冰川作用的一個強大中心，約有一千多條山地冰川，自然景觀垂直變化明顯。帕米爾高原是古代新疆通中亞和南亞絲綢之路的咽喉要道，由於地勢高寒，行旅艱險，因此沿途設置幫助行旅解決住宿和給養的驛站就顯得格外重要。

高原上有多處驛站遺址，其中以數卵石砌築，方形尖拱屋頂的達布達爾古驛舍遺址保存最為完好，屋角還保存有卵石砌就的爐灶，室內牆壁煙熏痕跡明顯。驛站石屋前河灘草場肥美，可供來往商旅放牧駱駝和牛馬。

漢代時，這裡是西域三十六國之一的蒲犁國的王城，大約在喝盤陀時期，開始大規模建造城廓。唐朝政府統一西域後，在這設有蔥嶺守捉所，元朝初期，大興土木擴建城廓，舊的石頭城換了新顏。一九〇二年，清廷在此建立蒲犁廳，對舊城堡進行了維修和增補。該城曾出土過唐代錢幣和田文書等。

歷史書上曾寫過：在中國的絲綢古道上有一座古老的門樓，抬頭仰望橫匾上刻著：「絲綢路瓦罕走廊千古輝煌，公主堡漢日天種百世流芳」。從這座門樓往前行不遠，便踏上極具神秘色彩的「瓦罕走廊」。

它是位於帕米爾高原南端和「興都庫什山脈」北段之間的一個山谷。整個瓦罕走廊呈東西走向，北依帕米爾高原與塔吉克斯坦相鄰，南傍興都庫什山脈與巴基斯坦相接，西起阿姆河，東接中國新疆塔什庫爾干塔吉克自治縣，東西長約四百公里，其中在中國境內約一百公里，南北寬約三至五公里，最窄處不足一公里；其餘三百公里在阿富汗境內，最寬處約七十五公里。

這裡的主要河流是瓦罕河，由西向東流一百六十公里後與帕米爾河交匯，然後流入東西向的噴赤河谷，以及阿克蘇河一帶，這都是在阿富汗境內並成為「瓦罕走廊」的組成部分。因此國際上也稱為「阿富汗走廊」。

在兩千多年前，漢朝時期開始，它就是一條世界著名的國際通道。從這裡進去有將近兩百公里的路，是一個狹長的通道，也是絲綢之路的一個咽喉要道，前方是阿富汗，右邊是塔吉克斯坦，左邊是巴基斯坦。有人說：在瓦罕走廊，毛驢叫一聲，就可以驚動四個國家，說的就是它獨特的地理環境。它在歷史上是古絲綢之路的一部分，也是華夏文明與印度文明交流的重要通道。是帕米爾高原的八帕之一。這裡平均海拔四千公尺以上，東面和南兩面地勢較高，西部和北部地勢較低，屬於高寒山區，每年除了六、七、八，三個月外，都是大雪封山。

瓦罕走廊大約有一萬五千多居民，西部地區主要是吉爾吉斯人，東部地區主要是瓦罕塔吉克人，絕大多數都是伊斯蘭教什葉派的信徒，屬於遊牧部落，居民多用瓦罕語。瓦罕走廊大部分地區都是乾旱缺水的沙漠，僅有極少量的耕地，居民基本靠天吃飯，主業是牧業。瓦罕走廊南部的山麓地帶零星分佈著一些高山牧場，雨季時易遭山洪襲擊。整個瓦罕走廊是阿富汗最為貧瘠的地區，居民面臨著貧困、缺乏糧食、醫療和教育以及毒品、恐怖主義等一系列問題。

塔吉克人嚮導帶領著東突分子到達了瓦罕走廊的主要村莊，卡勒尼亞茲貝格，瓦罕河就是在這附近和帕米爾河交匯。這裡有一間不大的什葉派穆斯林清真寺，按穆斯林的傳統，過往旅客可以在這裡住宿和飲食。中阿兩國在狹長的瓦罕走廊東端相毗鄰，邊界線只有九十多公里。它是個無人值守的國界，因此東突份子選擇了這裡作為離境點。中阿接壤的邊境地區基本上是人跡罕至的荒漠高原，地勢複雜，氣候惡劣，不適宜人類生存。中國一側的瓦罕走廊沒有永久定居的居民。

在中國的古絲綢之路上，有個咽喉地段叫做「卡拉其峽谷」，它是在「明鐵蓋」的一座海拔四千多公尺的高山上。沿著明鐵蓋河往上游行走了十餘公里，穿過瓦罕走廊的三座橋樑，就看到了著名的「明鐵蓋山口」，此處雪山高聳，冰川形成的冰舌直瀉山下。這個海拔四千多公尺的山口一直是帕米爾高原上連接東西方絲綢之路的主幹道。

「柯爾克孜語」說它是「千隻公羊的山口」，在帕米爾高原，它是中國與喀什米爾間的山口，橫穿喀喇崑崙山，在這條路上走過了不少世界級的偉大人物，這裡佇立著三塊石碑紀念他們，最早的是「安世高」，他是最早把佛教帶入中國的人；第二個人是法顯和尚，他在六十多歲時通過這條路把佛經帶進中國。第三個人就是玄奘大師，這裡是他取經東歸回來時的一條古道。

明鐵蓋山口與鄰近的克里克山口是從北通往巴基斯坦的上罕薩谷地的兩個主要的山口。明鐵蓋山口自古以來就是溝通中國西域和印度次大陸最重要的傳統通道，只是近幾百年來由於冰川的發育和侵襲，越來越多的商隊選擇了更寬闊且沒有冰川之擾的克里克山口，新建的中巴喀喇崑崙山公路就是在它南部的紅其拉甫山口進入巴基斯坦。

中國和巴基斯坦在帕米爾高原的兩個口岸，明鐵蓋山口和紅其拉甫山口，都是只有中方在邊界設有關口，派有人員值守。巴基斯坦方面的關口是設在距離紅其拉甫山口有一百二十五公里處的蘇斯特口岸，明鐵蓋山口的口岸，在夜間是不開放的，理論上在天黑後，可以在口岸附近的亂石堆中，摸索的越過邊界。但是如果在天亮後還沒到達蘇斯特小鎮，很可能會被中國的邊防巡邏隊逮捕。

中巴關係友善密切，巴基斯坦在他們蘇斯特口岸開放前，對在邊境執行針對中國公民任務的中國邊防，採取不干擾態度。久而久之，非法偷渡明鐵蓋山口，就不是東突分子離境的選項了。嚮導領著東突分子離開卡勒尼亞茲貝格村莊，來到了札巴克小鎮。它的市區雖然小，但還是很熱鬧。

這裡是離開帕米爾高原，重新回到文明的最後城鎮，有不少背包族遊客，還有來自各地的登山友，都會在此歇腳，所以這裡也開了兩家民宿旅店，他們在較大的一間住下，休息和補充以後多天步行的衣食住行必需品。再度上路後，路面情況越來越惡劣，景色也改變了，非常的荒涼，人煙不僅稀少，並且看來都是貧困的居民，其中帶著槍支的武裝份子慢慢的多了。附近的開伯爾山口是進出阿富汗的重要通道，過了它就開始進入阿富汗和巴基斯坦北方邊界的「三不管地區」。

歐洲人稱這裡的居民是「帕坦族」，意思是「操普什圖語的人」。而他們自稱是「普什圖人」或「巴克同人」，在阿富汗又稱為「阿富汗人」。帕坦族主要分佈在阿富汗和巴基斯坦，是阿富汗的主體民族。在巴基斯坦是少數民族，多居住在巴基斯坦西北邊境省。他們的祖先是伊朗人和突厥人的混血種，帕坦族形成於阿富汗，十三至十六世紀南移，一部分移居現在的巴基斯坦境內。

歷史上帕坦人就是世界上最尚武好戰的民族之一。在西方近代史的記載中，帕坦人似乎就是靠襲擊，搶劫和綁架為生的。在那方圓兩萬多平方公里幾乎與世隔絕的，無以為生的山區裡，帕坦男人經常會面臨這種抉擇：要麼挨餓，要麼下山去搶劫平原上那些富裕人家，或者是從中亞到印度的商人，以便養家糊口。帕坦人不把襲擊看成是犯罪，相反，他們認為，襲擊越激烈，男人越勇敢。

在巴基斯坦的部落區基本是自治的，「國中之國」。據統計，巴基斯坦現有的六百多條法律中，只有四十四條在部落區適用，而這些法律條款對於封閉的帕坦人生活幾乎沒有太直接的影響，部落裡的人幾乎都是依照自訂的法律與傳統生存，部落區幾乎每個男人都可自由帶槍。在這裡，東突份子坐上了開往阿富汗首都喀布爾的大巴。

阿富汗的首都位於該國東部的喀布爾河谷，以及興都庫什山南麓，是阿富汗的最大城市。它是一座有三千五百多年歷史的名城，著名的東西方通商要道「絲綢之路」上的重要城鎮，是連接中亞和南亞的貿易必經之路，也是東西方文化交流的一個中心。「喀布爾」在信德語中是「貿易中樞」的意思。

西元一七七三年杜蘭尼王朝統一阿富汗後，喀布爾就成為阿富汗首都。阿富汗歷史悠久，喀布爾亦然。印度古經典《吠陀經》提到一個叫庫拔的地方，梵文研究者認為就是今天的喀布爾。《波斯古經》也證實，庫拔就是今天喀布爾所在的地方。中國《漢書》記載的叫高附的地方就是喀布爾。

古代馬其頓亞歷山大皇帝和西元十八世紀波斯阿夫沙爾王朝帝王納迪爾沙赫均把這裡作為穿越興都庫什山脈南下征服印度的軍事要道。在城南山麓的一座伊斯蘭圓頂式建築物「紮赫祠」，是伊斯蘭教什葉派創始人阿里的衣冠塚。離紮赫祠四十公尺左右的地方聳立著一塊巨石，中心部位有一道寬一公尺，長兩公尺的大裂縫，似刀削斧劈一般，傳說是阿里用利劍劈開的，被視為聖蹟，每年元旦前後，阿富汗居民紛紛前來，聚集在紮赫祠前、巨石周圍舉行隆重的宗教儀式。平時在那裡也是有不少人聚集，尤其是外國的觀光客更是喜歡的景點。在市內的查曼區，有一個東方市場，市場中心的梅旺德紀念塔，是為阿富汗的一位愛國女英雄而建的。

一八八〇年在英國和阿富汗之間的梅旺德之戰中，阿富汗姑娘瑪拉萊挺身而出，號召全村男子保家衛國，與阿軍聯合擊退敵人，終於取得輝煌勝利。瑪拉萊的英雄事蹟傳頌一時，成為阿富汗歷史上第一位傑出的女性。

除了極少數印度教徒，錫克教徒和猶太人之外，阿富汗的主要民族如普什圖人、塔吉克人、烏茲別克人和俾路支人等大都屬於遜尼派。什葉派的主體則是哈札拉人。因此，無論在農村，還是在城市，伊斯蘭教都有廣泛的影響。

但是在阿富汗，因為不同種族，帶著他們不同的文化和信仰，混居一處，因此許多與伊斯蘭教無關的生活習慣也產生了相當的影響，這些民間信仰與習俗有的可能與曾經在這一地區流行的某些宗教，如祆教、佛教、薩蠻教等有關；有的則帶有濃重的民間迷信色彩。最終的結果是阿富汗的社會，尤其是在鄉間和農村，居民對不同的文化和生活習慣都有很大的包容度。

東突份子的下一個目的地是阿富汗的第二大城市，坎達哈。它位於阿富汗的南部，其地理位置重要，北通首都喀布爾，往西可達第三大城市赫拉特，而東距巴基斯坦邊境只有一百公里，位於喀布爾、赫拉特以及巴基斯坦的奎達三地的公路交叉點，交通地位十分重要。坎達哈是在西元前三百多年時，希臘的亞歷山大大帝在此建立了都城，原來是稱為「安其提亞的亞歷山大城」，作為波斯與印度之間的屏障。

到了十八世紀中葉，當地的普什圖人，艾哈邁德・汗被選為坎達哈各部落的最高首領，他改名為「艾哈邁德・沙赫」，宣佈建立「杜蘭尼王朝」，定都坎達哈。後來，他兒子帖木爾將首都遷往喀布爾，但是坎達哈一直是阿富汗南部的商業中心和軍事重鎮。這裡的居民大部分是普什圖人和塔吉克人，普什圖語是這裡的通用語言。

一九九五年，塔利班恐怖組織從坎達哈突然崛起，幾乎統一了阿富汗全國。雖然它被西方國家和不同的組織持續的打擊，坎達哈一直是武裝集團活動的集中地。ISIS和東突份子有了接觸，他們被安排坐上了開往巴基斯坦西北邊境省白沙瓦的大巴。

「巴基斯坦」源自波斯語，字意是「聖潔的土地」，在多個世紀以來都一直是南亞大陸與中亞之間的貿易重鎮。在古代有兩位中國的旅行家，法顯和玄奘，也是著名的佛教高僧，都曾來到此地。

白沙瓦位於阿富汗及巴基斯坦的北方邊區，有不少的「帕坦族」，以販賣槍支為生，所以成為世界上著名的「黑市槍城」，近半個世紀以來，特別是自蘇聯入侵阿富汗以後，由於抵抗和自衛的需要，輕武器甚至包括可攜式導彈大量流入阿，巴的北方邊區。因此也很自然的成為ISIS恐怖份子的重要活動地區，他們在此迎接從新疆長途跋涉到達的東突份子，略作休息後，安排他們經由特別通道前往中東的訓練基地。

《恐怖份子的絲路》和台灣軍情局提供的資料，成為美國的情報機構和反恐單位的重要資訊參考來源，尤其是對ISIS恐怖組織是如何吸收成員以及如何運送他們到訓練基地的原始構思，以及對「新絲路」上的歷史和地緣政治關係所作的描述，將ISIS恐怖組織之所以暢所欲為的真實原因和背景指出。使這文件成為反恐行動的基本資料，也同時讓楊惠書成為美國情報機構，甚至國會的諮詢對象。

陳有為接到楊惠書和莫馨寄給他的卡片，是一張印刷精美的結婚啟事：

我倆情投意合，徵得雙方家長同意，已於民國一〇八年四月十六日，在法院公證結婚。特此敬告親朋好友。

楊惠書 莫馨 敬啟

陳有為凝視著卡片，思潮洶湧，但是等平靜過後，他決定送一份大禮，他將附帶的祝賀卡片寫好：

布農族的生蕃老友，惠書和莫馨：

祝你們白頭皆老，永浴愛河。小小薄禮，請笑納。

陳有為敬賀

又及：照顧莫馨的責任永久交給楊惠書了。

陳有為搭乘的洛杉磯直飛香港的班機準時到達，走到了機場大廳，他驚訝的發現沈婷來接他，除了燦爛的笑容外，她似乎打扮得格外漂亮。他們坐上《濱海週報》的轎車，直奔深圳南山區的東華假日酒店。

沈婷建議陳有為好好的梳洗一番，她打電話請酒店送一碗熱騰騰的牛肉麵來房間當宵夜，然後就趕快休息，消除長途旅行的勞頓，明天一整天都需要辦理出版他的書籍業務，會相當的忙碌。三本書都需要簽再版合約。因為銷售情況出乎意料的好，為深圳南方書局出版部和作者取得了很好的收益，給陳有為的版稅都存進書局隔壁的招商銀行。

第二天，他請沈婷在銀行關門前陪他去銀行買一張禮卷。陳有為從沒動用過戶頭裡的錢，正好可以用來買禮卷。當銀行櫃檯服務員詢問要買多少錢的銀行本票禮卷時，陳有為回答說要買二十萬元人民幣禮卷，為了填寫正確的姓名和地址，陳有為出示了「結婚啟事」和寫好了的賀卡，沈婷都看到了。她說：

「這真是一份天大的賀禮。」

陳有為沒有回答，等回到酒店後他才說：「我們從小就在一起長大，從兒時的玩伴，一直到成人。我們的友誼將要進入新的階段，應該送一份大禮，來慶賀他們。」

「這裡頭有痛苦嗎？」沈婷好奇的問。

「已經沒有了，但是無窮的傷感卻揮之不去。世間所有的事都會有結束的一天，留下的只有無奈了。」

「你是個名校的大教授，要是讓我這小女子給你講人生大道理，就怕讓人笑掉了大牙。所以我就什麼都不說了。」

「其實，人生的大道理我都明白，我的問題是我選擇了去當異類，怨不得別人。我去查過我們布農族的歷史，前無古人，後無來者，就只輪到我去當個什麼教授，並且還當得挺開心。所以理所當然，我身邊的人，包括青梅竹馬的戀人，最終都會離我而去。話說回來，這輩子當孤家寡人也沒什麼不好。我們學校就有好幾個名教授是終身未婚，但是都有輝煌的學術成就。」

沈婷看見了陳有為眼眶裡的淚水，深深的感到他實在被痛苦煎熬著：

「陳有為，你每次到深圳來，我就會在你身邊，難道我就不是人了嗎？」

陳有為露出了苦笑：「也許你也是個異類，當心嫁不出去。走，帶我去吃飯。」

沈婷變得特別的體貼，兩人吃了一頓美味的晚餐，再回到酒店喝茶聊天。慢慢的，陳有為也有說有笑了。沈婷主動的和他溫存，身體貼得緊緊的，愛撫他，又獻上熱吻，弄得陳有為心猿意馬。在回家前，她問：

「大教授，我有件事可能需要你幫忙，有空嗎？只要你三天的時間。」

「沒空，我也要找空，說吧！」

「我有個任務，如果你能助我一臂之力，我對完成任務的信心會大增。」

「我又不是幹你們這行的，我能幫什麼忙？」

「可是你是台灣人，你就比我強。」

陳有為說：「我聽不明白，你有件任務，非要是台灣人才能幫忙，太奇怪了。」

「你看了我和莫馨合寫的《恐怖份子的絲路》嗎？深圳旅行社的朋友告訴我們，有一個拿台胞證的台灣人，來登記參加去喀什的旅遊團。他被國安部盯上了。」

「他是幹了什麼壞事？」

「他用的台胞證說他的出生地是台灣苗栗，但是他明顯是個維族人。國安部懷疑他是新疆的東突份子，不是台灣人。我的任務是近距離觀察，確定他是不是個真的台灣人。我希望你能陪我一趟，你的判斷力會比我強得多。」

「沈婷，你的任務和最近的新聞報導，關於疆獨份子出現在ISIS的恐怖行動訓練營的事有關嗎？」

「沒錯，陳大教授說對了，ISIS針對新疆的恐怖活動是目前國安部最棘手的問題。如何在減少維吾爾族和漢族之間矛盾的同時，也提高他們的生活水準，已經是不容易了。現在疆獨份子又把ISIS拿出來湊熱鬧，可真是沒完沒了。」

「沈婷，那你認為新疆問題的癥結在哪裡？」

「我認為歷史的發展是個重要因素;我們先說《新疆》,它代表新的疆域。但是你知道嗎?一直到清朝征服了這片土地後,才有了新疆的名字,那已經是乾隆年間。但是一直等到西元一八八四年,也就是光緒十年,清朝才在新疆設省。」

陳有為說:「你是說,清朝政府一直等到把我們台灣,以及我的生蕃祖先們,都割讓給日本之前的十一年,才認為新疆地區有了足夠的人文和社會的需求,須要建立一個基本的行政單位來管理新疆。這麼大的一片土地,原來是這麼晚才得到中央政府的注意,並且馬上就面臨了漢人管理維吾爾人所帶來的問題。」

「是的,到了現在,世界上大部分的人,對新疆維吾爾人的理解就是兩件事:一個是疆獨恐怖份子,一個是一連串出土的乾屍。前者也許是疆獨份子特意營造出來的,在世界的舞台上它把維吾爾人和第三世界的極端分子聯在一起。而取得的是兩種反應:同情的聲音和敬而遠之。」

「沈婷,那麼你剛才說的,那一連串出土的乾屍,又是怎麼回事?它包括了『樓蘭美女』嗎?」

「大教授,我認為這些都是不折不扣的文化遺產。它是在敘述來自絲路上的傳奇,那一具具穿著鮮豔的織錦衣服而被風乾了的屍體在絲路的廢墟出土,他們蓋著『王侯合婚千秋萬歲宜子孫』的錦繡被褥,枕著兩頭尖翹緋紅的『雞鳴枕』,臉上還覆了像現代面膜的『錦覆面』，眼睛上罩著『瞑目』。」

陳有為說：「你是在說我提到的『樓蘭美女』嗎？」

「是的，這些出土的乾屍中，最為典型代表就是那具轟動了世界的東方木乃伊『樓蘭美女』，雖然經過了千年，還是能看出來她的華麗，面目姣好，肌理細膩，雲鬢花顏，依然明豔照人的回到人間。她讓人想到了絲路傳奇中的商人、公主、將軍、僧侶和百姓，但是沒有人會將這些珍貴的文化和維吾爾人聯在一起。」

陳有為說：「你是在說，疆獨份子沒有一份被認同是屬於他們的文化遺產，能讓他們用來作為獨立建國的基礎。」

「說對了，我要問的是維吾爾人要靠什麼來獨立，來建國呢？他們沒有一個自己的過去，也說不出來將來想做什麼？還是一群無知的野心家在瞎胡鬧。這是我的下一個採訪調查目標。」

沈婷和陳有為從深圳飛到烏魯木齊，然後再轉機到了喀什，住進了南疆大酒店。沈婷在櫃檯旁邊的旅遊聯絡站，查看了由台灣西向旅行社主辦的「巴基斯坦蘇斯特城鎮旅遊團」名單。旅遊團團員基本上都是台灣遊客，或是居住在海外的台灣人，包括從南加州來的陳有為和他的當地「女朋友」。

同時沈婷也確認了一個叫柯文起的團員已經報到了。這是一個當地的兩日一夜旅遊團，要去的兩個主要景點是「公主堡」和巴基斯坦北部邊區的「蘇斯特城鎮」。一共有二十二人的旅遊團是在早上八點乘一輛旅遊大巴從南疆大酒店出發，沈婷和陳有為是坐在嫌疑人柯文起後面兩排的位置，不僅能對他近距離觀察，還可以聽見他和周圍的人談話。出發後不久，導遊小姐介紹了第一個景點，公主堡：

公主堡位於塔士庫爾干縣城以南約七十公里，崇立在古絲綢之路咽喉地段卡拉其峽谷內有一座海拔四千多公尺的高山上，是中國目前所知最高的古代城堡之一。扼守古代絲綢之路的要衝，從一條西向的山路，越過明鐵蓋山口可以到西亞的阿富汗和伊朗，以及所謂的「五海之地」，公主堡憑藉地勢險要、位置獨特、居高臨下、能攻可守，是驃騎勁旅用兵佈陣之地，「一夫當關，萬夫莫敵」的金城湯池。

它背靠偉岸挺拔的皮斯嶺山口，山腳是日夜奔流，浪湧波逐的塔什庫爾干河和喀喇秋庫河的匯流處，在帕米爾高原上，建於南北朝時期的公主堡是個非常重要，為保衛古絲綢之路交通安全所設的一處軍事工程。當地塔吉克人稱它為「克孜庫爾干」，意為：「姑娘城」。

它前臨奔騰咆哮河水如墨的塔什庫爾干河，後倚高聳藍天的皮斯嶺山口，突兀高聳，險峻挺拔。陳有為和沈婷觀看了城垣，重重的門戶，還有儲藏用的地穴和石室。古堡所在山頭山勢峻險，北側有山溝可通皮斯嶺山口，海拔四千多公尺。是絲綢之路南道上的咽喉。

導遊小姐繼續介紹說；一千多年前的中國高僧玄奘在他的《大唐西域記》裡，記載了一個傳說：很久以前，有一位漢族的公主遠嫁波斯王子。當送親的隊伍途經某個地方時，突然遇到匪亂，使者和衛隊為了保護公主，就近找了一個陡峭的山崗，把公主安頓在上面，四周嚴密把守以保萬無一失，每天的飲食專門用一根繩子吊上去。

過了不久，匪亂漸漸平息，護親使者恭請公主重新啟程，這時卻發生了一件令人難以置信的事情，公主居然已懷有身孕！

令人匪夷所思的是，這件事連公主自己也說不清楚。後來公主身邊的侍女說，公主困在山頂的時候，每天都會有一個騎著金馬的王子，從太陽中來到山上和公主幽會，公主肚子裡的孩子就是「漢日天種」。

這個解釋肯定是波斯王子不能接受的，可是嫁出去的姑娘潑出去的水，公主也不能這樣回娘家。忠心的使者只有一個選擇，就地安營紮寨，在山頂上「築宮起館」，把公主正式安頓下來，並擁立為王。使者和衛兵們則在山崗附近的帕米爾高原上就地開荒種糧。第二年，公主生下一個相貌偉岸的男孩，自此以後繁衍生息，成為玄奘途經時「朅盤陀國」的祖先。

旅遊團花了大半天的時間參觀公主堡，陳有為感歎在一千六百年前，南北朝時期，在距離中原遙遠的帕米爾高原就已經有這樣的文明和動人的故事發生了。正好像在歷史書裡寫的，那是一個大分裂時代，但是隨後也帶來了民族大融合的時代，它進一步的帶來了加速少數民族漢化的步伐。

但是這大半天裡最大的收穫是完成了沈婷交代給他的任務。好幾次在參觀和休息的時間，陳有為有意無意的接近柯文起，聆聽他和團友們的談話，半天下來，他取得了有關嫌疑人柯文起的談話內容：

一、自稱是出生在台灣苗栗，在那裡居住超過三十多年，但是他不說，也聽不懂台灣話和客家話。

二、他的祖父是新疆的維吾爾人，是新疆王盛世才的小同鄉，後來成為他的部下。一九四九年，他攜帶妻子和兒子，也就是柯文起的父親，跟隨蔣介石到台灣。就按照這兩個談話內容，陳有為認為嫌疑人柯文起是台灣人的可能性是微乎其微。

首先，一個出生在台灣苗栗鄉下的人，在居住了三十多年後，還不會說當地的方言，是不可思議的事。第二點更是離譜，在台灣上過學，念過歷史的人，都知道新疆王盛世才不是維族人，他是東北軍出身，是張作霖培養他進了日本陸軍大學，學成回國後，先為張作霖賣命，後來投靠了蔣介石。因此這個姓柯的不曾在台灣受過教育。

沈婷很高興，她說下一步就是要弄清楚柯文起參加這個旅遊團的真正目的，非常可能他是要去接觸恐怖組織的聯絡人。

按預定計劃，他們是從紅其拉甫口岸通關，進入巴基斯坦的國境。這個口岸在中國新疆喀什地區南部，帕米爾高原塔什庫爾干塔吉克自治縣境內，海拔約五千多公尺，是世界上最高的邊境口岸。紅其拉甫風光壯美，但是環境惡劣，氧氣含量不足平原的百分之五十，風力常年在七八級以上，最低氣溫達零下四十多攝氏度。當地的塔吉克族居民稱之為「血谷」。波斯語也被稱為「死亡之谷」。

相傳在唐僧西天取經之前，曾有一個多達萬人的商隊因遇暴風雪而全部死亡。至今還有人孜孜不倦的尋找那支商隊丟棄的寶藏。因為喀喇崑崙公路從這裡經過，紅其拉甫陸運口岸因此成為連接中國和巴基斯坦的主要陸上交通樞紐。

與紅其拉甫口岸對應的巴基斯坦口岸是在北部地方的蘇斯特城鎮，當旅遊團大巴到達當地的酒店時已經是入夜了，團友們用過了簡單的餐飲後就回房休息了。但是沈婷和陳有為開始輪流監視走廊對面的房間，目標是屋內住的團友柯文起。但是他一夜沒動靜，一直到早餐時間才出來去餐廳。

早餐過後，導遊要求團友們在預定時間前回到酒店，登大巴返回喀什。團友們開始了「自由行」的觀光。生活在紅其拉甫山口周邊的居民多數是塔吉克族，他們被稱為「天上人家」。有人曾這樣描繪他們的家園：「只有天在上，更無山與齊，舉頭紅日近，回首白雲低」。

塔吉克民族與俄羅斯族和塔塔爾族是中國三個印歐人種民族，有著雅里安人的血統，高鼻子、深眼睛、寬寬的額頭和潔白的皮膚。走進了紅其拉甫地區，沈婷和陳有為就感到好像到了「人間仙境」，漂亮的塔吉克服飾，熱情好客的塔吉克禮節，美味的塔吉克飲食，無不讓人感受到了塔吉克族的純樸，善良和友好。

當團友們都在享受異國風情及購物的喜悅時，沈婷不留痕跡的監視著柯文起的行動。終於讓她發現了嫌疑人的目標。柯文起走進一家餐館隔壁的禮品店，與一位當地人有了近二十分鐘的談話，沈婷用手機攝下他們正互相交換一個信封的情景。

柯文起沒有購買任何禮品就離開，陳有為按沈婷的指示，將禮品店，餐館和接觸的目標攝影。團友們準時回到酒店集合，旅遊大巴啟程返回喀什，等回到南疆大酒店時，已經是接近吃晚飯的時候了。

大廳裡有兩位男士在等候沈婷，陳有為和沈婷所定的各自房間是隔壁緊接著，房內還有一道互通的門。陳有為將他這邊的門鎖打開，從門縫下面塞進一張紙條，說他是在洗澡。溫暖的淋浴，將一整天的旅途勞頓完全恢復，讓他感到渾身舒暢，他在浴室裡待了許久才出來，換上一身乾淨的衣服。

中間的互通門已經打開，他走進了沈婷的房間，坐在沙發椅上，從浴室裡傳出來沈婷清脆的歌聲，說不出是什麼原因，陳有為有一股強烈的「幸福感」在衝擊著，他已經很久沒有這種感覺了，從小桌上拿起了酒店的旅遊雜誌，心不在焉的翻看。浴室裡又傳出了歌聲：「雪霽天晴朗，臘梅處處香，騎驢把橋過，鈴兒響叮鐺，響叮鐺響叮鐺，響叮鐺……」

陳有為接下來唱：「響叮鐺，好花採得瓶供養，伴我書聲琴韻，共度好時光。」

突然，浴室的門被推開了，一位美豔的女神走進來，她的臉色是容光換發，身上披著酒店的短浴袍，完全露出了雪白修長的兩腿。頭上包著浴巾，顯然是剛洗過頭髮。她臉蛋和大腿的皮膚透出了光澤，像是一層包著水的薄膜。他被沈婷的美豔迷住，盯看著她，一時說不出話來。站在他面前轉了一圈，她說：

「怎麼，不認識我了？讓你看個夠。」

陳有為忍不住，站起來趨前擁抱她，沈婷的兩臂抱住他的脖子，嘴唇微張熱吻他，接納他入侵的舌頭，迷失在他積極的愛撫中。一直等她感覺到浴袍的帶子被打開，他的手遊走在她軟玉溫香的前胸和後背時，她才紅著臉說：「別摸我了，我餓了。」

陳有為說：「再等一等，我會讓你忘記了饑餓。」

「不行，求求你了，我有重要的事要跟你說。等說完了，我就全是你的，還不行嗎？」

「沈婷，你說話算數，不許後悔，不許逃跑。」

「我都這樣了，還怎麼後悔？再有，這裡是遠在天邊的帕米爾高原，我還能往哪裡逃？」

兩人在酒店的餐館裡享受了一頓新疆美食，和當地出產的紅酒。陳有為問她：

「你怎麼會唱《踏雪尋梅》？我一直以為這是首台灣的歌曲。」

沈婷說：「朋友送我一張台灣鄧麗君的歌曲光碟，非常喜歡她唱的《踏雪尋梅》，多聽幾次就學會唱了。」

「起初它是一首台灣的兒歌，我們是在小學的音樂課學的。」

「就拿小學生學的兒歌來說，我想在台灣長大的孩子會比較幸福。我在小學時唱的兒歌很多是愛國歌曲，意識形態的內容比歡樂的內容多。」

「記得你說過，你是北京人，小學是在北京念的嗎？北京是首都，要唱愛國歌曲是理所當然。也許在喀什的小學，孩子們是唱新疆民謠歌曲。」

沈婷說：「希望是如此。我總覺得現在的孩子們，學校給的壓力都太大了。」

陳有為好奇的問：「你說你是被迫離開北京跑到深圳去工作，有這麼嚴重嗎？」

「北京是我從小長大的地方，我當然是喜歡住在那兒了。我是被人追殺，逃出北京，亡命到深圳。」

「沈婷，你是在跟我開玩笑，是不是？」

「我沒有你那麼好命，從小就有了青梅竹馬的戀人，連人家出嫁了還念念不忘，給人家送那麼重的大禮，也不怕人家的丈夫不高興。」

陳有為說：「你認為那是我的好命嗎？那等我的不好命來臨時，就得下地獄了。」

「哈！比起我的命，你是活在天堂的人了。當年，我費了九牛二虎之力，考進了北京大學，以為我以後的一生會一帆風順，好日子在等著我。」

「你說的沒錯，絕大多數的北大畢業生都有很好的前途。」

「可是我有眼無珠愛上了一個比我大很多的老師，他是個傻瓜，讓老婆發現了他有婚外情，而他又沒膽子和黃臉婆離婚，他老婆就成天到學校裡來找我理論，罵我是個無恥的淫婦和妓女，把我弄得灰頭土臉的，都沒法見人了。」

「在大學裡的師生戀，比比皆是。但是有了婚外情就麻煩了。」

「但是我的這位老情人還有個特點，最讓我無法忍受。就是他極端的妒嫉心和佔有欲。只要是看見我跟別人，無論是男的還是女的，有任何的溝通或互動，即使是班上的同學討論功課，他都受不了。會跟我大吵大鬧。」

「是有這種男人，不幸讓你碰上了。」

「我一再的向他表明，我是愛他的，只要他跟老婆離婚，我馬上就嫁給他。但是他不能離開他老婆，也不許我和任何人來往，我們幾乎每天都在吵架，他罵我風流，花心，喜歡別的男人。所以我成天都生活在噩夢裡。」

「這樣的男朋友是太過分，給人太大的壓力了，顯然他有心理上的問題。」

「我一勸他去看心理醫生，他就說我是要遺棄他，就跟我吵個沒完。最後我被噩夢弄得快崩潰了，毅然決定和他分手。但是他開始以死來威脅我，說如果我不理他，他就自殺，並且告訴所有的人，我是殺他的兇手。」

陳有為說：「很難想像這樣的人還能在著名的北京大學當老師，居然還以尋死來嚇唬學生。」

「但是他沒有嚇唬我，我們分手後的三個月，他就從我正在上課的教室大樓頂層陽台跳樓自殺。我跑出來看見他全身脫得精光，一絲不掛，赤裸裸的屍體在地上，死狀非常恐怖。」

「這可真是的，北大老師居然是個恐怖份子。他應該是個當人肉炸彈的好材料。」

沈婷繼續說：「在這之後，他老婆就在我們學校貼大字報，說我是殺他老公的兇手，我的噩夢還是延續著沒完。所以我只能落荒而去，逃到南方的深圳。但是沒想到的是，我竟然喜歡上深圳這城市和我的工作。」

「男女之間的愛情是很美的，可是相愛的人中會有悲劇性的人物，我想是你的命裡註定要碰見這麼個想不開，鑽牛角尖的男人。」

沈婷說：「你的青梅竹馬戀人，變成了你好友的妻子，雖然帶給你無限的傷感，但是你們之間的美好回憶還是完整無缺。中國人說；『塞翁失馬焉知非福』誰知道，也許日後你會找到個更美麗聰明的老婆。」

陳有為說：「她是遠在天邊，還是近在眼前？你說『塞翁失馬焉知非福』不也是能用在你的情況嗎？」

「你是大教授，全世界趴趴走，眼前和天邊沒區別，就看你的造化了。可是我跟你不同，不僅愛情是支離破碎，而且還帶給我嚴重的後遺症。後來我跟男人約會時都會想到老情人血肉模糊的死狀，如果男人想碰我和我親熱，我就會噁心，把胃裡的東西都吐出來，搞得我都不敢約會了。」

兩人都沉默不語，隔了一陣子，沈婷才小聲的說：「到深圳後，你是第一個碰過我的男人。」

「你喜歡嗎？」

「陳有為，別氣我，你是明知故問。」

「那我們就該轉移陣地，去做我們共同喜歡的事，可以把你的後遺症徹底治好。」

「可是我有很重要的事必須跟你說。等我說完了，你可能就會討厭我了。」

兩人回到房間後，沈婷拿出莫馨送她的台灣高山茶，她說：

「你喝這茶的時候，一定會有似曾相識的感覺。」

陳有為說：「是嗎？那我一定要好好的品嘗了。」

沈婷端給他一杯熱騰騰的茶，濃濃的茶香觸動了他的嗅覺，喝了一口後，他說：

「這是我們台灣的高山茶，說對了吧？」

沈婷沒回答他，她緊挨著他坐下，拿起他的手，吻了一下後：

「我對不起你，沒跟你說實話。請大教授以仁慈之心，原諒我這小女子。」

「原來如此，我們這次見面，你對我格外親熱，就是要我寬宏大量，不怪罪你。沒問題，按共產黨的原則，只要你坦白招供，我就從寬處理。」

像是一對熱戀中的情侶，他們緊緊的相依，愛撫。沈婷娓娓的敘述了她和莫馨變成了好朋友的心路歷程。她很仔細的敘述了莫馨到深圳來，告訴她決定和楊惠書結婚的前因後果。同時，因為害怕陳有為傷心過度，請求沈婷取代她，去撫慰她多年的兒時青梅竹馬戀人。陳有為的思潮洶湧，許久說不出話來。

沈婷企圖安慰他：「莫馨來找我時，其實我聽得出來，她心中的最愛還是你陳有為。因為楊惠書救了她的命，她感恩圖報，決定嫁給他。我能感到她內心的煎熬，以及對你難捨的一往情深。」

「我不太同意你的看法。作為追求她的男士，我和楊惠書是平等地位。和其他的追求者不同，我們兩人從小就是好朋友，是拜把子的弟兄，所以我們是君子之爭，沒有你死我活的廝殺。楊惠書決定去當職業軍人時，告訴我，他必須要退出了，把莫馨交給我來照顧。」

沈婷說：「所以你就把她勾引上床了，是不是？別想賴掉，這是莫馨親口告訴我的。」

「當時我剛完成了學業，正準備走進江湖大顯身手時，發現未婚妻和別的男人睡覺，莫馨伸出了援手，讓我維持了男人的尊嚴，我們有了肌膚之親。莫馨是聰明人，又有很強的事業心。她老早就明白，生活在大學裡，當個教授的老婆，不是她想要的生活，也沒有讓她施展的空間，所以她也只能放棄我。」

沈婷說：「莫馨也這麼說過。」

「你們是好朋友，她把安慰我的任務交給你，現在天色已暗，我們也酒足飯飽，你的任務該啟動了。」

沈婷有點急了：「你聽我說，莫馨是說著玩的，你別當真。何況你還沒有追求過我。」

「是你說的，等把重要的事跟我說完了，你就全是我的。你沒忘吧？」

有人在沈婷的耳邊輕聲細語的說著愛情故事，還有一隻手在撫摸著她，在她嘴唇上的親吻，讓她從昏迷中進入了半清醒狀態。她被男人帶入了從未有過的虛幻世界，深藏了許久的需求急遽的攀升到近於失控，她的反應是本能的韻律接納和收縮，放開了最後的一絲矜持，失去了抵抗的意志和力量，雙手放開了抵擋著壓下來的胸脯，而去緊緊的抓住著床單，在漫長的侵入中掙扎著。

漸漸的她感覺到和男人合體的力量，緊貼在男人的肌膚上顫抖，癱瘓了，她輕輕的哭泣，努力的呼吸著。最後，沈婷閉上了眼睛，失去了意識。

第二天，沈婷使出了渾身解數，千方百計的取得了陳有為的承諾，將他們昨晚在南疆大酒店爆發了的纏綿悱惻激情列入最高機密，永不能見天日。沈婷還有兩天的休假，兩人都是頭一次來到喀什，她請陳有為陪她去參觀著名的「香妃墓」。沈婷說了一段歷史給陳有為：

史書裡曾經記載過，以體香聞名的女子不止一個，但是清高宗乾隆皇帝弘曆的一個妃子，卻是以「香妃」馳名史冊，她到底是誰？乾隆皇帝先後有幾十個後妃，其中十分得寵的一個是新疆回部的「和卓族」女子，她的家族世居在葉爾羌地區，父親是當地的小部族首領。

乾隆初年，葉爾羌地區遭受蒙古準噶爾部族入侵，清王朝揮師進伊犁，平定了準噶爾之亂。但是兩年後，葉爾羌地區部族首領小和卓木公然反清，引起新疆各部族的混亂，紛紛逃亡。其中包括了葉爾羌地區的部族，他們北奔天山北路的古城伊罕，配合了到達的清軍，很快的將叛亂平定。

乾隆皇帝龍顏大喜，招請助戰有功的葉爾羌地區部族首領進京，封官留在北京。一位被封為「一等台操」的妹妹也應召入宮，冊封為和貴人，「並賜賞金螺絲鳳、珊瑚朝珠等大量物品」。這位和貴人就是「香妃」。

香妃不止一次陪乾隆出行，她的地位逐年上升，乾隆三十三年六月，香妃晉升為容妃。乾隆三十六年，乾隆攜容妃等東巡泰山，拜謁孔廟，成為乾隆最得寵的妃子，她死後附葬在乾隆皇帝的清東陵裕陵，緊挨在乾隆棺槨之側的便是純惠皇貴妃與香妃。

有關香妃，除了正史上的記載，野史也有很多香妃的記載，民間也流傳著不同版本的香妃傳奇。

傳聞說乾隆皇帝專門為香妃建造了寶月樓；因為香妃是作為叛酋眷屬被俘後送入宮中，得到乾隆寵幸，常常與乾隆並轡馳獵，同游寶月樓；據說乾隆皇帝建寶月樓，就是要為了贏得香妃的芳心，但香妃堅守貞節，誓死不從，乾隆不得不忍痛將她賜死；也有的說，香妃是被皇太后殺死的，凡此種種，更增添了香妃的魅力，就如同她的體香，是甜蜜的奶香還是花草的清香，讓人費思量。

還有一個迷人的香妃傳說：說她是新疆回部酋長霍集占的王妃，回部叛亂，霍集占被清廷誅殺，將軍兆惠將香妃生擒後，押送北京，獻給乾隆皇帝。

傳說她「玉容未近，芳香襲人，即不是花香也不是粉香，別有一種奇芳異馥，沁人心脾」。香妃不僅天生體香，姿色超凡，還善於舞劍與騎射，自入宮以後，一直身著回部服裝，其姿容韻味和獨特的異域風情，讓風流多情的乾隆皇帝神魂顛倒，是女人中的極品，她優雅、冷豔，但讓人有高不可及的感覺。

乾隆是個風流皇帝，閱人無數，即便是臣子的妻女，只要能讓他動心，他就會招進進宮來「臨幸」。但是他也有原則，絕不用強，一定要讓在他面前的女人心甘情願的獻出自己，他才會執行最後的佔有，並且一定會以男歡女愛的激情終場。

一位讓人感到滿室異香的異域美人，風流皇帝是信心滿滿的要讓她忘記自我，在他身下輾轉呻吟，全身顫抖的呼喊著爆發。雖然用盡了所有的招數，香妃仍然是心懷「國破家亡，情願一死」之志，始終不從乾隆，最後被太后賜死。

經過了一夜的驚心動魄折騰，其間還穿插著纏綿悱惻的激情爆發，沈婷似乎是變了，她依偎著陳有為，像是一對已經熱戀了很久的情侶，輕聲細語的說著話。

他們來到了喀什市東郊五公里處的浩罕村，那裡有一座典型的伊斯蘭古建築群，也是伊斯蘭教聖裔的陵墓，占地約二公頃。這就是始建於一六四〇年前後的「阿帕霍加陵墓園」。據說墓內葬有同一家族的五代後裔，共有七十二人。因其中葬有明末清初喀什著名伊斯蘭教「依禪派」大師阿帕霍加而得名。

阿帕霍加是墓中的第二代人，曾一度奪得葉爾羌王朝的世襲政權，更成為十七世紀「依禪派」伊斯蘭教的首領。

香妃墓是坐落在阿帕霍加陵墓園內，陳有為和沈婷發現香妃墓就像一座富麗堂皇的宮殿，高四十公尺，包括了門樓，小禮拜寺，大禮拜寺，教經堂和主墓室，五個部分組成。穹窿形的圓頂上，有一座玲瓏剔透的塔樓。塔樓之巔，又有一個鍍金新月，金光閃閃，莊嚴肅穆。陵墓高大寬敞的廳堂裡，築有半人高的平台，依次是香妃家族五代後裔，共七十二人，大小五十八座墳丘。

香妃的墳丘設在平台的東北角，墳丘前有她的維吾兒文和漢文的名字。墓丘都用藍色玻璃磚包砌，上面再覆蓋各種圖案的花布。陵墓左邊，建有大小兩座精緻的伊斯蘭教禮拜寺。陵墓後面，還有一大片墳墓，景色十分壯觀。他們來到了景色宜人的花園，漫步觀賞。沈婷說：

「香妃真是個謎一樣的女人，我看過傳世的幾幅與她有關的肖像畫，每一幅都有不同的風采，不知道哪個才是她的真面容。」

「不僅如此，史書記載她是來自葉爾羌地區的和卓族，她應該是新疆的維吾爾族。但是她的原名叫什麼？似乎是失傳了。」

「她是一個在歷史上因香而知名的妃子，奇妙的體香，像是個充滿魔力的盒子，會把人牢牢的吸引住。讓人想起『聞香識女人』這句流行的話語。」

陳有為說：「香妃身體有異香，再加上她是天生尤物，一定是乾隆後宮的一道風景，宛如小橋流水的柔婉，依稀神奇茫茫的草原，隨時都散發著雨後草地的清香芬芳。怪不得迷惑了乾隆，每晚都要她，成了寵妃。」

「我看過報導，據專家說：女人的體香會直接刺激男人的大腦，會讓男人頓時興奮，陶醉與神往，忘情而纏繞，甚至荷爾蒙分泌大增，讓男人更加衝動和激情，進入瘋狂。」

沈婷的身體貼得更緊，繼續說：「你們布農族的女人也有體香，所以你被莫馨迷住了，是不是？」

陳有為驚訝的問：「你是怎麼知道布農族的女人有體香，聽誰說的？」

「莫馨到深圳來，一把鼻涕一把眼淚的求我去安慰你。我不肯，她就親我，吻我，又剝我衣服亂摸我。我才發現她身體有甜膩的花香，聞了會讓人興奮。」

「沈婷，你是說，你們倆赤裸裸的肉帛相見了。真是的，居然還假鳳虛凰。」

「陳有為，別忘了，你答應過要替我保密。都是你害的，我才有今天，被兩個布農族的生蕃欺負。」

顯然，沈婷是越來越像所有的年輕女孩一樣，在向親密的男友撒嬌。她將陳有為的臂膀抓得更緊一點：「我跟你說個秘密，這是我根據觀察推論出來的。記得我說過，莫馨的最愛還是你，因為她害怕你會被金髮藍眼的洋婆子拿下，她就無法跟你有婚外情了。她要我去勾引你，就是要把你穩住，肥水不落外人田。這是不是你們布農族的小心眼？」

「完全不合邏輯；第一，她有老公，怎麼去有婚外情？第二，我要是把你追到手，拿下了你，她不是全落空了嗎？」

沈婷說：「可是她有一張王牌，你無法抗拒她的體香。」

太陽升起來後，帕米爾高原分外的溫暖和光明，在陳有為的親吻和愛撫下，沈婷醒來了：「我們得去機場了，可是我捨不得跟你分手。」

陳有為說：「我們不是分手，這是開始。我們不可能天長地久，但是可以有永續的親密友誼。」

「還有我可以短暫的擁有你。說好了，不許後悔。」

沈婷深深的吻他，緊緊的摟住他接著說：「你已經是我嘴裡的一顆糖了，我捨不得放棄。但是我已經滿足了。」

第六章　緣起緣落

「骯髒炸彈」的軍事名稱是「微型核武器」，又簡稱為「髒彈」。它是利用常規高爆裝置傳播放射性物質，造成炸彈爆炸後，廣大地區遭到放射性污染的嚴重後果。

「髒彈」與傳統的核武器不同，爆炸過程非常簡單。與其他普通爆炸裝置一樣，但是結構簡單，容易製造。因此，與小型核武器相比，同樣屬於放射性武器的「髒彈」所具有的威脅性更大。

「髒彈」造成的損害，主要取決於爆炸裝置的大小和放射性材料的具體性質；另外，「髒彈」爆炸時的天氣情況，以及核污染物的擴散範圍等，都對此有直接影響，因此造成後果非常難以估計。

「髒彈」爆炸後對人體健康所造成的影響很大，很多人將因此患癌症死亡。所以它對平民和社會所造成心理上的恐怖效果非常大。在製造過程中最重要的環節就是要取得放射性物質。

從哈基爾的隨身碟，以及從喀什嫌疑人柯文起順藤摸瓜所逮捕的關係人口供裡，一個重大陰謀浮出了水面；那就是ISIS將要用骯髒炸彈襲擊中國大陸，而所需的放射性物質是要取自台灣。

台灣軍情局行動處的楊惠書意識到，整個事件的嚴重性。即使能夠將恐怖事件及時的制止，台灣也會成為受害者。

國際社會裡的一般人會問：恐怖份子為什麼會將台灣做為髒彈原料的供應者？第一時間的答案就是：台灣對核放射物質的安全不到位。跟著而來的是：想到台灣來投資，觀光和居住的外國人會猶豫了，社會也會動盪不安，等等。在任何情況下，一旦曝光，台灣就是最大的輸家。中國大陸也面臨同樣的問題，唯一解決的辦法是讓整件事，從頭到尾默默無聲的消亡。只有在海峽兩岸的安全人員通力合作，才能成功。

因此哈基爾的隨身碟，通過了莫馨和沈婷送達到北京的國家安全部。正如楊惠書所預料的，國安部理解到事件的前因及可能的嚴重後果，一個隱秘的兩岸互動溝通管道建立了。

軍情局以涉及國安為理由，接管偵辦齊秀媛被害的案件，楊惠書的隊伍對齊秀媛和哈基爾的背景展開了抽絲剝繭的調查。同時對在現場逮捕的兩個黑道份子進行了嚴格的審訊，他們從哈基爾嘴裡聽來，齊秀媛不同意製造髒彈，太不人道，因此不願意提供核原料的資訊，還威脅說要報警，哈基爾決定殺人滅口，並拷打她，想問出來她已經洩密給了誰。

賀偉青進入了軍情局的視線：他的年紀有三十多歲，來自穆斯林家庭，和齊秀媛是同一個清真寺的教友，同時也認識哈基爾。在此同時，楊惠書從隱秘的兩岸溝通管道接到資訊，持有台胞證的維吾爾人柯文起被逮捕後，招供說他在蘇斯特禮品店交換的信件是有關台灣方面送來核原料接受人如何認證的方法。

軍情局開始對賀偉青進行二十四小時的全方位監控。賀偉青是在「秉固安全運輸公司」擔任危險物資管理工作兼貨運司機。「秉固公司」多年來和行政院原子能委員會定有長期合同，負責運輸放射性物資。

龍門核能發電廠是台灣新北市貢寮區的一座核能發電廠，因所在地名「龍門」而得名，由台灣電力公司興建營運，是台灣的第四座核能發電廠，又被稱為「第四核能發電廠」，簡稱「核四」。廠址規劃可以提供六部核能發電機組使用，現有兩部發電量為一千三百五十「百萬瓦特」的高級沸水式反應爐，這是奇異公司與日立公司合作設計，日立製造的第三代核反應爐，「核四」是日本以外的第一家使用該反應爐設計的核能發電廠。現在已經興建完畢並通過了安全檢查。由於當前政府的「無核家園」政策，「核四」進入封存狀態。同時計畫拆除核四本體，在原地改建成火力發電廠。

為了「核四」，台灣政府數年前從美國「全球核燃料公司」進口了一千四百四十四支由放射性物資製成的燃料棒。「核四」封存後，這些燃料棒將陸續分批運回原來的公司出售。按美國政府的規定，燃料棒的運輸是按民航飛機上攜帶的「黑盒子」規格，也就是當空運飛機遭遇空難墜毀時，燃料棒必須保持完整無損，保證沒有放射性物資外泄，污染環境。因此放置燃料棒的容器必須要用大量防輻射的鉛金屬材料，防震材料，保固的鋼金屬材料，等等。一個放置十支燃料棒的容器就有一個貨櫃的體積。

台電公司將首批八十支燃料棒分裝於八個容器，放進八台「秉固運輸公司」停放在「核四」大停車場的貨櫃車，準備第二天清晨，在警車護送下開往基隆港西碼頭，隨即開始裝船，並在當晚離港，前往美國。

入夜後，停車場燈火通明，攜帶防身用具的「核四」警衛人員，以及全副武裝的新北市保安大隊員警，在停車場巡邏。楊惠書是在午夜時分，接到在停車場打扮為「核四」警衛的軍情局偵查員電話，報告有一輛有「原子能委員會」和「秉固運輸公司」字樣的公務小貨車，開著橘黃色閃燈，來到了大停車場，說明是執行安檢。

不久，楊惠書面前的電視螢幕出現了公務車的司機打開了第二號貨櫃車的影像。接著貨櫃車內隱秘攝影機拍攝到賀偉青，他身穿黃色工作服，胸前佩戴者輻射計量儀。打開了燃料棒容器，查對燃料棒上序號和他手裡的單子。他從背著的工具袋內拿出了四個「贗品」燃料棒，和容器內的「真品」燃料棒掉包。一切還原後，賀偉青開車離去。

楊惠書握拳揮舞空擊：「賀偉青，你死定了！」

賀偉青是將小貨車開到「核四」的「輻射污染廢料」中心，那是工作人員將換下的制服、手套、鞋子和各種接觸到輻射的用品及工具，暫時儲存的地方。「核四」會定期將他們運到離島蘭嶼的核廢料場作長期儲存。賀偉青要解決的問題是如何將四支燃料棒帶離「核四」，任何離開「核四」的車輛都要經過極高靈敏度的輻射計檢測，這是監測核電廠輻射洩漏的嚴格要求。

賀偉青將他千辛萬苦「掉包」出來的燃料棒，放進廢料鉛筒裡，和其他的廢料鉛筒混在一起，帶出了「核四」。

賀偉青沒有想到他所有的一舉一動都在楊惠書的監控之內。等到他離開「核四」回家後，楊惠書啟動了他的偷天換日行動，被賀偉青偷出來的「真品」燃料棒就又完璧歸趙，而他的「贗品」燃料棒被放進了他做了記號的廢料鉛筒裡。

當裝載著「核四」燃料棒的貨輪航行在太平洋奔向美國時，賀偉青的同夥帶著四支無任何放射性的「贗品」燃料棒，以走私方式進入了中國大陸。台灣軍情局的楊惠書和他的行動員將監控任務移交給國安部的負責人，他們緊緊的握手，互道後會有期。

按哈基爾隨身碟裡描述的計畫，四個「髒彈」將分別送往潛伏在北京、上海、武漢和昆明四個大城市的ISIS恐怖組織成員，然後同步在該地火車站人潮最擁擠時刻引爆。為了避開安檢，「髒彈」是以四輛自駕車分別送往四個城市。但是國安部和公安部組成的聯合專案組，指揮他們的偵查員，配合沿途當地的員警單位，這四個「髒彈」從沒有離開過他們的視線。

計畫中的「骯髒炸彈事件」是ISIS最高領導人，巴格達迪，長久以來宣稱將要「打回中國」所要執行的具體行動，這將是恐怖組織的一件大事，相當於當年賓拉登的基地組織，在紐約執行的「九一一事件」。但是在中國，它被作為搜查隱秘ISIS恐怖份子的聚焦點，順藤摸瓜，將他們納入了搜捕的大網。

當「骯髒炸彈」所需的常規爆炸裝置出現時，聯合專案組進入了最後的緊張狀態，每個人都意識到，這是不能出任何差錯的關鍵時刻，一步之差，後果不堪設想。在聯合專案組的一聲令下，北京、上海、武漢和昆明的逮捕人員在同一時間，同步收網。所有的ISIS的恐怖份子在同一個夜晚裡，全體默默無聲的從社會中消失了。

在全國其他地區，尤其是有大量穆斯林聚集的西部各省，公安人員按他們的名單，將該地隱藏的恐怖份子收押。ISIS領導層的噩夢終於來臨，他們一貫的作法是：造成恐怖事件，犧牲自己的同志，以及大量無辜群眾的傷亡和財產損失。因此在媒體上全方位的曝光，造成社會的動盪和不安，這是促成他們在群眾心目中，建立了擁有「強大暴力」形象的主要原因。

但是就在將要引爆「髒彈」之前，ISIS總部和他們潛伏在中國的骨幹成員聯繫最密切的時候，突然一夜之間所有的聯繫完全中斷，所有人員也從人間蒸發，不知去向。透過協力廠商面，包括同情他們，但是與中國有外交關係的國家，打探消息，也完全不得要領。多年來，ISIS總部在中國投下的人力和物力，似乎和大江大河裡的流水一樣，一去就不復還。世界各地參與「反恐」任務的組織，終於明白了楊惠書精心設計的「釜底抽薪，堅壁清野」構想，是對抗ISIS最有效的方法。

意想不到的外帶效應是：全球媒體沒有了「血腥現場」的新聞畫面，失去了觀眾，接下來的是從西方國家被吸引來「入夥」的極端份子沒有了。更想不到的是，不少「ISIS戰士」，打了包袱，攜家帶小，準備打道回府，不幹了。非常明顯，ISIS開始走上沒落之途，他們的最高領導人，巴格達迪，再也不高呼「打回中國」的口號了。

在台灣連續發生的兩件「國安大案」：一是在菲律賓的遠方追緝，逮捕了台灣逃犯變成的國際軍火販子，成功的扼制了恐怖組織增強和擴大爆破力度的企圖。第二件是及時的阻止行動，使台灣核能發電廠的放射性燃料棒，沒有成為恐怖份子企圖在中國大陸施放「骯髒炸彈」的原料。兩個案子其中任何一件都會帶給台灣滅頂之災，更不用說兩個案子是接連發生。

時勢造英雄，結果是促成了軍情局的楊惠書成為「反恐」的寵兒。他經常被邀請到國外去訪問，擔任顧問，為當地的反恐組織出主意。楊惠書，一個台灣原住民布農族的生蕃，他的工作態度和專業能力，得到了上級和同事的認同和肯定。在軍情局的事業如日中天。

莫馨的新聞事業，在此同時也是蒸蒸日上，不僅《亞洲真相週刊》中文版的銷售量日益增加，其他語言版本，如英文和日文的市場也是每年都在破記錄。但是收入最好，也是莫馨最喜歡的，就是她的新聞社，幾乎所有的著名媒體都是她的客戶，使用她的報導和分析。

楊惠書和莫馨這兩位台灣布農族的原住民，度過了幾年甜蜜的婚姻生活，並且兩人的事業有成，不知不覺中他們都開始步入了中年，但是他們的婚姻也出現了紅燈的危機。朋友們之中有人警告過他們，事業的快速騰飛影響到了正常的家庭生活，兩人同時都在台北的日子，一年裡已經不到一半，這是一個不正常的現象，早晚會出問題。

除了表面上經常兩地分開的問題外，他們還有不為外人所知的問題，一個是因為楊惠書。他們在婚後兩年，決定要孩子，試了三個月沒結果，兩人都去做詳細的體檢，結果是楊惠書的精子有先天性的缺陷，造成不孕。但是楊老太太抱孫心切，楊惠書又是個大孝子，給了兩人很大的壓力。莫馨要去領養，楊惠書不同意。

另一個外人不知的原因是莫馨無法對陳有為忘情，而楊惠書從開始就體會出來了，莫馨也是心知肚明，更增加了她對楊惠書的深深歉意。當楊惠書的身邊出現了年輕貌美的何聖華，雖然她是軍情局的內勤調查員，但是實際上她的工作是名副其實的「貼身助理」，無論他去到哪裡，何聖華總是在身邊。

日子一久，各種風風雨雨的謠言就出現了，當莫馨質問他時，楊惠書不但沒找藉口否認，他馬上就承認，他們已經有了肌膚之親。

在莫馨面前，何聖華坦白的說，她是深深的愛上了為台灣出生入死，立下了漢馬功勞的上司。但是讓她遺憾的是，楊惠書告訴她，莫馨是他妻子的事實是無法改變的。其實，莫馨的心情很複雜，一方面感到她的婚姻被人侵入，但是又感激有人為她照顧自己的丈夫。

楊惠書又去到美國，和前次不同的是，他是隻身前往，何聖華沒有隨行。一周後回來，他沒有去上班，待在家裡，整天陷入了沉思，不言不語。莫馨意識到這是暴風雨來臨前的寧靜，而很可能，暴風雨是和她的婚姻相關。晚飯過後，兩人在客廳裡喝茶，楊惠書終於開口了：

「莫馨，我有話要跟你說，你有時間嗎？」

「老公有話說，我當然有時間。看你憋了好幾天了，一定很難受，我也很難受，就說吧！」

「我去了一趟美國，見到了陳有為。」

「我知道，是何聖華告訴我的，她怎麼沒跟你去呢？」

「這次是私事，不是出公差。我是專程去見陳有為，跟軍情局無關。」

「那你去找他幹什麼？跟我們布農族有關嗎？」

楊惠書思考了一會才說：「從長遠來說是有關，但是這次我是去求他一件事。」

他喝了一口茶後才繼續說：「我是去求他跟你睡覺，讓他為我們生個孩子。」

莫馨愣住說不出話來，隔了好一會，她吼起來：

「楊惠書，你是瘋了還是癡呆了？還是神經病發作了？」

楊惠書很冷靜的說：「莫馨，請你不要對我吼。你看我是癡呆還是發神經了嗎？我是在跟你商量。」

「你把我莫馨當成是什麼人了？一個隨便可以糟蹋的殘花敗柳嗎？」莫馨哭了。

楊惠書過去抱住了她：「莫馨，對不起，我沒把話說對。但是你明白我的意思，何況這話我只有對陳有為說。難道你不知道，你在我們兩人心裡的地位嗎？」

莫馨悲從中來，放聲大哭：「那是幾百年前的事，現在人家是世界級的教授，而我是什麼人？陳有為已經把我忘了。」

「那你就錯了，莫馨，你知道嗎？陳有為的辦公桌上擺著一個相框，裡頭就是你的照片。他能把你忘了嗎？顯然他跟學校裡的同事和學生說，你是我們布農族的大美女，也是他的初戀情人。」

莫馨沉默不語，楊惠書就接著說：「陳有為把你的照片放在桌上只能證明兩件事，一是他忘不了你，二是他把你說的金髮藍眼，妖豔的洋婆子都擋住了。我想他是在等你。」

「不可能，你就別瞎猜了。告訴我，他是把我哪張照片放在桌上？」

「在海邊穿著巴掌大的黑色比基尼泳裝照的那張。」

莫馨驚叫了一聲：「老天爺，他怎麼把那張見不得人的照片擺出來了？你派人去把它偷出來，這是你們軍情局的專長。」

「你把我們軍情局都當成是什麼了？是一群賊嗎？」

莫馨說：「那是你很得意的告訴我，你們又從什麼人手裡，神不知鬼不覺的偷了人家的東西。」

「那是軍事機密，關係到台灣的安全，軍情局當然有責任把它偷出來看看。」

「軍情局英雄老婆的不雅照片，難道不是軍事機密嗎？」說完了，莫馨自己也笑了。

楊惠書說：「終於雨過天晴，不生氣，也不哭了，這就對了。」

楊惠書深深的吻她，莫馨沒有掙扎，過了一會，她張開了嘴，然後把身體貼上去。夫妻溫存了一陣後，他說：「我想講兩個故事，都是發生過的真事，你想聽嗎？」

莫馨沉思了一會說：「你還記得嗎？小時候你和陳有為都爭著要講故事給我聽。」

楊惠書說：「第一個故事是發生在我們大山裡的泰雅族。有一對要好兄弟，在一次喝醉酒後，弟弟失手殺人。做哥哥的看到弟弟已經定好了日子將要娶媳婦了，就出面為弟弟頂罪，說是他殺的人，結果被法院判了十五年的徒刑。哥哥在監獄裡被關滿了十年後因為品行優良被提前釋放。弟弟把哥哥接回到家裡大大的吃喝了一頓後，問他最想做的是什麼？哥哥說他當了十年和尚，最想做的當然就是找一個女人睡一覺了。」

莫馨插嘴說：「憋了十年就只想這一件事？太可憐了。」

楊惠書接著說：「於是兄弟兩人就到城裡準備花錢去物色一個女人，他們走遍了所有的聲色場所，結果都沒找到小姐，兄弟兩人只好很洩氣的回家。哥哥看見渾身散發著成熟女人性感氣息的弟媳婦，只好猛喝了幾口酒就去睡覺了。弟弟想了一下就去求老婆，要她去陪哥哥睡覺，老婆當然死活不肯。弟弟就向老婆下跪苦求，一跪就是兩小時，老婆終於答應了。」

「這個老婆也真好說話，就這麼答應了。」

「要是我在你面前跪了兩小時哀求你，你不會心軟嗎？」

「我不會！」

「我敢打賭，你一定會的。」

「你怎麼會知道？」

「因為我救過你的命。」

莫馨說：「快繼續說你的故事吧！」

「後來哥哥睡到半夜發現有人進來把燈打開，原來是弟媳婦，她說既然找不到別的女人，就拿她來代替吧！這也是弟弟同意的，做哥哥的是死活都不肯。可是弟媳婦已經開始在脫衣服了，當一個曲線玲瓏，全身赤裸裸的少婦，站在一個血氣方剛，而又是十年沒碰過女人的男人面前時，莫馨，你說會是什麼樣的結果呢？」

莫馨說：「我不知道。」

「哥哥閉上了眼睛還在掙扎，但是女人從喉嚨深處低喊了一聲就撲上來投懷送抱。壓抑了十年的衝動再也無法控制了，男人像是一隻野獸，肆意的蹂躪著壓在身下的獵物，被捕捉到的女人全身在扭動著，她在承受男人在她身上釋放出積聚了十年的能量，在男人語無倫次的喊叫中她反抗著，同時也是在配合著，但是最後只剩下了氣若遊絲的呻吟，男人就像是一匹在草原上脫了韁的野馬，任意的奔馳著，兩人全身的汗水反射了屋裡的燈光，弟弟看見了兩個人的臉上出現了滿足的表情。」

莫馨說：「我還是不信這樣的事會真的發生。」

「相信我，這是真的事。我想大部份的人看到的是一個壓抑了十年的男人和一個女人有了一次淋漓盡致的性行為。但是這故事的真諦是哥哥為弟弟犧牲了十年的青春，弟弟苦求妻子獻出身體，而妻子打破了所有禮教的約束為丈夫還債。男女做愛的歡愉是正常的生理反應，它不應該將它背後高尚的情操給掩蓋了。」

楊惠書看莫馨不說話，他就繼續說：

「這個故事是泰雅族的朋友告訴我的。他們認為如果男人的妻子為了丈夫，將肉體獻給另一個男人是完全可以接受的。而妻子在性愛過程的反應並不重要，不會影響到夫妻之間的感情。重要的是妻子有沒有完成任務。懂我的意思嗎？」

莫馨笑著說：「你的意思是要把我推到你鐵哥兒的床上，為你生個娃娃。可是你別忘了，我是布農族女人，沒有泰雅族那麼可怕的觀念。你的第二個故事呢？」

楊惠書說：「第二個故事是我在軍校受訓時，從書本上學的。莫馨，你知道嗎？在歷史上有很多重要的政治和軍事事件都有當事人的妻子介入，她們用愛情和肉體削弱了敵人的戰鬥力，促成了丈夫的勝利。尤其是在我們幹情報的這一行，有丈夫和家庭的女間諜，用愛情和肉體來完成任務的例子比比皆是。我記得你也曾經說過一個類似的新聞。」

莫馨說：「那是一個以色列的摩薩德女特工，她有丈夫和孩子，但是和敵人戀愛，還上了床，竊取核彈情報。可是你要說的故事是發生在什麼時候，什麼地方？」

「發生在元朝，我認為那是最偉大的愛情故事。」

「元朝是蒙古人打出來的天下，他們是有和漢人不同的觀念。」

楊惠書說：「元朝的蒙古人有很強烈的殺戮文化，當他們的敵人拒絕投降而選擇了戰爭，在戰爭結束後就會將敵人的首領處死，但是在此之前還要在他面前將他的妻子和女兒強姦。歷史上最偉大的蒙古人是鐵木真，在他成為成吉思汗大帝前，為了鞏固自己的力量，和許多部落結盟，但是也和不少部落發起了戰爭。在一次戰敗後，鐵木真被俘，敵人部落的首領在他面前將他美麗的妻子衣服撕下來強姦她。」

莫馨說：「這對男人說來，應該是最大的羞辱，是生不如死的痛苦。」

「但是吃驚的是，鐵木真的妻子不但沒有反抗，反而配合了敵人的欲望，用她赤裸火熱的身體和喃喃的甜言蜜語使出了混身解數，讓敵人享受到從來沒有過的肉體歡愉和愛情的感受。鐵木真看著自己美麗的妻子在被另一個男人殘暴的侵犯著，她在男人強壯的身體下面輾轉的呻吟，激烈的動作使兩個人全身流著汗水，燈光在他們赤裸的身體上閃耀著。她說她有更多的本事能讓她丈夫的敵人享受到天堂般的快感，她說服了侵犯著她肉體的敵人讓鐵木真多活一陣，讓他多受點煎熬。」

莫馨說：「我無法想像做丈夫的如何能忍受下去。」

「但是，也就是在這多出來的時間裡，鐵木真讓自己逃脫出來。之後，他的妻子和敵人真的戀愛了，但是她知道早晚鐵木真會回來報仇，將侵犯過她肉體的敵人殺死，所以她在以後的日子裡每天都愛著他，讓他在自己身上享受天堂般的肉體歡愉，」

楊惠書繼續說：「鐵木真聚集了族人，聯合了其他的部落，重新對敵人燃起戰火。最終，他將敵人打敗，救出了妻子，但是這時他的妻子已經有身孕，她懷了敵人的孩子。她告訴鐵木真，她必須以真實的愛情和行動來打動敵人，所以一開始就不是一場男人強姦女人，而是一個女人在做愛，真心誠意的獻出自己的身體來換取另一個男人的愛情。也就是這份愛情換取了讓鐵木真脫逃的機會。」

莫馨問：「後來呢？」

「最後，鐵木真手刃了這個和她有過短暫愛情的男人，他在斷氣前還一往情深的看著這個曾讓他瘋狂的女人，但是當他的眼睛閃爍出不解的迷惘時，她告訴這個曾經愛撫過她身體上每一寸肌膚的男人，她永遠是鐵木真的女人。」

莫馨問：「這都是真的嗎？」

楊惠書沒有回答她，但是繼續說：「我認為鐵木真是世界上最偉大的男人，因為他不但沒有感到他的妻子背叛了他，反而更加的愛她，連她和敵人生的孩子都當成是自己的。後來鐵木真當了成吉思汗大帝後一共有四個皇后，但是他一生中最愛的就是他曾親眼看著和別的男人做過愛的大老婆。」

莫馨被這個傳奇的愛情故事愣住了：「歷史上真的有這樣偉大的愛情嗎？太神奇了！」

「歷史都記載了這件事，莫馨，你可以去查一查。重要的是，你必須明白，男女的愛情是多元的，性愛，甚至懷孕生孩子都只是其中的一部分。正像你我的婚姻只是我們生命的一部分，陳有為的存在，是永遠不能從你我的生命裡抹殺。對於我，只有你和他可以讓我得到我所需求的，否則就是我一生的遺憾。」

莫馨聽了很動容，她說：「楊惠書，我就饒你一命，下不為例。說正經的，我明白你想要孩子，媽是想孫子想瘋了，我也是想要孩子。可是你和媽都不贊成我們領養。現在我同意用試管嬰兒的辦法，為什麼你還反對呢？」

「試管嬰兒也是需要精子，我們要求於精子庫，誰知道生出來的孩子會是什麼樣。老太太一心一意要抱個布農族的後代，她多精明啊，能騙得了她嗎？」

莫馨說：「那我們就再等等看，現在醫學技術突飛猛進，日新月異，說不定就能把你的精子啟動了。」

「不能再等了，你我的年紀都不小了，老媽這幾年更是老得快。」

「所以你就想出了你的餿主意，是不是？」

「莫馨，記得嗎？我們三個人小時候就勾過手，說我們彼此之間絕不欺騙，直到今天，我在你和陳有為面前沒說過一句假話。我相信你們兩人也是如此。」

莫馨撫摸著楊惠書的臉說：「沒錯，這也是我喜歡你們這兩個臭男人的原因之一。」

「那好，我將要說的，都是我的真心話，是肺腑之言。不管你有多不高興，你不許生氣，也不許哭。」

莫馨在椅子上坐直了，楊惠書就繼續說：「我把我們結婚的過程和婚後的生活，都一五一十的說給陳有為聽。他也把他這幾年的輝煌事業背後的心路歷程告訴了我。當年我決定去進軍校的真正原因，是發現你的首選男人是他，不是我。但是你們兩個生蕃不爭氣，也沒走在一起。陳有為說，他被張慧雯扣上一頂綠帽子後，你將他從崩潰的邊緣拉了回來。他對你有無限的感激，但是更發現了他對你不能忘情。我告訴陳有為，你嫁給我是因為對我感恩，救了你一條命。但是從我們結婚的第一天開始，我就知道其實你心裡一直在想著他。不是嗎？每次我把你弄迷糊了，你就會閉上眼睛，想像是陳有為在穿刺你。我沒說錯吧？」

楊惠書沉默的看著莫馨，她問說：「這些你都跟陳有為說了？」

「是的。他說你的好朋友，深圳市《濱海週報》的記者沈婷也曾經跟他提過，你很可能忘不了老情人。我相信這是你企圖把陳有為和沈婷拉在一起，但是失敗了的原因。莫馨，你別誤會，我不是對你懷念陳有為的事生氣。這些年，你給了我很快樂的婚姻生活。你對我老媽很有孝心，老太太也很喜歡你。其實我挺感激你的。」

「遺憾的是我沒有在你身邊多待一點時間，沒盡到照顧你的責任。但是你有何聖華大美女當你的貼身助理，看你也樂得如魚得水了。」

楊惠書瞪了她一眼：「你還記得，我們結婚前我跟你說的事嗎？」

莫馨說：「我們說過很多事，你是說哪件事？」

他把面前已經冷了的茶一口氣全喝了：「我說過，只要你快樂，我不會在意你和陳有為上床。」

「你知道我嫁給你之後，有多少人想勾引我上床嗎？但是我謹守良家婦女的準則，從來沒給你戴過綠帽子。但是我也要你知道，你的鐵哥兒陳有為從沒有對我有過非分之想，他對我沒興趣了。可是你不在意他睡我的事，你也跟他說了嗎？」

楊惠書說：「當然了。本來就是你們兩人應該結為夫妻的，鬼使神差讓你嫁給了我。」

莫馨說：「陳有為對你的餿主意是怎麼反應？」

「死也不肯。他跟你一樣，先是說我發瘋，又說我有神經病。然後又說，他為人師表，不能跟有夫之婦發生關係。」

「楊惠書，你還不明白嗎？他是大教授了，只要我是你的老婆，他就絕對不可能和我做愛。」

「沒錯，他也是這麼說的。跟著他還把我臭罵了一頓，說我對不起你。他跟我們一樣大，居然還扳起老學究的面孔，教訓我。說不管有沒有子女，我都該好好的照顧著你，手拉著手，一步一腳印，一起走完人生的旅程。」

莫馨的臉色開始變了，楊惠書繼續說：「我問他，他也老大不小了，為什麼還不結婚成家？他的回答讓我嚇了一跳。他說，他已經決定要在目前的學校當一輩子的教授，培養下一代的工作繁重，責任重大，他必須全方位的投入，因此決定不結婚成家了。他還說，陳有為和莫馨已經有過一段刻骨銘心的愛情，那份回憶已經夠他受用一輩子了。」

淚流滿面的莫馨，嗚咽的問：「都是我害了他，讓他成了孤獨人。那他答應了你的要求嗎？」

「我說，我這一輩子最後要求他的就是這一件事，他必須答應。我說，等莫馨老了時，需要有子女照顧，我媽想要個布農族孫子都快瘋了。如果他不答應，我就給他下跪，不答應，就不起來。」

「楊惠書，你真的給他下跪了嗎？」莫馨問他。

「當然，可是陳有為也真夠狠的了，他讓我跪在那整整一個小時才有反應。他說，莫馨要不要跟陳有為睡覺，不是我說了算，也不是他說了算。是要莫馨說了才算。所以，我這才來求你。但是我必須告訴你，陳有為是拿定決心要過一輩子的和尚生活，除了你，他這輩子不會去和任何女人做愛了。他跟我一樣是布農族的生蕃，我們族裡從來沒有人去當和尚，你忍心看著陳有為忍受這種煎熬嗎？」

莫馨只是默默的流淚，楊惠書等了一會：「行，你要我也給你下跪，我就跪了。」

「莫馨，我們結婚有這些年了，但是我一見到陳有為，就能感覺到，他對你的一往情深，不但一點都沒有消失，反而更是燃燒的火熱。而你對他不也是一樣嗎？我不曉得前輩子是幹了什麼罪大惡極的壞事，老天爺懲罰我，讓我絕子絕孫，我可以不在乎，但是我老媽，吃齋念佛，廣結善緣，不能讓她老太太一輩子失望，含恨離開這世界。我是在替我媽求你，否則她老太太自己會來給你下跪。莫馨，我只要你為我做一件事，就是給我一個布農族的娃娃，我發誓，只要是娃娃姓楊，別的任何事情我都會成全你。」楊惠書跪著說完了。

莫馨把楊惠書拉起來，流著眼淚嗚咽的說：「老公，你起來吧。我和你一樣，生是布農族的人，死是布農族的鬼魂。按我們的規矩，你把我從死神手裡硬拉回來，我就要還給你一條命。我答應和陳有為替你生個姓楊的娃娃，但是我有條件。」

楊惠書說：「什麼條件我都答應，你就說吧！」

「首先，孩子的唯一絕對監護權是屬於我的。第二，你必須像是你親生的孩子一樣的愛護我的孩子。第三，你不能說三道四，說我不守婦道，跟別的男人發生關係。否則我沒法做人了。第四，如果是生了雙胞胎，要送一個給陳有為。楊惠書，你能答應嗎？」

「沒問題，這些也正是我想要的。」

「那好，老公，走，我們上床去，我要你使出渾身解數，往死裡玩我，最好把我蹂躪了，然後再好好的想一想，還要不要把我推給陳有為。」

狂風暴雨過後，兩個被汗水覆蓋著的赤裸裸身體緊緊的擁抱著，當呼喊和喘息都平靜以後，楊惠書說：「總部設在瑞士日內瓦的全球反恐組織發信給軍情局，請求調派我去擔任亞洲部主任。工作性質正是我想要的，條件也非常好，我就接受了，軍情局也批准我暫時停薪留職。」

「亞洲是恐怖份子活躍的地方，會不會很危險？」莫馨問他。

「幹我們這一行的還離得開危險嗎？你放心吧，我會很小心的。軍情局也批准我把何聖華帶去，她剛完成了安全保護的行動訓練，派她是當我的安全隨扈。」

莫馨沒說話，但是她有說不出來的感覺：「什麼時候動身上任？」

「局裡交接的事完成了就走，日內瓦催得很緊。我想我就先搬出去住，你可以開始接觸陳有為，方便一點，也減少你和陳有為的心理壓力。」

「你怎麼知道陳有為還會和我互動？這全是你一廂情願的想法。我已經是人老珠黃，他對我沒興趣了。」

「這世界上，沒有人會比我更瞭解莫馨和陳有為。他擋不住你的進攻，你也擋不住他的溫柔。陳有為不肯穿刺你的唯一可能藉口，就是你有婚姻約束，並且是我老婆，他會認為不能作對不起我的事。」

莫馨說：「其實，陳有為比你老古董得多。現在的夫妻，尤其是在西方的社會裡，已經把婚姻裡性生活的傳統一夫一妻要求看得越來越淡。特別是在某些行業，如藝術界和演藝界，更是如此。」

「我也聽說了，還包括了你們新聞媒體界，也是如此。更換夫妻或伴侶就像是走馬燈，快得很。」

「反正你就是要找機會羞辱我們幹新聞的。你知道今年的法國騎士大勳章的藝術大獎是頒給誰的嗎？」

楊惠書只顧著撫摸莫馨光滑的皮膚，沒吱聲。莫馨就繼續的說：

「它是頒給一部叫《相逢無罪》的電影導演。你知道這部電影的故事嗎？它是根據一本中文小說，《遠方的追緝》，所改編的。」

楊惠書的手停住了：「我看過這本書，故事非常感人。是說一位員警在反恐行動中，格殺了恐怖組織大頭目的兒子，為了報復，恐怖組織對員警發出了紅色追殺令。根據過去的經驗，沒有人能逃得過這恐怖組織的正式追殺行動，他們走遍天涯海角，最終總會把目標置於死地。所以員警就把他的老婆和孩子推給他的好朋友。沒有了後顧之憂，他和恐怖組織展開了鬥爭，用自己的生命，粉碎了恐怖組織。莫馨，你應該把這本小說介紹給陳有為。」

「你別把話題轉開，我是在說《相逢無罪》這部電影和導演。《遠方的追緝》裡最後有一段很精彩的做愛描寫，作者把兩人的肢體動作，女主人心靈和肉體上的感覺，還有男主人在她耳邊說著的愛情詩篇，全都溶合在一起，寫得非常感人，也很震撼。在拍攝《相逢無罪》時，導演絞盡了腦汁，把每一句詩用赤裸的男女肢體動作表現出來，有好幾位評論家都說，《相逢無罪》的獲獎，這是最重要的關鍵。」

楊惠書說：「電影不是還多了聲音和畫面作為表達的工具嗎？」

「沒錯，但是少了文字作為表達感覺的工具，雖然是可以用語言來取代，但是最重要的是要以演員的表情和肢體動作將內心的感覺表現出來給觀眾。為了要有淋漓盡致的表情，導演會要求演員演床戲時一定要真刀真槍的。」

「如果男女演員已經結婚了，怎麼辦？」楊惠書好奇的問。

莫馨回答說：「導演就要和演員們溝通，做心理建設，要演員們投入真的感情，能夠演出一場完美的做愛。所以《相逢無罪》的男女主角有了婚外情，使他們在銀幕上的互動增加了真實感，這也是讓電影成功的最大理由。」

楊惠書說：「要當一個法國男人可真不容易，還要忍受那麼多的人看別的男人把自己的老婆玩得死去活來的。」

莫馨說：「算你的狗運好，沒娶個法國老婆。」

楊惠書說：「你可以告訴他，只要你懷孕，我會馬上同意離婚。莫馨，我只是要求，你生下來的娃娃姓楊，至於是你要抱走，還是讓我去養，還是給我老媽，絕對都是聽你的。」

雖然莫馨還沉醉在激情性愛後的朦朧中，但是她很明白，她和楊惠書的婚姻終於走到頭了。疲憊的楊惠書閉起了眼睛，在進入睡眠前，他說：「美國國防部的朋友終於為我找到了你要的東西，是關於日本皇軍在合歡山埋藏財寶的資料，我放在牛皮紙的信封裡，是給你和陳有為的。」

莫馨是在楊惠書離開了台灣，去到瑞士日內瓦全球反恐組織上班三個月以後，才鼓足了勇氣給陳有為寫了一封長長的信。把所發生的一切告訴他。最後在信尾才提到，這些年來因為種種的心理障礙，沒有勇氣和他聯絡，直到現在婚姻出現問題才來找他，請他原諒。也說到，在她心中深深埋藏著對他的思念，從未間斷過。

沒想到在寄出信後的第二天，莫馨就接到了陳有為的信。和她一樣，在楊惠書來訪的三個月後，陳有為才提筆給她寫信。在信裡，他詳細的敘述了他和楊惠書的談話，說明了他的不同看法。

書信的來往打開了兩人關閉了多年的心扉，利用電郵、微訊，以及語音通信，兩人幾乎每一兩天就互道心聲，交換「早安，午安，晚安」的問候。一對青梅竹馬的戀人，在經過驚濤駭浪的感情過程後，變成了一對中年的知心朋友。莫馨和陳有為的第二個春天來臨，他們又開始戀愛了。

雖然已經過去了很多年，陳有為還是不能忘懷一手將他養大的外婆。夜闌人靜時就會想起她老人家，還有她一生不忘，到臨終時還惦記著的外公。楊惠書的友人，從美國國防部所取得的資料是已經解密，但是不公開的二戰時期文件。那是來自當年佔領菲律賓的日軍參謀本部，在美軍攻佔了菲律賓時，成為被虜獲的戰利品。莫馨用電郵把文件發給陳有為：

文件說明了在一九四五年，日本皇軍強迫徵召菲律賓工程師及民工，構築秘密隧道，做為隱蔽儲藏黃金的空間。文件後面還附有一份被徵召者的名單，解密文件裡的資訊非常有限，只是說明被徵召的人是被派到呂宋島去擔任一項開闢山洞的軍事工程，當時負責的軍官是日本皇軍的陸軍中佐「酒井雄二」和部下「武田寬人」，兩人曾是相識多年的朋友，在菲律賓擔任金百合計畫藏寶點的構建任務。

追查日軍在菲律賓戰死軍官的名單裡，沒有他們。證明很可能他們還活著。另外還有一份解密的相關文件，是在戰後審訊一位菲律賓人，「本・沃爾莫里斯」的記錄，他提起了「酒井雄二」，同時他也敘述了一個傳奇故事：

在二次大戰時，日本的鐵蹄迅速踏遍整個東亞地區。在侵略擴張過程中，日本軍國主義者專門成立了掠奪亞洲人民財產的秘密機構：就是「金百合會」。裕仁天皇任命皇族成員竹田宮恒德親王為該組織在亞洲的負責人，他們將從中國掠奪來的大量財物、黃金等都運回了日本本土。但是，在東南亞掠奪的大量金銀財寶卻由於各種原因沒有運回日本國內。面對緊急情況，日本「金百合會」開始做最後的黃金處理和保密工作。一九四五年，「金百合會」部分負責人安排了「皇家藏寶點」的工程師們在菲律賓呂宋島深山裡的一個「八號地道」裡舉行了盛大的告別儀式。那個地道距離地面有六十七公尺深，堆積著一排又一排的金條。

午夜時分，就在工程師們喝得酩酊大醉時，負責「皇家藏寶點」建設的日本菲律賓方面軍指揮官山下奉文大將和皇族成員們溜出了「八號地道」，用爆炸力極強的炸藥封住了通道出口。這些工程師和工人們就這樣與財寶一起被埋葬在地道中。就這樣，那些「皇家藏寶點」就成了外人不知道的秘密。

三個月後，山下奉文向美軍投降。日本侵略軍費盡了心機，卻百密一疏，他們在執行計畫時留下了一個活口，他就是菲律賓人本・沃爾莫里斯。年輕時他曾給裕仁天皇的大侄子，也就是明治天皇的孫子武田，當過貼身男僕，而武田王子就是「皇家藏寶點」的負責人之一。

當時，日本王子偶然萌生的同情心，使本・沃爾莫里斯在爆炸前離開，撿了一條命。在他的審訊記錄裡，他說起了「八號地道」工程的負責人就是陸軍中佐「酒井雄二」。佔領菲律賓的日軍參謀本部人事檔案裡記載了在「八號地道」被封死後，「酒井雄二」馬上被調離了菲律賓，派往中國戰場，接受當時日軍在中國的最高指揮官岡村寧次將軍的指揮。

莫馨在隨後又發出的電郵裡寫說：

日軍投降後，岡村寧次和酒井雄二成了山西軍閥閻錫山的座上賓，參與了對抗中國共產黨的內戰，一直到蔣介石節節敗退到台灣之前，酒井雄二才回到了日本。還記得嗎？從那時起，他的行蹤就被你的大美女助教夏梅萍盯上了。

我的朋友，也是日本朝日新聞的記者明石晴子，在調查另一件案子時，偶然發現了在菲律賓的「八號地道」殺人事件，當她去追查時，又發現存放在政府歷史檔案庫裡的相關檔案已經失蹤，根據他們的收發記錄，這份檔案最後是被「武田寬人」借出的。而和檔案一樣，武田寬人也失蹤了。

明石晴子認為他已被害。她說顯然有人不想讓藏金檔案見光，因為武田寬人皈依了基督教，他對戰時格殺無辜勞工感到無限的懺悔。當他知道被殺的家屬親人還在尋找亡魂時，他決定將整件事情，包括勞工名單和藏金點位置公佈於世。

根據記者明石晴子的調查，武田寬人的女兒曾對友人說過，她父親只是想要將被格殺在藏寶點的亡魂，能回到他們親人的身邊。明石晴子找到了武田寬人的外孫女，美照子。她保存了武田寬人的一些文件，但是她不願意見媒體，只願意見被害人的家屬和親人。

莫馨的電話響了，她看了一眼來電顯示，很高興是陳有為打來的。莫馨問自己，這就是多年未見面的情人所盼望的愛情喜悅嗎？

第七章 夢幻泡影

莫馨從台北飛到東京羽田機場時，天色已近黃昏，漸漸的暗下來。陳有為是在到達大廳裡看見一位修長身材的美婦人，穿著一身剪裁很貼身的黑色洋裝和黑色的高跟鞋，襯托出膝蓋下一雙勻稱和誘人的小腿，微紅秀麗的臉龐向他露出了燦爛的笑容。陳有為不敢相信這就是分離了多年的青梅竹馬舊情人，但是他本能的迎上去，互相緊緊的擁抱。莫馨在流著眼淚，一句話都說不出來。陳有為說：

「莫馨，別哭了，我們這不是見面了嗎？」

「我對不起你，陳有為，你一定要原諒我，否則我就活不下去了。」

「這幾個月來，我們不都活得挺好的嗎？都在盼望我們再次重逢，讓我們高高興興的。」

「那你是真的不恨我了嗎？我三番兩次的棄你而去，你不記仇了？」

「莫馨，我從來就沒恨過你。更何況你還把我從戴綠帽子的崩潰中拉了出來，我感激你都來不及了。」

坐在計程車上，莫馨緊靠著陳有為，她貼身的衣服將誘人的身材線條都顯了出來，除了一對小小的珍珠耳環外，她身上沒有別的首飾。雖然只是薄施脂粉，莫馨散發出一股女性魅力的氣息，讓近距離的陳有為有點透不過氣來，他說：「這麼多年沒見你，你還是這麼年輕漂亮，而我自己則是青春已逝，再不復還。」

「外表是高級化妝品的功勞，不像是個人的成就，會被歷史記錄在案。看來你會是我們布農族生蕃第一個被載入史冊的人，我要恭喜你。」

莫馨抬起頭來，讓他在嘴唇上親吻，她張開了嘴。

車子來到了東京灣洲際酒店，一下車收進了眼底的就是波光粼粼，碧藍色的東京灣海水，火紅的夕陽有一半已經沉落到海平面下，莫馨驚歎的說：「好美的風景，我們先到海邊去看看，可以嗎？」

陳有為付了車資，告訴出來迎接的酒店迎賓，他們的訂房姓名後，然後拉著莫馨的手，沿著花園的小道，漫步走向海邊。落日將不同顏色的海面再次著色，用添加的金色燦爛，正在送走夕陽最後的餘輝。他們互相的依偎著，一對戀人，裸露著雪白兩臂和帶著微笑臉龐的女士，緊緊摟住了戀人的男士，不時的親吻，配著青山綠水的背景，在一波一波的浪花前擁抱愛撫，迎接第一個閃爍星光的來到。他們就像是一幅動畫裡的男女主角。

酒店侍者推著行李車，領他們到了預定的兩間分開的單獨客房，但是客房中間有一扇門，打開後就是一間有兩張床的大客房。將落地窗的窗簾打開，面對的就是東京灣的無敵海景。莫馨說：

「我們經過了這麼多年的風風雨雨，現在都是中年人了，但是在過去的幾個月裡，我們又回到年輕時代的戀愛，你告訴我，你是多麼的懷念我們短暫的熱情，期待著再相逢時，是要如何的把我的靈魂和肉體熔化，說得我七上八下的。現在面臨關鍵時刻，你還是跳不出大學教授的世俗圈子。你花盡心思，安排了兩間相通的客房，是要騙別人還是騙你自己？」

陳有為紅著臉說：「我要是被人看見和有夫之婦開房間，學校說不定會開除我。」

「你們這些科學家不是講究語言的精準嗎？開房間和發生性行為是兩碼事。」

「莫馨，我是為你著想，你是有頭有臉的媒體人，要是被狗仔隊發現你和野男人開房間，你會有好日子過嗎？」

莫馨愣住了，陳有為繼續說：「楊惠書在去瑞士前，我們通了電話，我建議他，既然你們的婚姻走到頭了，為什麼不就離婚呢？反正你已經答應他孩子會姓楊，他還顧忌什麼呢？」

「他是怎麼回答你的？」莫馨問。

「他也認為我說的有理，他說讓他考慮一下再回覆我。可是就一直沒消息，我來之前還發了兩封電郵給他，也沒回音。你有他的消息嗎？」

「沒有。他工作的機構門禁森嚴，對外資訊是有控制的。讓我先去洗個澡，換身衣服，再來和你談情說愛。」

陳有為發現莫馨換了一身短裙的便裝，兩條修長雪白的大腿都露在外面，上身又是低胸的，把深深乳溝都露出來了。這是擺明穿給陳有為看的，他目不轉睛的盯著她看。莫馨走到他面前故意的轉了三百六十度，雙手叉腰扭動下身，她說：

「讓你看個夠，是不是已經人老色衰，對我沒興趣了？還是差強人意，還能勾起你生蕃的本能？」

莫馨的臉上露出燦爛的笑容，坐下來後整條大腿幾乎都從短裙底下露出來了，她彎下身來用手撫摸著自己的腿，從大腿開始，很慢的往小腿移動，陳有為覺得她這個動作十分的性感，要是照他布農族生蕃的傳統，他就會把她按倒，剝了她的衣服，當場就蹂躪她。但是他提醒自己，已經是文明人了。他說：「莫馨，你婚後的這幾年都快樂嗎？」

「你在電話裡已經問過我了，頭兩年，我是抱著對楊惠書感恩，救了我一命，凡事都依著他，討他歡心。他是一點沒變，對我的身體最感興趣，但是每次把我弄迷糊時，我就會閉上眼睛，想像是你在穿刺我。」

陳有為沉默不語，莫馨感覺到他的內心起伏，她將身體靠著他說：「楊惠書心裡明白我是在思念你，只是他沒有拆穿我。」

「那為什麼你不跟我聯絡，每次都是讓楊惠書傳話？我一直盼望著在電話上聽聽你的聲音。」

「陳有為，對不起。我是害怕和你接觸後，自己會失控。我們布農族女人一旦失控，會做出翻天覆地的事。」

莫馨的聲音不對了，她開始流淚。陳有為摟住她說：「別忘了，我們不是說好了的嗎？這次的重逢是不許流眼淚的。你是害怕會和我偷情嗎？」

莫馨笑了，她說：「偷情是要有前提的，就是要瞞著配偶。我的婚姻裡，沒有這個前提。」

「你是在說偷情的後果嗎？除了當事人雙方戰戰兢兢的愉悅之外，婚姻的背叛，愛情的背離，家庭的破裂，親情的淡漠，很少有搏得滿堂彩的好下場。但是也有人把它看成是愛情的至高境界，而樂在其中不能自拔了。」

「都不是，你說的自古以來多少有情人，像飛蛾撲火似的去偷情，就是因為一個偷字。但是楊惠書從我們結婚的第一天就對我說了，他不在意我去找你，更不在意你會睡我。楊惠書對你是一清二楚，你絕對不可能和他的老婆上床，所以你一直在追問我們什麼時候離婚。這麼說來，你對我還是有興趣的。」

陳有為能夠感覺到莫馨的低胸上衣裡什麼都沒穿，他站起來把她抱住，低頭看見了她雙眼裡的渴望和微微張開著的嘴唇，忍不住就吻了她。

莫馨愣住了片刻後就有了熱烈的反應，她緊緊的抱住了陳有為，兩手在他的背上遊動著，從上到下的壓著，她的舌頭用力的撐開了他的嘴，開始了她瘋狂的濕吻，兩人的全身都緊緊的貼在一起，當她感到陳有為的身體開始起了變化，她的兩手就抓住他的臀部，用身體緊緊的壓著他。

突然莫馨喚醒了陳有為的生蕃本能，從他的喉嚨深處發出了一聲野獸似的低吼，開始脫她的衣服，莫馨繼續的和他濕吻，同時也在脫他的衣服。客房裡的燈光全暗，落地窗外的星光在閃爍，風平浪靜的東京灣海面反映著星空。

陳有為摟著她的裸體，吻著她高挺的乳房，然後慢慢的往下吻著，莫馨的全身在燃燒，她下意識的摸撫著陳有為的頭部，他吻著她光滑的小腹，但是她繼續往下引導他，陳有為跪在莫馨的兩腿間，兩手緊緊的抓住她的臀部，然後把臉貼了上去。

「不要，請你不要，我不要你苦了自己……啊！」

「別以為只有楊惠書有布農族男人的本事，我也是如假包換的生番。」

莫馨的身體被佔領了，麻醉性的快感從她身體的一點，迅速的擴散到她的全身。她抬頭看見落地窗反映出陳有為全身緊繃著的健美肌肉，跪在赤裸裸，滿臉通紅美婦人的兩腿之間，抱著她的下腰，把頭抬起來，埋在女人的大腿根裡，他在和落地窗裡的女人做愛，她的一隻手按住了陳有為的肩膀，另一隻手抓住了他的頭髮，兩個肉體和靈魂的交互結合勾畫出一幅極美的圖像。莫馨的感官和視覺將她帶進了如幻如真的夢境，她開始說夢話了。

莫馨醒來時，發現自己赤裸裸的躺在大床上，有一隻手在不停的撫摸著她。當她完全清醒後，看見了陳有為滿臉笑容的臉：

「莫馨，你終於醒了。知道嗎？你說了好多夢話，可是我聽不懂，能告訴我嗎？」

抓住了在她身上撫摸的手：「不能告訴你，都是在說你的壞話。」

「真是的，昨晚辛辛苦苦的討好你，都白費了。」

莫馨說：「跟你開玩笑，別當真。說真心話，我感謝你，你讓我又嘗到做女人的滋味了，太久了。」

「別擔心，我會讓你做一個開心的女人，莫馨，你別小看我。」

「其實我是在想，你和我都答應了楊惠書，要為他生個娃娃，他只要求娃娃姓楊，給他老媽看看。在戶口裡，算是他的孩子。但是娃娃還是我的，他是看中了你這個布農族生蕃裡的異類基因，為他傳宗接代。但是我可是要好好的把孩子養大。」

「為了這事，楊惠書和我談了整整一個晚上，他是沒有私心，他認為我們兩人會比他更會好好的把孩子養大。所以他說孩子出生後，就和你離婚。莫馨，問題是，到時候你會嫁給我嗎？」

「陳有為，請相信我，我永遠是屬於你的。我明白你的心理障礙，只要我是楊惠書的老婆，你就不會很自然的和我有性生活。但是我有信心，能夠讓你克服心理障礙，昨晚我們已經有了好的開始，不是嗎？」

「說的沒錯，我沒有辦法和你為了替別人生孩子，而假戲真做，我要求的是為了我們的愛情，我要和你做愛。更何況我要徹底的征服和佔領你，全心全意瘋狂的愛著你，淋漓盡致，一波又一波，同時進入那只有深愛著的戀人才能到達的奇妙境界。莫馨你明白嗎？」

「我明白，我會將我的一顆心和我灼熱的肉體完全張開來給你。」

在以後的幾天裡，陳有為成了遊客，莫馨是導遊，他們遊遍了東京附近的旅遊觀光點，還坐了遊艇在東京灣的海上享受陽光和海風。兩人也去到了位於東京日本天皇居住地南面的日比谷公園，那是日本第一座「西洋風格近代式公園」，有一百多年的歷史。這座開放式公園沒有門和界牆，內有西式花圃、野外音樂堂、圖書文化館和網球場等，是東京市民的休閒樂園。

日劇拍攝地之一公園內噴水廣場和第一花壇、第二花壇一帶形成了日比谷公園的象徵性景觀，常有電視台和雜誌社在此取景，很多日劇場景也是在這裡拍攝的。每到夜晚，大噴泉在燈光效果下浪漫氣息十足，讓人不由得想到日劇中的愛情片段。園內還有一個「心字池」，在江戶時代就已存在，十分珍貴。美麗的花海日比谷公園以鮮花聞名，每年四月這裡都會成為鬱金香的海洋，一萬棵鬱金香競相怒放，分外美麗。

此外，還有三月的櫻花、十一月的紅薔薇和秋天金黃的銀杏等等。值得一提的是，這裡的銀杏林是明治時期設計的S型林蔭道，在其他地方很難見到這種設計。同樣特別

的還有噴水廣場的八色鳥。附近有皇居外苑就在這座公園附近，沿著銀座旁邊的路一直走就可以到達。這裡的皇居二重橋外形奇特，在舊橋上再搭一座新橋這樣的建築並不常見。莫馨是一位好導遊，她講解了有關日比谷公園的故事說：

頭山滿是日本在二十世紀初的右翼政治領袖、軍商，極端國家主義秘密團體黑龍會創辦人；日本人認為他是慈善家，被日本侵略的國家則有多種看法。

頭山與孫中山、金玉均等東亞的有志改革者頗為友好，支持革命黨建立中華民國。並予孫中山大量資助革命運動；一九一一年中國青幫、洪門哥老聚集武昌起義前，頭山滿也親自潛入中國指揮黑龍會相機行事；革命成功後他繼續支持孫中山的中華民國新政權，起了穩定新政府的龐大功用。同時起到了日本侵華戰爭爆發時，日本在華間諜的大肆猖獗。

蔣介石第一次下野後到日本去尋求支持，到東京的當天就去拜會頭山滿，為了向頭山滿表示親近，說自己還沒有住處，請代尋一個清靜的住處。頭山滿把蔣介石安置在他的鄰居家裡。二人相處十分融洽。蔣介石親筆寫下「親如一家」的條幅，留在住所，以表示對日本軍國主義分子的親善。

頭山滿在回憶這段往事時說：「蔣氏無論如何是和日本一致的。他對於共產黨，不管在國內或者國外，一定要加以排斥的。當他在表示這樣的決心的時候，我和他的意見是一樣的。」

後來頭山滿還把蔣介石介紹給同屬黑龍會的犬養毅。一九三六年十一月二十五日，頭山滿發起在日比谷公園召開日、德、義簽訂防共協定的慶祝會。會上，頭山滿親自帶頭三呼希特勒萬歲！其後訂立的日、德、義軍事協定，頭山滿也完全擁護。一九四一年秋，頭山滿讓刀匠用黃金鍛成大刀，贈給希特勒和墨索里尼，並在給他們的信中說，日本進行的大東亞戰爭有了很大的進展，將把英、美勢力驅逐出東亞。

白天他們是一對觀光情侶，晚上是甜蜜的熱戀中情人。

日本朝日新聞記者，明石晴子，是莫馨職業上的朋友，她送來通知說，已經安排好了和武田寬人的外孫女美照子會面的事。她是個會計師，見面地點就在東京銀座地區，美照子工作的私人會所夜總會，時間是在午夜。明石晴子還特別告訴莫馨，美照子是在隱藏她的身分，因為有人在追殺她，請莫馨務必要小心。還有，單身女性是不能進入那家私人會所夜總會的，因此一定要帶著男朋友。

等到時間差不多了，莫馨請陳有為到她的房間等她換衣服，她親吻了一下陳有為就走進浴室，把房間的燈關上。東京灣對岸遠處的一片輝煌燈火立刻就出現在窗外，來往

的船隻像是點點漁火，一幅絕美的畫吸引住陳有為的注意力。隔了一會，他聽見身後有人說：

「陳有為，看看窗外和窗內的景色，哪個更吸引你？」

莫馨身上穿著一件寬寬大大，露胸的超短連衣裙，把兩條修長誘人的大腿全都露在外面，腳上穿著三吋的時尚高跟鞋，連衣裙上的頭三個扣子沒有扣上，沒戴胸罩，露出了半個豐滿的乳房。她在原地轉了一圈，寬大的裙擺漂浮起來，讓黑色的小小比基尼三角褲若隱若現。陳有為被眼前的性感美人迷住了，莫馨說：

「陳有為，你想要吻我嗎？」

莫馨抱住陳有為熱情的親吻他，他們緊緊的摟著，彼此的撫摸著，互相享受對方的身體。莫馨渾身散發著女性魅力，她身體的動作，說的每一句話，一舉手，一投足，和有意無意的肢體接觸，都像是「前戲」，隨時都要開始做愛。但是她慢慢的，很不情願的推開他：「陳有為，我很高興你有了反應。我不知道你是如何來迎接排山倒海，迎面撲來的愛情，我很想把你擺平，但是我們一定要走了，否則會錯過找到你外公的資訊。等到我一旦為你找到你外公的下落，我就要把你拿下。」

「可是，莫馨，你這身打扮一出門就會被日本員警抓去關起來，說你是有傷風化。」

「別害怕，我是有備而來。」

莫馨穿起放在沙發上的薄外套，牽著陳有為的手，走出了房門。

銀座區的的私人會館，門口沒有牌子，但是有把門的人，需要有邀請才能入內。它的夜總會是在二樓，一扇緊閉的門上有一個小牌子，上面有兩個簡單的字：「迷宮」。大門自動打開，裡頭一片漆黑，伸手不見五指，但是傳出了震耳的音樂。一位穿著近乎全裸的年輕女士出現：

「歡迎來到迷宮夜總會，請讓我看一下邀請卡。」

莫馨從手提袋裡拿出邀請卡片，一個微型手電筒亮了，兩人這才看清楚了迎賓小姐是個身材誘人的美女，微電筒只照亮了她完全赤裸的上半身，陳有為笑著說：

「要當心啊，千萬不要著涼了。」

迎賓小姐的全身貼上來：「我期待您的熱力來穿刺我，就不會著涼了。」

陳有為一下子愣住了，全裸的迎賓小姐繼續說：

「先生，小姐，你們預定的坐位是七十五號，請跟我來。」

莫馨說：「我們是第一次光臨這裡，雖然很黑，但是能不能先帶我們走一圈？瞭解一下夜總會的佈置。」

「沒有問題，你們的眼睛也慢慢的會適應，應該看得出大概的佈置情況。」

陳有為看見莫馨脫下了薄外套掛在手臂上，裸體的迎賓小姐帶著已經慢慢適應黑暗的兩人邊走邊講解，她說：在迷宮夜總會中設置了各種隔間，死胡同和偷窺用的眼孔，來滿足客人們的好奇探索。在某個昏暗死胡同的盡頭，可能會有專業演員正在進行性愛表演，甚至會看到多人的性行為。

迷宮中的「意外驚喜」不僅來自演員，在迷宮曖昧氛圍的誘惑下，有些客人也會一時興起，在迷宮中發揮即時恩愛，上演性愛真人秀。在這裡的性愛是不怕被人撞見的，如果在轉角處不小心撞見了親密行為，不必覺得非禮勿視。說不定眼前正在相擁親吻，大有寬衣解帶之勢的這對男女，是特別期待別人的注視觀賞呢。

夜總會還聘請了豔星和性藝術家在中央舞台進行演出。有時會有粉絲出現，就是為了要接近他們，期待和他們能有親密接觸，甚至「性福」的時刻。

陳有為和莫馨看見舞台上正有一個帶著面具的裸男在接受一位女優的「調教」，他已經是汗如雨下，氣喘如牛，但是女優還是不斷的在鞭策他。迎賓裸女將他們帶到七十五號座位，兩人各要了一杯紅酒和一杯冰水。

等他們坐定後，又聽見了柔和的背景音樂，其中摻有男歡女愛的呻吟和呼喊。現在聽清楚了，這些摻入的人聲並不是背景音樂的一部分，而是從四周座位中傳來的。但是每一個座位都有很巧妙的隔板，在一片漆黑裡，無法辨認發聲的人。莫馨緊靠著陳有為，將乳房壓在他的上臂，一隻手來回的撫摸著他的大腿，讓他開始有點心猿意馬：

「你要是再不停下來，我就要有反應了。」

「太好了，我還正擔心，我是不是已經失去了對你的魅力。」

一位拿著手電筒，身穿白襯衫，藍色長褲的中年女性工作人員出現：

「請問您就是明石晴子的朋友莫馨小姐嗎？」

莫馨說：「是的。您就是美照子小姐了。這位是陳有為先生，他是來詢問有關他親人下落的消息。」

握手寒暄後，三個人在狹小的空間裡坐下，美照子首先開口說：

「明石小姐告訴我，莫馨小姐是台灣布農族的原住民，請問陳先生也是嗎？」

「是的，我們希望得到已經追查了很久，關於布農族失蹤人口下落的資訊。」

「明石晴子告訴我，你們想知道顏發雷和吳坤的下落，這二位和你們是什麼關係？」

莫馨指著陳有為說：「布農族曾有一位抗日英雄，名叫『拉荷·阿雷』，他的兒子名叫『顏發雷』就是陳有為的外公，他從小是外婆養大的。沒有見過外公，是他外婆臨終時的遺言，要他找到外公的屍骨。吳坤是我採訪過的一位著名布農族企業家林佳秋的丈夫，他和陳有為的外公是在同樣情況下失蹤。」

美照子說：「我是有二位想要的資訊，但是目前我個人遭遇到極大的困難，很可能連生命都不保。我要求二位必須保密，不能透露任何關於我個人的情況。」

陳有為說：「請美照子小姐放心，我們決對會以您的人身安全為最高考慮。」

美照子說：「我的外祖父是武田寬人，他曾是酒井雄二的部下，二戰時在菲律賓參與了『八號地道』藏金和殺人事件。後來又到了台灣，徵用台灣原住民在合歡山建立了藏金點，然後同樣的，在事後殺害了原住民。」

陳有為說：「二戰結束，日軍投降後，日本在華最高指揮官崗村寧次，以及酒井雄二都成了山西軍閥閻錫山的座上賓，參與了對抗中國共產黨的內戰，一直到蔣介石節節敗退到台灣之前，酒井雄二才回到了日本。您的外公也留在中國嗎？」

「戰後，武田寬人被關押在戰俘營裡一段時間，他皈依了基督教，對他自己在戰時格殺無辜勞工，感到無限的懺悔。當他知道被害的家屬親人還在尋找亡魂時，他決定將整件事情，包括勞工名單和藏金點位置公佈於世。目的是想要將被格殺在藏寶點的亡魂，能回到他們親人的身邊。」

莫馨說：「您的外祖父是什麼時候和朝日新聞的記者明石晴子接觸的？」

「外祖父從戰俘營裡釋放出來後，就投入了教會的工作。記得他說過，朝日新聞刊登了一系列有關日軍在戰時設立藏金點的報導。我相信明石晴子是為了這件事來採訪過他。過了不久，他就到政府歷史檔案庫，把相關的檔案借出來。後來，我接到他寄給我的信，說有人在追殺他，他需要逃亡，同時要我保管他的日記。」

陳有為問：「在這之後，外祖父武田寬人有沒有再次和你聯絡？」

「最後一次的聯絡是電話，外祖父說追殺他的人是黑道份子，要他交出合歡山藏金點的地圖，他叫我也要隱蔽起來，決對不能聽信政府官員的話，如果有問題就去找明石晴子。」

莫馨問：「後來呢？你有去找明石晴子嗎？」

「有的。她告訴我，外祖父很可能已經遇害，因為朝日新聞的記者到處找他，毫無音訊。明石晴子安排我到迷宮夜總會當會計師，迷宮的老闆是山口組黑道份子，追殺我的人不會想到我會隱藏在這裡。」

陳有為問：「夜總會對你好嗎？」

美照子苦笑了一聲，她說：「我是個優秀的會計師，在專業上被肯定了。但是老闆會叫我陪他上床，我是不能拒絕的。」

莫馨說：「他是不是會欺負你？」

「那倒不會，他對我很溫柔體貼。問題是，我是有家的人，家裡有老公，孩子。可想而知，對我的心理壓力是多大。迷宮老闆讓我每兩周回家一次，住兩天。很高興能看看孩子，但是老公就不放過我。我不怪他，沒有男人會忍受自己的老婆和別的男人上床，所以他就拿我報復。」

陳有為問說：「您說已經取得了有關我外公顏發雷和吳坤的資訊，現在可以告訴我們嗎？」

「當然。外公在他最後一次的電話裡說，明石晴子要找的資訊已經寫在他日記裡的最後一天。我現在就委託二位替我保管這本日記了，希望二位接受我的委託。也希望有一天能讓明石晴子分享。」

陳有為和莫馨接過日記本，打開最後一天的記載，寫道：「布農族原住民，顏發雷和吳坤，參與合歡山藏金點的建設。任務完成後，與所有徵召的原住民，按指揮部命令格殺處理，事後掩埋於山洞內。」

美照子接著說：「我外公武田寬人，以及原住民勞工名單和藏金點地圖，都同時失蹤了。」

三個人都沉默不語，最後還是美照子開口說：

「陳先生，非常對不起，我讓您激起了心中的憤恨，您的祖先在戰爭中被日本皇軍殺害是不可原諒的，這也是我外公努力想要安慰受害者後人的主要原因，沒想到他為此付出了自己的生命，和您的先人一樣也成為受害者。我衷心祝您成功，從此刻出發，找回您外公的亡魂。」

「美照子小姐，感謝您的這番話，外公在天之靈聽了一定會很高興。歷史上的事件，我們後人無奈，也無能為力。我們布農族對您外公和您的仁慈會永遠的銘記在心。」

陳有為遞給她一個信封：

「我是個教書的老師，不很富裕。這裡有一萬元美金，是我外婆臨終前囑咐我交給幫我們找到我外公亡魂的人，就請您收下吧！」

美照子猶豫了一下，但是她收下了信封。莫馨說：「我們會請明石晴子來閱讀您外公的日記，相信她會繼續在朝日新聞報導事件的發展。美照子小姐，也許您可以考慮不需要隱蔽在這裡，而回到你家人的身邊了。」

美照子沒有回答，引導莫馨和陳有為離開迷宮夜總會。舞台上的表演正開始換了新的表演：「啊！這是我們最受歡迎的表演，二位應該看看。」

美豔的女主角在渾身肌肉的男主角前顯得嬌弱，她無力抗拒面前完全膨脹了的男人，被推倒在舞台的中間，就在她奮力抵抗壓下來的壯健胸部時，男人按住了她的下身，強力的進入她，他繃緊全身的肌肉，開始蹂躪她。他們看見舞台上的女人已經停止了反抗，男人進入了最後的衝刺，被壓在下面的女人全面的配合著侵犯她的男人，有韻律的劇烈運動使汗水覆蓋了全身，兩人的皮膚在閃閃發光，男女演員同時呼喊著達到了高潮。

「這位女演員是我多年的好朋友，是她介紹我來這裡當會計師，隱蔽自己。她是迷宮最紅的演員，擁有很多粉絲。這一場戲已經上演有三年多了，但還是吸引很多的客人。知道是為什麼嗎？」

莫馨說：「我的感覺是，兩個演員非常投入，他們似乎不是在表演，而是在假戲真做。他們的每一個表情，每一個舉手投足的動作都像是沒有劇本，也沒有導演，但是卻充滿了無限的愛情。」

陳有為說：「我可以感受到，女演員將她的一顆心和她灼熱的肉體完全的張開來，讓男演員徹底的征服和佔領，他們不是兩個演員，而是一對男女戀人，他們是在全心全意瘋狂的愛著對方，緊緊的擁抱在一起，淋漓盡致，一波又一波，同時進入那只有深愛著的戀人才能到達的奇妙境界。」

美照子說：「陳先生，您的觀察力非常敏銳。舞台上的表演是人性裡的情欲發揮，但是我要告訴您，這位女演員和我一樣是有家的人，她有丈夫和女兒。但是在過去的三年裡，她每天出去工作前，都要和家人道別，再次訴說她對家人的深深愛意。但是她的工作是將她的靈魂和肉體，赤裸裸的呈獻給另外一個男人，然後和他激情的做愛。情欲是人性，但是也已經成為她生命中的一部分了。」

莫馨說：「我明白了，美照子小姐，迷宮夜總會的老闆，也已經成為你生命的一部分了。」

迷宮夜總會的遭遇給了陳有為很大的衝擊，他一直認為，莫馨是為了報答楊惠書救命之恩，要為他生個孩子，而選擇了陳有為去當孩子的生身父親。

他沒想到的是，她將陳有為念念不忘，要追尋他外公的事，記在心頭。莫馨深刻的感覺到，在整天遊山玩水後，回到酒店休息，兩人親熱時，陳有為和她做愛越來越激情猛烈，一場纏綿激蕩的愛撫，讓莫馨感到全身忽而充滿了光和熱，但是在下一刻又被星光密佈和有如針刺似的黑暗籠罩住了，這是她的高潮將要來臨了，接著她的全身顫抖和癱瘓。但是陳有為不斷的持續愛撫和在耳邊輕聲細語的愛情故事，再度啟動了她的高潮，將她從瀕臨失去知覺的邊緣有拉回來，激蕩著她的靈魂。他不停的愛撫和深深的親吻，又重新把她的需要召喚回來，幾乎是要真正的穿刺了她。

莫馨感覺到，她答應楊惠書的任務即將完成，陳有為將要違反他自己的原則，和他最要好朋友的妻子做愛。

陳有為推開了相同客房的門，看到莫馨房間裡的窗簾是打開的，瀉進來的星光照在床上坐著人的臉龐，一絲微笑和兩個大眼睛散發出一股謎樣的魅力，雪白的皮膚和動人的身材，在夜色裡突顯了迷人的性感。

「陳有為，你是真的來了。我現在只有兩條路擺在面前，要麼是爆炸自我毀滅，要麼是發瘋了。」

「可是我們這樣行嗎？終究你還是楊惠書的老婆啊！」

「說這個太晚了，我的排卵期到了。何況他不是一直把我往你的懷裡送嗎？陳有為，我要你使出渾身解數來，讓我懷孕。」

窗外的星光讓兩個人都看見了對方的表情，他們互相注視了一陣，在思索對方的心理和兩人所面對情況。兩人緊張的心情一直在上升，她發現自己向前移動，身體不聽指揮，似乎是有自己的意志在行動，他們迅速的將對方的衣服脫下來，開始熱情的濕吻，陳有為的雙手開始撫摸她光滑的後背和下腰，他的嘴輕輕的碰了她的耳朵，再向下吻她的脖子，然後把她的乳頭含進嘴裡。這時她渾身好像是著了火似的，全身都熱得發燙。

「我快要溶化了，求你快一點。」

她用兩腿勾住了陳有為的下腰時，她感到了那完全膨脹了的男性的熱力。她倒下來躺在床上，閉上了眼睛在等待著即將來臨的進攻，但是來到是他溫柔的撫摸和饑渴的熱吻，從下身，小腹，兩個乳房和脖子，一步一步的被他佔領了，當他進入她時，一聲呻吟從她喉嚨深處發出帶著歡愉的呻吟。接著他發起了全面的進攻，像是一個巨大的狂風暴雨，無情的侵犯著她，她挺身配合，她深藏了已久的苦悶在爆發，同時也是乞求壓在她身上的男人惜愛她。

兩個靈魂在這深夜裡各自在對方的肉體上尋找各自所渴望的，汗水將他們全身都浸濕了，窗外的星光在他們的肉體上閃亮的反射，在這短暫的時刻，他們瘋狂愛著對方，但是同時也滋潤了他們對愛人的渴望，讓他們同時到達了高潮。讓他在她的體內爆發，噴射。滾燙，濕潤的活力注滿了她，趕走了所有的黑暗，迎接生命的來臨。暴風雨後一切都平靜了，但是他們的四肢還是纏在一起，兩人的手指都還在對方的頭髮裡。莫馨說話了：

「謝謝你救了我。」

「是我該謝你才對，我終於得到了你，你也給了我意想不到的歡愉。」

「剛剛我還在擔心你會不會拒絕我呢。」

陳有為說：「是嗎？有人告訴我，沒有人能擋住你的愛情。」

莫馨說：「那就讓我來試試你的能力。」

她翻身坐起來，用她的雙手和嘴唇開始在他的全身遊走。兩人的激情第二次的爆發，這一次他們的愛情行動是緩慢，和諧與極度的溫柔。他們像是在喝一杯陳年美酒，慢慢的在體會這份激情和對方的身體，但是長時間陪養出來的高潮卻是同樣的淋漓盡致，她無法控制自己，最後發出了驚人的呻吟和呼叫。滾燙的像火山岩漿似的生命之泉，再次的爆發、噴射，又將莫馨注滿了。她緊緊的抱著陳有為，將身上每一寸的肌膚都貼在壓著她的陳有為身上。強烈的肉體歡愉加上給她的濃情蜜意感受，使她昏迷了，在夢裡，讓她意亂情迷的陳有為在和她做愛。慢慢的清醒過來後，陳有為還是在愛撫著她，在她耳邊講著愛情的故事，也在挑逗著她的神經。

「你還沒完啊！不累嗎？」

「一點都不累，我還要你。」

「你看我給你整得都快不行了。」

「莫馨，在我一生裡也只有現在這片刻，你是屬於我的，別的時候都沒有意義了，我不會放過這片刻的。」

「陳有為，我們不是都說好了的嗎？只要是孩子姓楊，我就可以帶著他跟你走。」

「這些都是楊惠書為了說服你和我為他生孩子的一廂情願想法。你們是合法夫妻，還有你的婆婆，會放過一個活生生的孩子嗎？作為一個母親，我認為你不可能放棄你應有的責任，它包括了為孩子維持一個正常的家庭，有爸爸，媽媽和奶奶，一家融融。」

「可是我們不是都講好了的嗎？」

「那是不切實際，也經不起法律的挑戰。莫馨，你不必為我擔心，我會好好的活著。我只要你在這片刻是完全屬於我的，我就滿足了。」

他開始用火熱的雙唇吻遍了她身體，將她的每一寸肌膚都點起火來燃燒了，莫馨只有把陳有為的身體緊緊地抱住才似乎能控制即將爆炸的靈魂，前一刻他用似水的柔情和無限的愛情佔領了她的心，後一刻他像是一個古代的騎士，騎著她在草原上馳騁，毫不憐憫地侵犯著她的身體，在不停地蹂躪下，完全的征服了她。思念和哀怨交織成的溫柔憐愛和無情的侵犯，在周而復始的加在莫馨身上，她已經是氣若遊絲，喃喃地說：

「陳有為，我愛你，饒了我吧！」

過度的疲倦使兩人互相擁抱著沉睡，當天光微亮時，莫馨醒了，她輕手輕腳的走進浴室，好好的洗了一個熱水淋浴。把酒店的浴袍披上，她走出了浴室，看看陳有為還在沉睡著，她就坐在床邊的梳粧檯，借著窗外射進來的晨曦開始化裝。屋裡的光線雖然還是昏暗的，但是莫馨發現前面鏡子裡的人變了，臉色是容光換發，像是年輕了，最大的變化是她的皮膚，有了一種奇怪的光澤，像是一層包著水的薄膜。她把披在身上的浴袍脫下，赤裸著全身坐在梳粧檯前，她被自已的美體迷住了，男女的親密就是這麼的奇妙，一夜的意亂情迷居然能把失去的青春找回來。

「你真的好美啊！」

「陳有為，你醒了？累嗎？」

「全身的骨頭都碎了。」

「都是你太貪心了。」

「你在鏡子裡看看你自己，你說我能不貪心嗎？」

「我是怕你會傷了身體。你像是不要命了似的，沒完沒了，嚇死人了。」

「莫馨，我傷著你了嗎？」

「沒有，我是女的。你是男人，你不能這樣糟蹋身體。別傻了，我知道你心裡在想什麼。」

「真的嗎？那你說我在想什麼？」

「你是想要我知道，你比楊惠書厲害，是不是？男人的虛榮心。」

「我是想讓你不要忘了我。」

「陳有為，你……」

陳有為已經從床上跳起來，赤裸裸的將她抱住了，莫馨的兩手用力的抵擋在他的胸上，但是他的下身已經貼上來了，她感到了他的最原始的熱情，也感到自己無法控制的反應。

「陳有為，我今生今世都不會忘記你，我會記得昨天晚上你給我的情。請你不要鑽牛角尖了，只想到這片刻。我的心這一輩子都是你的。」

「莫馨，你好好的和楊惠書把我們的孩子養大。我有了你昨晚給我的愛情，我這輩子也夠了。」

看著陳有為充滿了淚水的眼睛，知道此刻他內心所受的煎熬，莫馨的心碎了。

去日本的短期度假結束後，陳有為回到了加州理工學院，立刻就投入他忙碌的教書和研究工作。日子過得飛快，半個多月過去了，沒有任何莫馨的消息，他打了數次越洋電話，都沒有接通。陳有為有點納悶，他打開了電腦，上了《亞洲真相週刊》的新聞網，發現了一則小小的，發生在兩周前的事件報導：

「台灣國防部消息：派駐瑞士日內瓦的全球反恐組織，擔任特別顧問的軍情局行動處中校處長楊惠書，於日前在阿富汗執行反恐任務時殉職。」

陳有為立刻打電話到台北的《亞洲真相週刊》總社辦公室，找到莫馨的秘書，詢問情況，他被告知：

「莫馨的家庭發生重大事件，她正暫時休假，處理中。請靜候進一步消息。」

時間還是飛快的前進，半個多月又是過去了，在這期間，陳有為發瘋似的四處打聽相關資訊，同時在電腦上搜索全球的網頁，尋求絲絲縷縷的相關資訊，漸漸的楊惠書是如何遇難的圖像被勾勒出來：

在瑞士日內瓦的全球反恐組織接到了可靠資訊，說明美國與阿富汗聯合反恐部隊，在阿富汗與巴基斯坦交界的北方邊區，俘獲了兩名ISIS的武裝份子，他們是來自新疆地區的「東突份子」，要求「全球反恐組織」派員進行審訊。楊惠書臨危受命，率領一個六人小組，趕赴在阿富汗與巴基斯坦交界的北方邊區，ISIS的東突份子是關押在該地區的一個軍事基地，負責基地安全是一個美國特種兵分隊和雇傭的阿富汗地方武裝力量。後者的忠誠顯然是和雇傭的費用相關。

在執行審訊任務的第三天夜晚，大量的ISIS武裝份子集結在軍事基地的週邊，他們在黎明前，拂曉黑暗時發起進攻，美國的特種兵分隊以及楊惠書所率領的六人小組奮起並頑強的抵抗，但是在叛變的雇傭武裝份子協助下，ISIS武裝份子迅速的攻破了基地的防衛線，在從空中趕來增援的部隊到達前，軍事基地被摧毀，全體人員，包括楊惠書和他的安全護衛何聖華，都被格殺。

陳有為終於接到了莫馨用聯邦快遞寄來的信件，她寫道：

我親愛的陳有為：

相信你已經知道了所發生的一切事情，在一片黑暗和悲傷的籠罩下，唯一支撐著我活下去的就是你最後給我的刻骨銘心愛情。當我身心疲倦的走不動時，我的回憶又會給我一針強心劑，讓我繼續掙扎下去。

我的老公，你的鐵哥兒，楊惠書，帶著他的紅粉知己何聖華，轟轟烈烈的走了。他的老媽，也是疼愛我的婆婆，受不了喪子之悲，第二天也駕鶴而去，現在楊家就留下我一個人了。

楊惠書現在是全球反恐組織的英雄，有人要為他立銅像，而我是英雄的寡婦，已經接到他們提醒我要負起的社會責任。同時楊惠書也成為軍情局的烈士，而我是烈士的遺孀，也要面對許多社會責任。再加上即將來臨的更大的責任，壓得我不能呼吸了。但是正如楊惠書說的，都是因為我的原因所造成，不能怨恨任何他人。我不能原諒自己，因為我讓你成為我最大的受害者。

在軍情局擔任外勤工作的都要留下遺囑，他們殉職後，交給家人。楊惠書是在他去「全球反恐組織」上任前更新了他的遺囑，是一個短短的語音留言，他告訴我說：

「老天爺跟我開了個大玩笑。雖然我從小就知道你喜歡陳有為，他也喜歡你，但是在我們結婚後，我才真正的體會到，他對你的一往情深是更重於海枯石爛，而你對他的愛情之火從沒有熄滅。但是命運捉弄我們，我救了你，你感恩圖報下嫁楊家。這是大錯特錯。問題是我們都是布農族生蕃，整個族群在現代化的社會中逐漸的消亡，再隔幾代，甚至一百年後，布農族就會成為人類考古學家的研究對象。

「但是就在此時，布農族裡出現了一個異類，就是我們的兒時玩伴，你的大情人，陳有為。為了我們族群的永續，陳有為的基因必須保存和傳承，世界上也只有你能完成這任務。所以，我就用老媽在暮遲之年，急著要抱孫子為藉口，說服你們為我生個娃娃。同時我也決定離開台灣，好讓你們在沒有任何心理障礙的環境，重新燃起你們的愛情。

「現在我已經走了，我也留下簽好了的離婚協議書，陳有為已經沒有任何理由拒絕你了。我知道他是無力阻擋你的愛情，莫馨，我要告訴你，如果你還不為我們布農族生個孩子，我死不瞑目。」

陳有為，你看我的罪孽有多深重？楊惠書是為了我，遠走他鄉，讓我無憂無慮的愛你，和你生孩子。但是他把命都丟了。幾年前我就開始在想，為了我的事業，以及我在你生活環境裡的地位，我三番兩次的反覆拒絕你，傷害你。我莫馨，是個好人，還是個惡人？我不斷的問我自己，但卻得不到答案。讓我想到的就是我在感情世界裡追求歡愉，最後，是否一定要和滅亡相連？我發現許多佛法精深的禪宗大師也是在問同樣的問題。我決定帶髮修行，到遠處的寺院閉關禪修。希望我重新入世時，已經洗清了我一生的罪孽，成為善良之人。

你是我們布農族的希望，更是學術界裡的明星，你一定要好好的活下去，趕快娶個好老婆，生一群孩子。不要放棄尋找你外公的努力，朝日新聞的調查記者明石晴子有新的資訊。

陳有為，好好保重，真高興我的人生中有你，雖然我們的相逢不能永續，但是曾經燦爛過，永遠不忘。

陳有為的眼睛充滿了淚水，視線模糊，但還是繼續的將莫馨的信讀了三次。他告訴自己，莫馨終於離他而去，一生牽掛著的愛情走到頭了。從此在學術的世界終了一生也會是無怨無悔。但是莫馨說的：

「再加上即將來臨的更大的責任」，是要告訴他，她已經懷孕了嗎？

第八章 合歡山藏金恩怨

明石晴子準時來到了加州理工學院的航空系辦公室，她報上姓名後馬上就被帶到陳有為的辦公室。他起身相迎，握手後，互換了名片。果然莫馨說得沒錯，來訪的客人是個美女。濃眉大眼，高鼻樑，顴骨略突，在雪白的臉蛋和一頭黑髮的相配下，笑容特別的吸引人。但是最讓男人動心的是她那一身惹火的身材，修長的大腿和豐胸細腰，在緊緊貼身的黑長褲和襯衫下，顯露無遺。陳有為首先開口，用英語說：

「歡迎明石小姐的光臨，請原諒我們大學老師的辦公室就是如此狹小和雜亂。」

「陳教授太客氣了，看見您的辦公室書籍，從地板堆積到天花板，怪不得加州理工在世界排行榜裡，永遠是名列前茅。也讓我們這些俗人，感到渺小。」

陳有為把辦公室的門開著：「明石小姐，對不起，學校的陋規，有異性訪客時，門須要打開。」

「記得莫馨跟我提過，陳教授做事一向規規矩矩，有板有眼，很有大學者的風範。」

陳有為說：「您太過獎了。請問來一杯咖啡還是茶？我這裡有現煮的工具。」

「太好了，如果您有台灣的高山茶，就給我一杯吧！」明石晴子是用標準的國語說的。

「真了不起，您是日本人，說中國話，卻一點口音都沒有，在哪裡學的呢？」

兩人開始用國語對話，陳有為在專心的泡茶，明石晴子說：

「我是跟我母親和祖母學的國語，她們都曾在台灣住過。還有莫馨，她也常常改正我的發音。」

陳有為說：「說起莫馨，她還好嗎？」

明石晴子苦笑了一聲，有些曖昧的說：

「您一定知道她是在寺院裡，帶髮修行已經半年多了，她閉關禪修，為的是要洗滌她的孽障。我們是多年的老朋友了，但是她還是不見我，只是在電話上吩咐了我。雖然喪夫之痛的心情已經平靜了許多，但是留下來給她的社會和家庭責任還是非常的重。每當思念起曾讓她刻骨銘心的戀人時，還是會很傷感的。」

陳有為沉默不語，明石晴子喝了一口茶後繼續說：

「您的高山茶一定是極品，味道好極了。對不起，請原諒我，說起不該說的事。」

看來他是不能打聽出莫馨的任何其他消息了，陳有為說：

「請明石小姐不必在意，這世界上充滿了無奈，留下的只有珍惜和祝福。莫馨是我一生的遺憾，我是不會忘記她的。」

「其實她是有福之人，曾經有過兩個男人把她放在心上，我就很羨慕她。我們已經是多年的老朋友了，在她身上發生過的故事，她都跟我說了。那是一份無法忘懷的愛情。」

陳有為好奇的問：「是嗎？她都說了些什麼？」

「溫泉水滑洗凝脂，芙蓉帳暖度春宵，春宵苦短日高起……還記得你們泡湯的日子嗎？還是在日本東京灣海邊的重逢更值得回憶？」

他有點不好意思：「不說莫馨了，說說您此行的事吧！」

明石晴子說：「好的，謝謝您，陳先生。我們朝日新聞在多年前就開始報導，二次大戰時，日本皇軍在東南亞搜刮金銀財寶，運回日本的事件。您聽過嗎？」

陳有為說：「不僅聽過，而且有濃厚的興趣。您在朝日新聞的報導，我都拜讀了。」

「這是個有計劃的行動，代號是『金百合計畫』。我們曾查出整個行動從開始籌畫，到實際進行搜刮，以及最後集中運輸回國，都是由當時日本天皇的兄弟負責。」

她喝了一口高山茶後繼續說：「根據美國政府解密的檔案，二戰期間日本裕仁天皇任命皇族成員竹田宮恒德親王組織和運作『金百合』計畫，將從中國和東南亞掠奪來的大量財物、黃金和珠寶運回日本本土。但是，面對即將戰敗的緊急情況，『金百合』負責人安排了『皇家藏寶點』隱埋他們的掠奪物。藏寶點工程的負責人是日本陸軍中佐『酒井雄二』。後來他被調往中國戰場。」

陳有為說：「我知道此人，日本投降時，他是駐紮在中國的山西省太原市。以後他跟隨當時日軍在中國的最高指揮官岡村寧次，參與了國共內戰，並且到了台灣。成為國民黨的軍事顧問。但是顧問工作結束後，他就定居在台灣。」

「長久以來，菲律賓流傳著一個被稱之為『山下黃金』的傳奇，圍繞著它，發生了許多邪惡無比、稀奇古怪、匪夷所思的事情。日本投降後，日軍指揮官山下奉文大將被控為甲級戰犯受審，在過程中有證人供出，『金百合』組織秘密建立的藏寶點。以後陸續在菲律賓的許多島嶼上發現了多個藏寶點，挖出了價值高達數十億美元的金塊、鑽石和白金。」

陳有為說：「我記得有人說，那是驚人的發現。」

「被發現挖掘出來的財寶，中飽了許多美國官員，也成為後來東西方冷戰裡的資本，更讓一些日本戰犯逃脫了絞刑架的命運。我們朝日新聞對這一系列的報導感到驕傲，因為它還原了歷史的真相。」

「明石小姐，您說的是沒錯，但是，有沒有重建普世的正義，卻眾說紛紜。」

明石晴子說：「是的，為了搜刮和掩蓋金銀財寶，日軍殺害了無數的無辜者，在戰後的審判中，皇軍的指揮官被送上絞刑台，但是沒有一位天皇的近親家屬被判罪。」

陳有為說：「如果我沒有記錯的話，日本皇室裡沒有一個人被起訴，更別說受審判了。」

「也許這就是您剛剛說的，這世界裡充滿了無奈。但是在最近美國國防部部分解密的檔案裡，隱約的透露，當年日本皇軍在台灣也有一個藏金點。去年，朝日新聞根據美方資料，要求日本政府也對相關文檔解密。目前還在進行中。」

「那麼明石小姐，您這次來就是為了這件事嗎？我個人對於促成日本政府去解密文檔，是沒有任何影響力的。」

「那也不見得。我請問，您知道一位叫『酒井武聯』的人嗎？」

「我知道一個名叫林武聯的人，聽說他後來改名為酒井武聯。莫馨應該對他很清楚。」

「是的，這些事莫馨都跟我說過。她還告訴我，多年前，林武聯曾經奪走了您當時

的女友。」

陳有為說：「看來您和莫馨是無話不談的好朋友。同時對她的近況還要保密。」

「我們開始是媒體職業上的朋友，但是莫馨是個善解人意的大美人，很難不和她親近。為她保密只是這次來拜訪您的任務之一。」

陳有為好奇的問：「是嗎？莫馨還交給您那些任務呢？」

明石晴子說：「現在還不能說，因為是跟您個人有關，必須在適當的環境下執行，請您拭目以待。此外，莫馨曾經調查過林武聯和酒井雄二的關係，我們是希望知道林武聯和尋找日本皇軍在台灣的藏金點，是否有關。」

「是的，多年前莫馨為了調查林武聯，曾被告上法院，還弄得她灰頭土臉。她沒跟您說嗎？」

「陳教授，莫馨說過，也提到了您的未婚妻張慧雯背叛了您，和林武聯發生了關係的經過。但是您知道，我們新聞調查的行規，一定要取得第二個消息來源的獨立驗證。這也是我來採訪您的主要原因。」

「沒有問題，何況這些都是多年前的舊聞，我不會在意的。」

明石晴子說：「太好了。我需要回到酒店向朝日新聞發稿，明天就是週末，您可以和我談談嗎？」

「當然可以。您住在哪一家酒店？我來跟您聯絡。」

「陳教授，我就住在離這裡不遠的康斯坦酒店，明天早上我等您的電話。」

加利福尼亞州南部最大的城市是洛杉磯，在它北邊的巴沙迪那城鎮又是最具有商業文化，以及藝術氣氛最濃厚的小城市。每年在它最繁華的科羅拉多大道，舉辦新年玫瑰花車大遊行，這是和紐約的感恩節梅西大遊行齊名，成為美國節日裡最富盛名的兩個活動，每年吸引了眾多的全世界遊客。

巴沙迪那市地處聖蓋博谷地區中心地帶，其周邊城市有若干個大型花園和植物園，其中漢庭頓圖書館是最著名的。它原來是亨利・漢庭頓的私家宅院，而主人曾經經營南太平洋鐵路公司，後來不斷擴大經營，成了一個金融帝國，他曾經同時兼任全美六十家公司董事。

六十歲時，他宣佈退休，從此致力於收藏書籍和藝術品，並美化了自己六百英畝大的牧場宅院。一九一九年，漢庭頓將這個莊園所有的財產和收藏品，轉交給了一家非營利的教育信託基金，成立一個大家共用的公共社會資源。每年接待來自世界遊客超過五十萬人。尤其是後來動工興建的中國庭院流芳園，逼真摹仿中國蘇州園林，特意從中國蘇州請來園林師傅精心打造。加上洛杉磯當地各界的鉅資捐款，成為洛杉磯地方一個引人矚目的新景點。中國明星章子怡、楊紫瓊和鞏俐參加拍攝的「藝伎回憶錄」，某些場景就是在此拍攝。

週末正好碰上春光明媚，氣候溫潤的季節，陳有為決定邀請明石晴子去逛逛漢庭頓圖書館。

漫步在花海叢林間，該是最賞心悅目的時光消遣了，他已經有很長久的一段時間把自己關閉在黑暗的傷感中。來到酒店時，明石晴子已經在等他，一副休閒觀光客的打扮，牛仔褲、襯衫、背包、草帽，再加太陽眼鏡，但還是不忘虛榮，把她最大的本錢，誘人的身材，顯露出來。

這所大宅院是由植物園、圖書館和藝術館三個部分組成，他們決定先參觀室內部分。圖書館收藏了英美歷史上和文學領域裡豐富的珍貴書籍和手稿，這些都是英美文明史上最寶貴的財富，一共擁有四百萬件之多的收藏品。

走進藝術館，就像是走進了極品的藝術殿堂，藏品豐富多彩，技藝巧奪天工，形象栩栩如生，這裡是珍貴藝術品的展覽處和世界經典園林的彙集處，讓人驚歎不已，流連忘返。

陳有為帶著明石晴子從室內走到室外，植物園占地二百多英畝，有十五個不同的花園，如精緻日本花園、沙漠植物花園、玫瑰花園、亞熱帶花園、莎士比亞花園等。他們一邊觀賞美輪美奐的庭園建築，以及來自全世界的各種奇花異草，明石晴子一邊開始了她的訪談。

「陳教授，可以說說您的初戀嗎？如果太多的話，就說一兩個有代表性的也可以。」

「我只有一個青梅竹馬的初戀，就是明石小姐的朋友莫馨。」

「您的初戀維持了多久？很驚天動地，轟轟烈烈嗎？」

「我們從小就認識了，小學，初中，高中，都在一起。一直到進大學才分手。」

「所以你們是在一起長大的，分手的原因呢？」

「我們進了不同的大學，在台灣的一南一北。莫馨是個活潑可愛的大美女，男朋友不在身邊，形單影隻，吸引了不少很優秀的男生，對她發起了猛烈的追求。她有了多彩多姿的大學生涯。在學校，環境和家庭的三重壓力下，莫馨和我在不知不覺中就越走越遠了。」

明石晴子說：「同時，您也另結新歡，她就是張慧雯嗎？」

「也不是什麼新歡，其實，她曾經是莫馨的好朋友。」

「我知道，你們走在一起後，感情發展得很快，大學畢業時就訂婚了。」

「我們的家庭背景非常不同，門不當，戶不對，張慧雯的父母非常反對。但是她愛情至上，奮不顧身，捨棄家庭，投入男友的懷抱。我們私定終身，訂了婚。但是我在美國留學的第三年，其他的男人進入了張慧雯的生活。他就是你們朝日新聞感興趣的林武聯。」

明石晴子說：「陳教授，您發現了未婚妻變心後，如何面對她呢？」

「張慧雯成長為一名聰明，漂亮，又能幹的年輕職業婦女，她在台灣的國際紅十字會工作。因為她又是富家之女，很自然追捧的人絡繹不絕。我自己終於明白，商界和學術界是平行線，永遠沒有交叉點，我和張慧雯生活在兩個不同的世界，有不同的朋友圈子，兩人之間的距離越來越大，分手成為很自然的發展。」

「她也同意你的看法嗎？」

「我寫了一封長信，用掛號寄到張慧雯的辦公室，但是沒有接到任何回應。我只能假定她是同意，分手就成為事實了。」

明石晴子的語氣突然變得特別嚴肅：

「莫馨已經告訴了我，他和楊惠書婚姻的前因後果，以及他在阿富汗犧牲的經過。這是發生在你們布農族裡的偉大愛情故事，一定會永遠的流傳著。我只想知道，您對武田寬人孫女，美照子所說的看法。可信嗎？」

陳有為說：「我認為可信，但是我不明白，日本黑道為什麼要追殺她？」

兩人在不知不覺中時間就飛快的過去，他們也已經成為手牽著手的男女觀光客，漫步在大花園裡。他們走到一棵大樹下，明石晴子把草帽拿下：

「我有一個要求，請你答應。」

陳有為說：「沒問題，只要是我的能力所及，一定答應。」

「我們可不可以不要互稱，陳有為教授和明石晴子小姐？我們彼此就叫，『有為』和『晴子』，簡單明瞭，又親熱。」

「當然可以了。但是有個小小的問題，我們學校有兩個『有為』，他姓鄭，我姓陳。我們都是台灣來的，所以英文名就差一個字母 g。常常被人混了，所以總是稱名道姓。」

「沒問題，我一定注意。有為，現在四處無人，我可以執行莫馨交代的第二個任務了。」

明石晴子的身體貼了上來，摟住了陳有為的脖子，深深的吻他的嘴。過了許久才放開他，但是馬上就把大草帽戴上，讓人看不見她的臉。陳有為說：

「晴子，你不怕這個親吻的任務，會留下很多的想像空間嗎？」

「這是莫馨的特別要求，她一定要我包容和佔領你的舌頭，全身要貼緊，擁吻不能短於兩分鐘。這一定是你們兩人親吻時的標準作業。」

不等陳有為回應，她就繼續說：「有為，我餓了，帶我去吃飯吧！」

在酒店的大廳裡等了一陣子，晴子才下樓來，陳有為才明白為什麼延遲下樓的原因。明石晴子是花時間著意的把自己打扮成非常亮麗美豔的婦女，淺色的花裙在膝蓋之上，露出了誘人的小腿，足蹬高跟鞋，走起來婀娜多姿，飄飄欲仙。陳有為開車帶她到附近的一個大商場，裡頭有一間自助餐飯館，提供全世界著名的美食。他帶著晴子先巡視了展示出來的豐盛各國佳餚，等坐定後，她說：

「可不可以再加一瓶紅酒？你會不會覺得我這人太貪心了？」

「太好了，正合我心意。」

陳有為很喜歡晴子的率直個性，他在等著紅酒的到來時，晴子已經迫不及待的起身去拿菜了。她首先是拿了一大盤水果：

「根據營養專家最新的發現，現在的理論是要先吃水果，而不是在飯後才吃，你趕快去拿，要不然都被我吃光了。別忘了拿無花果，那一定是從伊朗進口的精品水果。」

陳有為去拿了一盤餐前小食，晴子已經把兩人的酒杯加滿，他們互相舉杯祝對方身體健康，然後晴子就全神灌注在吃眼前的食物。一直等到她吃完了沙拉和湯，拿回來一盤主食後，她才抬起頭來說：

「有為，對不起，下午在漢庭頓花園的大樹下侵犯你，是不是把你嚇壞了？」

「晴子，你別把我這布農族生蕃想得這麼不中用，總有一天，要讓你見識見識。」

「別擔心，莫馨說過你的驚人能力。我可以拭目以待嗎？」

晴子和莫馨怪不得是好朋友，都是出口就驚人的談話方式。又過了一會，她說：

「我的吃相是不是很難看？」

「別擔心，看你的人都是在看美女，而不是在看美女吃相，你就安心儘量吃吧！」

「今天的烤魚非常好吃，你趕快去拿一份，去晚了會被人拿光的。拜託，順便再替我也拿一份。」

看著晴子享受美食的樣子，陳有為很高興：「你知道嗎？有人說，美食要慢慢的吃，味道會更好。除了陪美女吃飯，今天我沒有任何別的事，除非你還要趕時間，我建議你把速度放慢。」

晴子把刀叉放下，喝了一口酒：「我就知道吃相很難看，對不起，讓你丟臉。從現在開始，我會像貴婦人似的，慢慢的嚼，然後慢慢的吞下去。」

「但是晴子，要是讓莫馨知道了是我讓你消化不良，她會大興問罪之師的。」

「這個你就放心吧！她把你說成是個世界上最完美的男人，我還是第一次聽見她承認被你這男人迷住了。但是結果她敗在情敵手下，你就被一個壞女人給搶走了。」

「但是她還是把我從壞女人要讓我崩潰的邊緣救回來，這也是我一生的遺憾，恨我自己有眼無珠。」

晴子握住他的手說：「有為，莫馨對我說過，她從來沒有恨過你。是那個壞女人心黑手辣，再加上她伺候男人的功夫很厲害，莫馨也只能看著你被情敵俘虜了。所以她真的沒恨過你。」

「謝謝你，但願如此。她一直是個寬宏大量的人。」

兩個人的主食都吃得差不多了，晴子的饑餓情況顯然有了很大的改進，她已經不再狼吞虎嚥而是在細細的品嘗不同的美食。等到晴子端了兩杯熱騰騰的咖啡回到座位時，兩人都感到他們之間的距離縮小了很多。陳有為問說：

「昨天你曾經說過，母親和祖母都會說中國話，她們都在中國住過嗎？」

「是的，在我的祖先中，一百多年來有不少是擔任政府的官員，他們被派到亞洲國家，特別是中國去工作。如果你對台灣的近代史有所瞭解，聽過『明石』這名字嗎？」

陳有為說：「我當然知道有一位『明石元二郎』，他曾是日本帝國派駐台灣的第七任總督。」

「他是我祖父的祖父。我們的家譜和他的傳記都記載了他在台灣的事蹟。我記得他任台灣總督的時間很短，差兩個月到兩年，他是因病在任上去世。」

「那是我們布農族的福氣，他要是多活幾年，今天就沒有我們布農族了。」

明石晴子突然兩手捂住了嘴，然後問說：「你的祖先是來自布農族的托西幼部落，對不對？」

陳有為說：「沒錯，我的先人是被你祖父的祖父所制定的理蕃政策所殺。」

晴子說：「怪不得莫馨叫我要小心，你們布農族會對我出草，就是因為多年的血海深仇。」

「你認為莫馨會殺你嗎？她也是我們布農族的，她的先人也是來自托西幼部落。我問你，聽過台灣的大分事件嗎？」

「一定是日本人屠殺台灣原住民的事件，有為，你就說吧！」

「大分事件是台灣日據時期，原住民布農族抗日事件之一，當時的理蕃政策是執行殘酷的高壓手段，這是由日本陸軍大將，明石元二郎制定。它被後來的文官總督採用，執行。」

晴子說：「你是說，在大分事件發生時，明石元二郎已經不是總督了，對不對？」

「沒錯，但是他是始作俑者，不能推卸責任。時任的文官總督，田健治郎，按已經既定的方針，邀請布農族首領，前去花蓮港廳玉裡郡大分駐在所會談。但埋伏了在地的

守備隊長和憲兵分隊長，配備了機關槍和各式武器，對前去開會的布農族，托西幼部落的二十三位壯丁開火，當場全體格殺處死。布農族生蕃的後代們，情何以堪。」

「我理解了，陳有為，楊惠書和莫馨的先人們，都是來自布農族的托西幼部落，是被日本人格殺處死的二十三位壯丁之一。他們從小就被告知，不要忘記這血海深仇。所以莫馨又交代給我第三個任務。」

陳有為說：「莫馨還要你幹什麼？」

「現在還不能說。但是我可以說說我的祖先，明石元二郎的歷史。他是在一九一八年擔任台灣總督，之前，在一九〇五年日俄戰爭結束後，他就被派到台灣準備成立類似『關東軍』的『台灣軍』，在台灣住了很長的時間。在他去世前，他是首任的『台灣軍司令官』。他自己認為對台灣最大的貢獻是創立台灣電力株式會社，將日本時代台灣最大規模的電力建設，也就是日月潭水力發電計畫，完成定案。」

陳有為接著說：「我還記得他是唯一的台灣總督，在死後埋葬在台灣。他也是現在台灣華南銀行的創辦人。晴子，我說的對不對？」

「沒錯，明石元二郎是唯一的在任期中死亡的總督，遵照他的其遺言，遺體由日本福岡運回台灣，葬在當時台北三板橋日本人公墓，就是今天台北市中山區的林森公園，一九九九年，因為公園改建而遷葬到新北市，三芝區的福音山基督教墓地。」

晴子又說：「我聽母親告訴我，我可能有你們布農族的基因，因為我長的不像典型的日本女人。」

「說不定是當年明石元二郎強姦了我們布農族女人，留下來的野種。」

「不對，我媽說，很可能是當年家裡的女主人和布農族的男僕人，激情後的結果。你知道嗎？明石元二郎是日本有史以來，第一個國際間諜。常常出門不在家，男僕有機可乘。」

陳有為說：「太好了，你是我的族人，不必出草了。繼續說你的家庭故事。」

「明石元二郎年輕時，曾留學德國，後來被派到歐洲，先後在法國和俄國擔任過武官。他認識了當時的布爾什維克黨領導人列寧，他們在瑞士日內瓦密會，明石提出日本帝國願提供鉅額銀錢，援助列寧所領導的共產主義起義運動。同時他也對受俄國侵略的各國反抗人士，以及率領俄羅斯國內革命運動的社會革命黨，進行資金援助。目的是要在日俄戰爭時，對俄羅斯國內的反戰和反政府運動火上加油，造成俄羅斯沙皇政府的內憂外患，從各方面促使俄國政情不安，打擊俄羅斯繼續對日戰爭的決心，對日本的勝利作出了貢獻。」

「真沒想到，你的祖先裡還有這樣一位傳奇人物。」

「他的間諜生涯還包括了：暗殺俄羅斯帝國內政大臣維亞切斯拉夫•馮•普勒韋，

策動血腥星期日運動和參與促成波坦金號戰艦的叛亂。有歷史學家說：明石的情報工作與後來俄羅斯革命的成功有很大關係，他在歐洲的情報活動，影響了日俄戰爭的結果。」

陳有為說：「他是個很了不起的人，任何能影響歷史的人，都會留名於後世。」

「是的，他是我們明石家族裡，我最崇拜的一位。」

「我相信你的祖先明石元二郎曾經熱愛過台灣這片土地和它的人民，所以他才會把自己埋葬在台灣。我想知道，他的後人，也像他一樣嗎？」

晴子說：「我想是的，我從小就聽見我的長輩們，常常津津樂道美好的台灣。」

陳有為說：「晴子，你呢？你喜歡台灣嗎？」

「當然喜歡了，我都來旅遊過好幾次了，這裡有好山，好水，和好人。我的好朋友莫馨不就是你們台灣人嗎？」

「你會嫁給台灣人嗎？」

晴子驚訝的看著他，過了一會才回答說：「有為，你問我這個問題不公平。」

「是嗎？其實你已經回答了。」

她說：「我不明白，但是沒關係，我不明白的事可多了。」

陳有為問她：「可是你吃飽了嗎？總不能老是在饑餓中啊！」

「因為太好吃了，我已經吃得過飽了。等一會我必須要去健身房運動，燃燒掉一些卡路里。莫馨跟我說過多次，你是她認識過的男友中最優秀的，但是她命不好，傷害了你，一生悔恨。所以我對你是久仰大名，現在居然見到面，還能騙吃騙喝的。我得告訴她。」

「你要告訴她，她是個大騙子，因為見到我，讓你大失所望。」

「不是，我要告訴她，她對你的感受非常正確。」

「什麼感受？」

「你很迷人。」

陳有為愣住說不出話來，晴子說：「朝日新聞通知我去華盛頓，查訪幾個曾經和一個名叫武田寬人有關的人，他已經失蹤多時，警方認為他已經遇害。但是沒有遺體，還不能定為謀殺案。重要的是林武聯的影子出現了。」

在明石晴子去到華盛頓的一星期裡，幾乎每天她都會和陳有為通電話，顯然他們之間的距離在迅速的縮小。晴子回到洛杉磯時，驚訝的發現陳有為來到機場接她，高興的擁吻他。出了停車場，上了高速公路，晴子說：

「太謝謝你來接我，我還以為在漢庭頓花園侵犯你，把你嚇跑了。但是不好意思，讓你花時間。」

「不用謝，正好碰到今天沒課。此行收穫如何？有結果嗎？」

「有意想不到的收穫。東京警方在傳訊林武聯時，曾經問過他，最近有沒有到美國去收集武田寬人在二戰時的資料，他否認。但是我發現他出現在國會圖書館資料室的閉路電視。我也找到了他住的酒店，但是登記的姓名是酒井武聯，他很可能是有偽造的日本護照。」

「你們幹新聞調查的就和員警一樣，可以橫衝直撞，找資訊。」

晴子看了他一眼：「有人說，這是我們女記者的特權。明天又是週末了，你有空嗎？」

「沒問題，女記者的特權包括要求男人陪度週末，我奉陪到底。」

「好極了，我通知朝日新聞，將延遲三天返回東京。」

陳有為開車回到巴沙迪那的康斯坦酒店，晴子辦好了再入住的手續後，她說：

「有為，櫃檯留給我朝日新聞給我的資訊，我需要回房間去連線工作。晚上我請你吃飯，有好多話要跟你說。請你別拒絕我。」

「沒問題，隨時給我電話。」

明石晴子住的康斯坦酒店附近就有好幾家小餐館，陳有為選了一間他曾去過，廚子的手藝還不錯的美式西餐館，他們邊吃邊聊天，晴子問：

「林武聯的祖父可能就是那位負責藏寶點的酒井雄二，有根據嗎？」

「多年前，我們曾請一位歷史系的畢業生查過，是有很詭異的證據。當時酒井雄二是在台灣，擔任國民黨革命實踐研究院的軍事教官。合同期滿後，他定居台灣，並且改了名字叫『鄭忠』。」

晴子問：「這位鄭忠的戶籍是設在什麼地方？」

「他的身分證戶籍是在革命實踐研究院宿舍所在的區公所，但在他們的記錄備註裡，鄭忠是被列為失蹤人口，原因是在兩次人口普查期間，沒有此人存在的跡象。戶政機關得到法院的『死亡』裁決，也將他的後事處理了。但是實際上就是失蹤了。」

晴子說：「我們朝日新聞調查的資料顯示，酒井雄二是進入日本陸軍中野學校接受軍官養成教育，那是一所專門為了侵略中國所設立的諜報及特工的軍事學校，他學會了流利的漢語。畢業後被派往日本關東軍擔任情報官，但是太平洋戰爭爆發後，南進的日軍統帥山下奉文要求參謀本部調派酒井雄二為他擔任天皇的特別任務，就是極機密的『金百合計畫』。」

陳有為說：「這和我們的調查資料完全一樣。二次大戰結束後，國民政府從過去的經驗理解到，美國對中國的政策是依歸於美國的利益，在國共鬥爭問題上，並不一定會考慮到國民政府的前途。國民政府領導人寄望聘請反共的大日本帝國軍官，借重他們的力量來進行軍隊的再教育，同時考慮到岡村寧次等日本將官過去在大陸作戰與剿共的成績斐然，決定聘請他們擔任軍事顧問。」

晴子說：「朝日新聞在日本也找到同樣的記載。有為，請繼續說。」

「其實，這些都是莫馨在當年的調查結果；二戰將結束後時，日本參謀本部命令岡村寧次，與在山西的第一軍司令官澄田睞四郎，與國民政府軍最高指揮官何應欽以及山西軍閥閻錫山締結『共同打擊共軍』的秘密軍事協議。其中岡村寧次與何應欽的密約是在芷江簽訂，被稱為『芷江協定』。而岡村寧次就在戰後便出任中國戰區日本官兵善後聯絡部長，並且出任國民政府軍參謀。」

晴子說：「有為，你知道一個叫『白團』的組織嗎？」

「我正要說它。一九四九年，岡村寧次與澄田睞四郎，十川次郎等日軍高級軍官商議，募集舊日軍兵團參謀或連隊長級軍官富田直亮等高級軍官，在東京組成軍官團，來台灣協助國民政府對抗中共，由陸軍少將富田直亮，化名為『白鴻亮』，擔任軍官團團長，所以在後來軍官團就被稱為『白團』，而富田直亮也被任命為中華民國陸軍上將。」

「白團的任務是什麼？他們和藏寶點有關嗎？」

「我相信白團的任務是和日軍的藏寶點毫無關係，但是白團裡的成員是曾參與過日軍藏寶的事件。白團在台灣的目的，第一是負責設計台灣防衛計畫，第二是重建國民政府的部隊，並施予精神教育，以及戰時的動員體制施行。白團的教官都是過去日軍少將至少佐級中堅核心精英，實力相當於戰前日軍三個師團的腦力。美軍駐台後，白團駐在地由圓山轉往石牌，並且以實踐學社名義運作。另外，白團在東京也有一個支持的軍事研究所，稱為『富士俱樂部』，專門搜集研究有關戰史、戰略、戰術的資料，每週定期開一次研究會，並以台海危機等列為主要研究課題。」

晴子說：「很顯然，岡村寧次會自然而然的邀請酒井雄二參加了白團。」

「是的，二戰結束前，他來到山西，日本投降後，閻錫山請他協助對抗中共。之後，當年的在華日軍最高司令官岡村寧次，邀請他加入白團，來到了台灣，白團是在一九六八年解散，但是酒井雄二卻留在台灣。」

「根據朝日新聞的採訪調查，白團中有不少的軍官都留下來，在台灣居住了一段時間。」

陳有為說：「對於日本帝國的軍官，台灣是個很奇妙的地方，因為台灣和日本的官方以及民間互相疼惜親愛。」

「我們日本人對台灣也是有特別的好感，很多年輕人把台灣當成旅遊的第一選擇。」

陳有為繼續說：「台灣民間懷念『日治』的心態是很普遍，從日本的美食和觀光旅遊到日本的外交政策，一律照單全收。台灣的政府的官員們也是有『日本皇民』的心態，教育部審定的教科書裡肯定了『日治』史觀。宣揚日本軍國主義侵略光榮的一個紀念公園昂然挺立在宜蘭縣的南澳鄉，無人去干涉。在台北市中山堂舉辦的『紀念抗戰展覽』居然能見到為日本人統治台灣歌功頌德的評論。」

晴子說：「我曾看過日本皇軍記錄中，有一位飛行員，名叫『泉川正宏』，他是台灣苗栗人，中文名是『劉志宏』。『神風特攻隊』在菲律賓被擊落戰死，靖國神社裡就有他的牌位。」

「晴子，你知道嗎？在北投公園建立一百周年慶祝會上，主持人追思日本神風隊的豐功偉績，特別指出公園裡的『北投文物館』就是當年的『佳山旅館』所在地，是隊員在出擊前夕，和台灣美女度過最後一夜的地方。市府官員如皇民思古，懷念被統治的美好。」

晴子說：「根據莫馨形容她的初戀，你不像是一個反對男人一生裡最後一次的男歡女愛，對嗎？」

「我是在說歷史事件，不是在敘述愛情故事。」

「是嗎？還記得十年前，赤裸裸的莫馨被她的初戀緊緊的抱著泡湯嗎？和中國歷史上的大美人楊貴妃一樣，莫馨任由她的初戀隨心所欲的蹂躪。華清池的歷史事件，不就在離北投不遠的陽明山又重演了嗎？歷史事件裡充滿了纏綿悱惻的愛情。」

「晴子，你和莫馨真的是好得連這種事都談嗎？」

「你敢做，她就敢談，所以我們成為好朋友。」

「晴子，說到歷史，你想知道後來發生的事嗎？二戰勝利後，蔣介石拒絕了盟軍統帥部的要求，逮捕日軍在華最高指揮官岡村寧次，引渡他到東京，接受盟軍軍事法庭控告他是甲級戰犯的審判。日後，當他的日軍同僚一個個被判處死罪，走上絞刑台時，在中國發生了集體失憶症，忘記了曾在南京發生的大屠殺，南京軍事法庭宣判這名同時被中共在延安宣佈為『第一號戰犯』的岡村寧次，無罪釋放，然後他就成為老蔣的軍事顧問。你知道最後他是怎麼死的嗎？」

晴子說：「在日本就有人說，如果不是國共鬥爭，岡村寧次是應該被送上絞刑台的。他是在一九六六年九月，因心臟病而死，那年他八十二歲。」

陳有為說：「別老是談歷史了，說說你自己吧！」

「我們要換個地方，有為，你吃飽了嗎？我請客，你回家還得吃泡麵，那就太不夠意思了。」

晴子牽著他的手，一路散步回到酒店。她以需要換衣服，隨心所欲大聲說話，掉眼淚，等等為理由，並且保證不侵犯，說好說歹，請陳有為到她的房間暢談，但是最後的殺手鐧還是一瓶上等紅酒，攻破了他的心防，被晴子俘虜，跟著她進房。倒滿了兩杯紅酒，換上寬寬大大的襯衫，露出誘人的大腿，晴子緊挨著陳有為坐下。

「晴子，你的小心眼就是要在我面前炫耀你的性感大腿。」

「沒錯，你知道，女人的大腿是需要男人的撫摸才會更性感的。」

他轉開了話題：「你不是要說說你自己的事嗎？」

晴子喝了一口酒：「你知道我是如何的和莫馨成了好朋友的嗎？」

「從新聞專業認識，發展成個人友誼。」

「是沒錯，但是我愛上了她。」

陳有為驚訝的問：「你是說，發展成為同性戀的愛情嗎？不會吧，莫馨是典型的喜愛異性。」

「莫馨是個非常善良的人，她沒有排斥我，反而一再追問我是不是在愛情上受到了打擊。」

「你有嗎？」

「這就是我想要告訴你，我的故事。」

晴子又喝了一口酒：「我的大學是在巴黎的索邦大學念的，你知道嗎？我曾經有過毀滅性的感情生活。有人說，住在巴黎就躲不開愛情。不同的是，我愛上了一位比我大十歲的老研究生，他在神學院修神學博士，而我是新聞系一年級的學生。是他開始了我的噩夢。」

「晴子，愛情是沒有年齡的差別，年輕的女學生愛上同校的學長，比比皆是，怎麼能說是噩夢呢？我念小學的時候就曾經愛上了我的音樂老師，那是我一生裡的第一次單相思。」

「結果呢？」

「老師一狀把我告到我老爸和老媽那，害得我挨了一頓痛打，幸好是我外婆救了我。」

「那還不是噩夢嗎？」

「打過了就算了，第二天照舊在學校裡嘻嘻哈哈找樂子。音樂老師知道我為她挨了揍，就對我特別好，還親了我。雖然被爸媽狠狠的揍了一頓，但是太值得了。」

「我沒有你那麼好命，我的老情人是有婚姻的人，我有眼無珠愛上了他，他是個傻瓜，讓老婆發現了他有婚外情，而他又沒膽子和黃臉婆離婚，他老婆就成天到學校裡來找我麻煩，罵我是個無恥的淫婦和妓女，把我弄得灰頭土臉的。」

陳有為說：「對一個大學一年級的年輕女孩，我能想像是很讓人煩心的。」

「有一天，他來要求我們分手，我以為是他終於決定要回到老婆和孩子的身邊，我沒說什麼就同意了。後來我在校刊上看到他寫的公開信，向他妻子道歉，說他不該欺騙她。但是還指名道姓的說，是我勾引他，而他只是我眾多男友中的一個。從那以後的三年裡，我在校園裡都是低著頭走路，再也沒有交朋友，我恨男人。」

「世界上的男人不全是這樣的。只是你的運氣不好。後來呢？」

「畢業後，我回到日本工作，碰到了莫馨，她很專業，但是也很可愛，我就愛上了她。但是她以發生在她自己的故事說服了我，跳出了同性戀的陰影。」

晴子開始哭了，身體在抽動，眼淚不停的掉下來，陳有為把乾淨的紙遞給她擦眼淚，她說：「摟住我，我就不哭了。」

他鬆開了握著她的手，緊摟著晴子的腰，果然她不哭了，他說：

「男女之間的愛情是很美的，但是相愛的人中會有悲劇性的人物，我想是你的命裡註定要碰見這麼個男人。我自己的戀愛也是如此，但是我沒有放棄愛情。」

晴子沉默不語，陷入深思。開始撫摸自己的大腿，她問說：

「你會想念和你分手的未婚妻嗎？她也曾經是你長期的女友，是嗎？」

「我現在明白了，認識的時間長久並不重要，重要的是你對她有多瞭解。我和她有過愛情外，還對我們的未來做過承諾。但是事後我才知道她有許多事都沒告訴我，在她陷入困境時，遺棄我就成為她解決問題的方法。其實如果她能早一點告訴我，也許我能幫她度過難關，這些都是事後的話，說了也沒用。更有可能的是，也許她老早就打算和我分手，只是我自己糊塗而已。」

晴子問說：「她的婚姻快樂嗎？」

陳有為沉默了一會才回答：「不知道，分手後就沒聯繫過，我人又在美國，連我們共同的朋友都不見面了。好了，不說我了，我們還是言歸正傳，你的故事都說了嗎？」

「我都說了。不過你還是可以問我，我一定滿足你。」

陳有為看著她，曖昧的說：「是嗎？無限的期待，太好了。」

晴子的撫摸停了，她捶了一下他的大腿：「是你應該來撫摸我的大腿，別太小氣。」

她閉上眼睛，開始享受身邊的男人，但是她聽見：

「晴子，你能告訴我，朝日新聞為什麼對酒井祖孫兩人感興趣？」

「日本發生了一起人口失蹤案，我們知道失蹤者是武田寬人，但是警方將詳情對外嚴格保密，這是非常不尋常的事。朝日派我調查，我發現警方在尋找一個叫酒井雄二的人，我想知道他是為什麼成為這案子嫌疑人。」

喝了一口酒後，晴子繼續說：「我從當年日軍參謀本部的檔案裡，看到他曾是『金百合計畫』的成員。所以我懷疑是和日本皇軍的藏金有關。莫馨說你是個非常優秀的學者，邏輯和分析的能力很強，一定會替我解決困難的。我吃定你了，你一定得幫我忙。」

「沒問題，能辦到的，我一定會盡力而為。晴子，當年日軍建築藏寶點時，徵用了很多台灣的原住民勞工，你在日軍參謀本部的文件中，有沒有看到一份這些原住民的名單？」

「這份名單也是我們要找的，因為當年的金百合計畫，要求日軍在封存金銀財寶之後，就地格殺這些勞工。當年在菲律賓是如此，我相信在台灣同樣的事情也會發生。在日軍參謀本部的檔案目錄裡是有一份叫『金百合計畫台灣合歡山藏寶點勞工名單』，但是名單已經不見了。」

晴子又喝了一口酒，然後繼續說：「二戰時代的檔案都是存放在政府的歷史檔案庫，根據他們的收發記錄，這份名單最後是被武田寬人借出的，這位武田先生二戰時是在菲律賓擔任金百合計畫藏寶點建築任務。他的頂頭上級就是酒井雄二大佐。」

「晴子，我明白了，這位武田就是失蹤者，警方認為他已被害，所以就以命案處理，因此也採取了保密措施。酒井雄二也就成為殺人嫌疑犯了。」

「果然，到底是名學者，真聰明。但是你知道他的殺人動機嗎？」

「警方是如何說的呢？」

晴子回答說：「警方連嫌疑犯是誰都保密，當然不會公佈殺人動機了。不過我們的調查找到了動機。武田是在最近皈依了基督教，他對戰時格殺無辜勞工感到無限的懺悔。當他知道被殺的家屬親人還在尋找亡魂時，他決定將整件事情，包括勞工名單和藏寶點位置公佈於世。武田寬人是最後借出勞工名單和藏寶點地圖的人，他的外孫女兒，美照子說，他只是想要被格殺在藏寶點裡的亡魂能回到他們親人身邊。」

「晴子，我猜酒井雄二不允許這樣的事發生，所以殺了他。估計這分名單和地圖也是他拿走了。」

「有為，我們找到了美照子，但是她隱蔽自己，因為有山口組黑道在追殺她。原因不明，但是使案情更為複雜詭異。我介紹莫馨給她，沒有透露她記者身分，只說她的男友家人是藏金點的受害勞工。因此你們見到了美照子。但是驗證了勞工名單的存在，而藏金點地圖還是不知去向。」

晴子的手越來越放肆了。隔了一會，晴子低著頭說：「陳有為，我喜歡你。」

陳有為移動身體，把晴子摟得更緊：「你是個很有內涵的美女，我也喜歡你，我想要更瞭解你。」

陳有為不說話，只是目不轉睛的盯著她，晴子被看得有點發毛：

「你怎麼這樣看人呢？一副壞心眼的樣子。」

「是嗎？男人看美女是天經地義的事，怎麼就成了壞心眼了呢？」

「我知道你在心裡把我的衣服一件一件的脫下來，要看看我的身體是真的，還是假的。告訴你，我沒有做過整形手術。」

陳有為說：「晴子，你有漂亮的臉孔和惹火的身材，是吸引男人的本錢。但是對於我來說，是你的內涵吸引了我，和你談天說話讓我對你另眼相看。你完全知道，我是在劍拔弩張的狀態，一直都想要穿刺你。但是你放心，我不會傷害你的。」

「我有自知之明，比起你的莫馨和背叛你的壞女人，我還差遠了。但是你會對我做深入的欣賞嗎？」

晴子在言語上的挑逗很明顯了，她特別的加重了「深入」兩字。陳有為也不甘示弱：「那是一定的了，尤其是在日本的美女面前，我們布農族生蕃絕不手軟。」

「能告訴我，你會要多深入呢？」

晴子的攻勢一點都不放鬆，陳有為也正面迎接對抗：

「我會很深很深的進入，一直到佔領美女的靈魂。」

晴子還是不甘示弱：「那你就不怕我吞噬了你，把你緊緊包住，不讓你出去嗎？」

「那我一定要拭目以待了。」

她曖昧的笑著說：「男人都是一樣，就是會自我膨脹。」

「要是不膨脹，美女就不歡迎了。你說不是嗎？」

「我不跟你鬥嘴了，你是大教授，算你厲害。但是我還有莫馨給我的第三個任務要完成呢！」

「晴子，你已經完成第一個為她保密的任務，上周又完成了第二個熱情擁吻的任務。你還要替她幹什麼？」

「莫馨要我代表明石元二郎的家族，向布農族托西幼部落的後人，為殺戮他們的祖先，做出救贖。」

「莫馨想要叫我幹什麼？」

晴子說：「莫馨要我當你的慰安婦。我看你今天是出不了這房門了，你就死心的等明天走吧。」

陳有為說：「你是有深度涵養的新女性，而我是要對你做深入的欣賞，這項工作還沒結束呢！」

他繼續的說：「晴子，男女相悅的愛情應該是靈肉合一的，從古到今，很多持久不渝的愛情都是從肉體上的男歡女愛開始。在我們中國古代，男女第一次見面是在新婚之夜，他們在床上赤裸裸的肉帛相見，佔領了對方，開始了以後數十年的愛情。」

「同樣的，我們日本的社會學家說，在從前的社會裡，沒有今天的自由戀愛，男女的婚姻是安排的。新婚之夜就是新郎強姦新娘的一晚。但是結果卻是為來日的一生奠下了日久天長的基礎。」

「晴子，我認為男歡女愛的激情是婚姻裡不可缺少的元素。」

「你讀過一本英國作家勞倫斯寫的最後一部長篇小說《查泰萊夫人的情人》嗎？」

「當然，那是所有小男生啟蒙的書，怎麼能不看呢？晴子，我還記得它的故事是描寫一位上層階級社會中年輕的查泰萊夫人，她的丈夫在第一次世界大戰中負傷癱瘓，性生活無法滿足的挫折使她開始邂逅一名獵場看守人，展開了一場婚外戀。晴子，我說的對嗎？」

「沒錯，最後查泰萊夫人的婚姻失敗，就是因為那是一場無性的男女結合。無法產生愛情的火花。當時這是一本禁書，因為描述查泰萊夫人和她情人間的肉體關係，有很露骨的性愛描寫，引來許多評論家的非議，說是用詞猥褻。」

陳有為說：「也有人說，那是因為女主角是貴族階級，而男主角是勞工階級，是禁忌，他們是不能上床的。正如你母親說的，明石家族的女人，與布農族生蕃男僕人曾有過激情，才留下了這麼美麗的晴子。但是卻不可以載入族譜。」

晴子看著他曖昧的說：「小說裡有一段描寫他們在樹林裡做愛的情節；『他從後面撲來，又快又猛烈的與她野合，如同動物一般』。」

「勞倫斯是個地道的寫實作家，但是我忘了勞倫斯有沒有描寫高等社會裡的查泰萊夫人，被普羅階級的獵人在樹林裡從後面穿刺蹂躪她，是什麼感覺。新鮮的經驗，一定是很爽。」

「多年前，你最後一次蹂躪莫馨，不就是這樣嗎？」

「真是的，她居然會跟你說這些事。」

「我們會分析比較你的一舉一動，你是如何的把莫馨弄得死去活來，看看你是否是從這本書裡學來的招數。」

「上帝！你們是什麼樣的朋友？晴子，你們真的是無話不談嗎？」

「我們是好朋友，落在我們兩人的手掌中，看你往哪裡跑？何況你已經劍拔弩張很久了，你不知道嗎？男人憋得太久對身體不好，要及時播種才行。」

果真，當晚陳有為沒能走出晴子的房門。

第二天是週六，豔陽高照，氣溫大增，決定去聖地牙哥南邊，離墨西哥邊界不遠的

海邊。他們在酒店的餐廳吃早餐，晴子笑著說：「在日本，男女交朋友，即使是到了共進燭光晚餐，甚至有了餐後的餘興節目，都不會被人羨慕。但是如能共進早餐，就會被大家羨慕死了。」

「日本人學問太大，不懂。請解釋。」

「我們認為，吃頓晚餐，餐後餘興，不過是蜻蜓點水，意思意思而已。但是共進早餐則表示一夜折騰，淋漓致盡。我不是就被你整得都不行了嗎？」

陳有為笑瞇瞇的回應：「是嗎？沒有吧！」

「陳有為，你別裝糊塗，是你說的，為了報仇，對我絕不手軟。可是，別擔心，你還是很溫柔，很會惜香憐玉的。」

兩人一身輕便休閒裝，晴子還是戴了她那頂時尚的大草帽，加上一副太陽眼鏡，是一個典型的美女觀光客。陳有為上了高速公路，向南奔去。漸漸的沿途出現了拉丁美洲風味的建築，繞過了聖地牙哥市，車輛顯著的減少，浩瀚的太平洋進入眼簾，景色為之一變。他們在蜜月灣下車，陳有為說要帶她到浪茄灣，那是一處神秘的世外桃源。他們沿著一條小路走，不久就到了浪茄灣，灣口很小，灣外是洶湧的巨浪，但灣內的水平靜的像一面鏡子。這兒沙灘非常優美，水清沙幼，清澈見底，藍天之下，碧水之旁，除了遠處的一個遮陽傘下，有一對男女躺在那裡，放眼望去，不見任何其他人影，大自然的安排下，浪茄灣真的是有如世外桃源。陳有為和晴子找到一塊有樹蔭的沙灘安頓下來，從背包裡拿出一條大毛巾毯子鋪在沙灘上，兩個人都在毯子上坐下。陳有為說：

「這幾年來，這裡是一點都沒有變，還是這麼美，還是不見人跡，唯一的是增加了一個淋浴的設備。」

「那大陽傘底下不是有兩個人嗎？」

「他們已經進入了忘我的境界，所以不能算數。」

晴子才注意到，那對男女已經把對方的衣服剝下了，赤裸裸的擁抱著。

「看他們多熱情啊！是不是讓你想起來，從前你也曾在此地和莫馨如此這般呢？」

他開始把鞋和襪子脫下來：「那你去問她吧！」

「陳有為，你想游泳嗎？」

「太想了，但是我沒帶游泳褲。」

「我買了一條泳褲給你。」

「啊！太好了，你是個很會體貼人的朋友。」

「哼！現在才發現，後知後覺。」

晴子從背包裡拿出一個小盒子遞給他，露出一臉曖昧的笑容說：

「拿去吧！」

「這小盒子是什麼？你不是要給我一條游泳褲嗎？」

「打開就知道了。」

陳有為打開了盒子，裡頭有一個黑布做的「袋子」，袋口還有黑色的細繩，他驚呼的說：「哎呀！晴子，你買錯了，你買了個大保險套。」

「誰說的，我看過一部電影，裡頭的猛男都是穿這樣的泳褲。」

「原來你把我看成是個猛男，太洩氣了。」

「哼！莫馨說你比猛男還猛，別以為我不知道。」

晴子倒在毯子上，將陳有為拉下來，俯身在他身上開始了長長的濕吻，她吸了一口氣說：「看那兩個在陽傘下的男女多幸福。」

那一對男女已經展開了全方位的做愛，熱烈的激情在向遠方傳去。晴子站起來把牛仔褲從她長長的腿上脫下來，再把上身是緊身套頭的短袖襯衫也脫下來，她裡頭沒有戴胸罩，她毫無忌憚的把光溜溜的裸體展示給陳有為，他被眼前均勻對稱的長腿細腰豐胸身材吸引住了，晴子說：「看清楚了吧！跟你說過，我全身都是原裝貨，沒有加工品，相信了吧？」

「你是我見過最美的身材。」

「比起你的莫馨呢？」

「有過之，無不及。」

她換上一件特小號的鮮紅色迷你比基尼，薄薄的布料緊貼在皮膚上，高挺著的乳房向他接近，陳有為被眼前的絕美女神壓得透不過氣來，他說：

「你這套泳衣是這麼節省材料啊！看了讓男人心驚膽顫。」

「這是和我給你買的游泳衣相配的，明白嗎？」

他聽見晴子說：「我要你換上泳褲。」

晴子把一瓶防曬油交給他後就倒下來趴在毯子上把頭枕在手臂上，她說：

「莫馨沒有騙我，你看起來是很可口，吃起來一定……」

她沒有把話說完就閉上了眼睛，陳有為將防曬油擠在手掌上開始在晴子的身上擦抹，潤滑的手遊走在光滑的皮膚上帶給他非常奇特的手感，他開始感到她也有了反應，在手掌撫摸到敏感部位時，她會從喉嚨深處發出無法識別的聲音，也會扭動身體來迎接他的手，索求更強的接觸和撫摸。晴子把身體翻過來躺在毯子上，她把三角褲扯下：

「我要你把我全身所有的地方都擦防曬油。陳有為，你是從哪裡學的？被你摸得好舒服。」

「只要你喜歡就好了。」

陳有為慢慢的但是全面的撫摸，時強時弱的力度，顯然挑起了她的情欲，晴子的臉變得通紅，兩個乳頭漲得又大又硬。晴子渾身發熱，顫抖的在他耳邊說：

「我要你……」

陳有為失去了所有的反抗能力，被鞭策著，在晴子排山倒海的激情中，他被緊緊的包住了。汗水在兩個赤裸的身體上不停的流著，在一陣顫抖後，終於風平浪靜。他們走進浪茄灣碧藍的海水裡翻騰，快速的在一平如鏡的海面上游著，不時的潛入海裡，然後躍出水面，薄薄的比基尼緊貼在陽光下閃亮的肉體。

他們在海水裡緊緊的擁抱，將全身每一寸的皮膚都緊貼在對方的身體上，體溫隨著韻律的運動逐漸上升，傳熱到身邊的海水，攪動了一波又一波的漣漪，出現在如鏡的海面上奔向遠方，又一次的呼喊和顫抖後，再度恢復了平靜。他們在落陽夕照時離開了太平洋岸，驅車回酒店。

快到時，晴子的手機響了，是她的上司叫她立刻返回東京，有重要任務。陳有為開車送晴子到洛杉磯國際機場，她一路上似乎心事重重，沉默不語。

道別時，晴子說：「對不起，我侵犯了你也欺騙了你。但是無論發生了什麼事，請你一定要記住，晴子愛上了你。」

陳有為看見了她眼眶裡的淚水。

第九章 黃金懾人

「日本愛國聯盟」是個新的政黨組織，它是當前政壇上幾個極右派保守主義小政黨的聯合體，有著很濃厚的「法西斯」色彩。他們打著天皇的大旗，主張恢復日本軍國主義，成為亞洲的盟主。目前，他們集中精力在「造勢運動」的活動，號召年輕人認同和擁抱他們的信仰，以及加入他們的團體。

酒井武聯是「聯盟」裡的積極分子，除了參與各種造勢活動外，他還有一項非常重要的責任，就是籌畫財政來源，這一點他是信心十足。

今天的造勢活動主要是為了募款，是由一位聯盟份子以早稻田大學校友的身分，租用校友會隔壁的皇家大酒店二樓聚會大廳舉辦。酒井武聯在兩天前就住進了酒店，投入了聯盟的募款酒會準備工作。

這是一個盛大的酒會，請了東京地區的達官貴人，社會名流，還包括了演藝界的俊男美女，也算是盛況空前了。明石晴子刻意的將自己打扮起來，穿了一件薄料子的黑色緊身滾著紅邊的長裙，把她一身誘人的身材和讓男人想入非非的線條都顯露出來，她腳上穿的是三吋高跟鞋，跨出婀娜多姿的步子，長裙的下擺雖然觸及腳背，但是高高的開叉又將她一雙雪白誘人的大腿時隱時現。

晴子出現時，很多人還以為她是酒會請來的電影明星。愛國聯盟花了大錢，請來了東京的名廚師以最好的材料做出各式精美可口的小吃，各種美酒和香檳像流水似的供應，不少男士們圍繞著晴子，被她的美豔迷住了，陶醉在她優雅的談吐裡。而不少女士們則遠遠的看著她的一舉手，一投足，盼望著天花板上的吊燈突然掉下來砸在她的頭上。

酒井武聯來到明石晴子的身邊：「明石小姐，歡迎光臨，您的美麗使我們的酒會更加出色。」

他張開了雙臂將要擁抱她時，晴子已經伸出手來，他只好握住。她說：「啊！是酒井先生，好久不見，您的神采更加飛揚了。首先謝謝您的邀請，同時恭喜您這次主持的酒會成功。」

「感謝明石小姐的美言，所以您是認同我們同盟的主張和理念了，那麼我希望邀請志同道合的明石小姐加入我們同盟。」

「我是非常願意，但是您知道我們朝日新聞社的規定，記者是不允許參加政黨的，太遺憾了。」

「我相信一旦我們同盟執政後，這種不合理的情況就會被取消了。明石小姐，我們上一次談過的一些問題，我還有需要請教的地方，我們可以換一個比較安靜的地方談一談嗎？」

酒井武聯把晴子帶到聚會大廳門外的走廊，在角落的圓桌旁坐下。他說：

「你到哪裡去了？我到處找你都找不到。」

「我被派到美國出差，剛剛才回來。你找我有什麼事？」

酒井武聯說：「你到美國去幹什麼？」

「當然是去採訪了，朝日派我出差還能幹什麼？」

「上次問你我們的事，你考慮好了嗎？」

晴子說：「我們的事？我們有什麼事？」

「你別跟我裝糊塗，我要你跟我結婚。」

「啊！你是說過，我不是已經回答你了嗎？結婚是要有戀愛的過程，我們之間有愛情嗎？」

「我們認識快有一年了，你難道沒有感到我很愛你嗎？」

「我想起來了，上次我們是已經談過了。我感謝你對我有好感，但是這距離要結婚的愛情還有一大段路呢！」

「但是我對你說得很清楚，我們的婚姻會是非常不同的。首先我們在政治和國家的理念上是完全志同道合。我們要恢復從前日本大帝國的光輝，我們要重建日本帝國的軍事力量。我跟你說過，我們即將得到一筆天大的財富，作為取得政權和後續建國的資金。而你是明石家族的後代，你的歷代祖先出過不少優秀的將軍和政治家，你我的結合，將會進一步鞏固我在愛國同盟裡的領導地位，也將會促成我們最終取得執政權的勝利。」

晴子笑了，她說：「酒井先生，你終於說明白了，你要利用我。如果我嫁給你，你就可以利用我們的婚姻，達到你的政治目的。那我又能得到什麼呢？」

他很嚴肅的說：「當然，你除了會擁有巨大的財富外，榮耀和權威也會跟著而來。」

「我想要的愛情呢？它不包括在你和我之間嗎？」

「當然包括了。我一再的表示要和你有更親密的關係，但是你總是推託，不給我機會。」

「那不是愛情，你只是想要和我上床，玩玩我的身體。不是嗎？」

「晴子，我是真心的，難道你還感覺不出來嗎？你的要求，我不是都做到了嗎？」

「你知道我喜歡做記者，調查真相，撰寫報告。」

酒井武聯打斷她，插嘴說：「我跟你說過，結婚後我不反對你繼續在朝日新聞工作。」

「可是我問你要的那兩分報告呢？你明知道幹我們記者這一行的競爭很激烈，要想出頭就要有獨家報導。我請你讓我看看你們愛國聯盟的金主名單，我好寫你們籌款情況，這將是我取得的獨家消息，今晚都要截稿了，你還不給我看，這就是你對我關心的表現嗎？」

酒井武聯說：「我費了九牛二虎的力量，終於拿到了你要的名單，但是你只能看，不能複印。」

「那另外一份布農族原住民的名單呢？」

「我也有了。都放在我房間裡，我們散會後，你來找我，我帶瓶香檳上去，我們邊喝邊聊。」

愛國聯盟的酒會結束時已經是晚上十一點了，晴子是在半小時後來到了酒井武聯的房間，按了一下電鈴，房門就打開了。酒井武聯愣住了，顯然晴子是換了衣服過來的。她穿的是一身灰藍色的長袍，上身沒有袖子，只有脖子上的小領子，不但是兩條手臂都露出來，連大半個肩膀都在外面，下身其實就是改良式的中國旗袍，兩邊長長的開叉露出了若隱若現的長腿。一頭滿滿的黑髮燙得捲捲的，只是把雙耳蓋住了，酒井武聯一直認為晴子最性感的脖子和肩膀都一覽無餘，晴子的臉上沒有脂粉，唯一的化裝是淡淡的口紅，身上沒有配戴任何首飾，原始性的美，使男人產生更大的幻想。但是讓酒井武聯起了生理變化和看得發呆了的是她身上穿的衣服，那是用薄薄的料子做的，剪裁的非常合身，把她身上讓女人臉紅和男人心跳的每一根曲線都顯露無遺。她笑著說：

「怎麼？不認識我了嗎？別老是站著發呆啊，我可以進來嗎？」

「看你這身穿著，那個男人能不發呆？」

酒井武聯進門後，近距離把她一身看得更清楚了，高挺著的乳房像是要把胸前的衣料給撐破了，兩個乳頭清楚的印了出來，下身穿的超小號比基尼底褲的輪廓也顯出來了，很清楚的告訴他，除了小小的內褲和薄薄的長袍外，就是她軟玉溫香的肉體了。他把房門關上，然後從裡頭鎖上，她說：「你不是說有香檳嗎？能請我喝一杯嗎？」

晴子把手提袋放在櫃檯上，她看見有一個公事包是放在櫃檯下面。酒井武聯打開了香檳酒，倒了兩杯走過來，他這才注意到晴子腳上穿著他送的高跟鞋，看見她走起來特別的婀娜多姿，散發出來的性感和魅力隨著她在移動著。晴子說：

「我在酒會上遇見幾位從台灣來的台獨運動份子，他們都是你們同盟的金主嗎？」

「是的，他們是重要的捐款人，數量不小。基本上都是我個人說服了他們來參加。」

「所以同盟是支持台灣獨立的。」

「不是，我們不支持台灣獨立，但是要促成台灣回歸為日本的屬地。」

「什麼？這太不可思議了。你們是主張日本要出兵佔領台灣嗎？」

「晴子，請你不要把我們想得太笨了。我們不會用武力，我們要鼓動民意調查，用民調的結果修改憲法，完成回歸。」

「我認為你們的想法太天真了，台灣的老百姓還沒有得集體癡呆症。」

「台灣有很多的人，像我父親一樣，出生時台灣是屬於日本帝國，他們聽見的第一個國歌是日本國歌，看見的第一面國旗和第一個國家領袖肖像是日本太陽旗和日本天皇，喊的第一句口號是『天皇萬歲！』」

「你說的已經是歷史了，如果存在，也只是夢想。」

酒井武聯沒有回應，他繼續說：「按任何法理，這批人和他們的後代都應該是日本人。可是非常遺憾，今天的日本人不接受我們。但是這批人把日本當成是第一祖國，堅決相信大和民族是世界上最優秀的民族，我們每天定時收視日本NHK電視台的新聞報告，對在日本發生的點點滴滴如數家珍。對我來說，既使是當一個日本的二等公民也是光榮的。」

晴子打斷他：「等一等，你是說，你現在還不是日本公民，你連選舉和被選舉的權利都還沒有。那麼你參加日本政黨的目的為何？」

「你別急，等我們執政後，一切都會改變了。現在不說我了，說你的事吧！」

「是你告訴我來你房間看那兩份名單的，怎麼？你變卦了？」

「我對你從來沒變過，但是你變了。所以當你是我的人之後，我就讓你看名單。」

晴子發現酒井武聯在一瞬間掃過放在櫃檯下的公事包，她問：「你是什麼意思？」

「你是真不懂，還是裝傻？那我就老實告訴你，想要看名單，就給我脫衣服上床。」

「酒井武聯，你終於露出你的真面目了，你要的不是愛情，是我的身體。你如果真是這麼急，我就讓你親親吧！」

他從後面把晴子攔腰抱住，開始親吻她的脖子，他的一隻手緊緊按住她的小腹，然後開始向下移動。另一隻手在她的胸前遊動，撫摸著她的乳房，緊貼在身體上薄薄的衣料，讓酒井武聯感覺就像是在摸她赤裸裸的身體，他在快速的膨脹。晴子抬起頭來，閉起兩眼。似乎從喉嚨的深處發出了低沉但是充滿著渴望和情欲的聲音，同時慢慢的扭動著全身，柔軟的臀部在磨擦著他的膨脹。他似乎感覺到硬起來的乳頭，透過他正在撫摸的手傳出了明顯的資訊，這是女人的性饑渴嗎？酒井武聯再也無法克制了，抱住了她的後腦正要用力的吻她時，晴子推開了他：

「夠了，你不要再得寸進尺，把名單拿出來吧！」

「晴子，你為什麼急著要看名單呢？」

「我想知道吳坤和顏發雷有沒有在名單上。」

「吳坤和顏發雷，是誰告訴你的？是不是陳有為？看你臉紅的樣子，是不是跟他上過床了？」

「是又怎麼樣？你管得著嗎？告訴你，你的老朋友莫馨，現在東京，我們是好朋友了，所以你是如何從林武聯變成酒井武聯，還有你的來龍去脈，我是一清二楚。」

「哈哈！原來如此，太好了。莫馨和你一樣是記者，那你一定知道她是如何的被我打得一敗塗地。你的新男友也是被我睡了他的女人，你要是跟我作對，也會有同樣的下場。」

「是這樣的嗎？為什麼現在陳有為成了世界級的著名學者，而你是欠了一身的債，跑到日本來混飯吃呢？」

林武聯惡向膽邊生：「他媽的，我已經好久沒玩女人了，你來得正好。」

他開始要脫她的衣服，晴子飛起手來就打了酒井武聯一個耳光。

「你敢打我？」

他馬上就回了她一個耳光，打得她眼冒金星，退了兩步就在床邊坐下，顯然這一巴掌打得不輕，晴子捂著她的臉蛋開始抽泣，酒井武聯很快的把衣服脫了，最後連襪子也褪下，露出了真面目：「臭婊子，趕快脫衣服吧！」

晴子把手放下：「我求求你，不要這樣，你會後悔的。」

酒井武聯用左手抓住了她的頭髮把她拉起來，她的反應是驚叫了一聲，然後兩隻手都握住了緊緊抓住她頭髮的手站了起來，酒井武聯的右手抓住她長袍的領子，用力向下一撕，整件袍子就完全撕裂開了，他再一拉，晴子的身上就只剩下一個小小三角布塊的黑色比基尼，緊繃著的帶子把小布塊裡的線條都顯示得一清二楚，他從來沒有這麼近距離的在這麼亮的燈光下看見過這麼誘人的女體，高挺的胸部和兩個豐滿的乳房，平坦但是微微隆起的小腹連著那修長的大腿。最讓他興奮的是那全身非常光滑又細緻的雪白皮膚，他已經膨脹到了極點。

酒井武聯把細細的帶子拉斷，扯下比基尼內褲，晴子本能的用一手遮掩她的胸部，另一隻手遮掩住她的下體，他把比基尼內褲扔在床邊，但是驚訝的發現晴子往後倒下躺在床上，她赤裸裸的全身只剩下一對很高的高跟鞋，將她把一隻大腿彎起來，那渾圓誘人的雪白臀部，勻稱的小腿和黑色的高跟鞋像是在展示一幅扣人心弦的畫。她張開了櫻桃小口，用鮮紅的舌頭把塗著淡淡口紅的嘴唇舔了一圈，酒井武聯覺得這個動作性感極了：

「你就是這樣引誘了陳有為，是不是？」

他從來沒見過這麼誘人的赤裸裸女人身體，酒井武聯的視覺和嗅覺都被衝擊著，在他的大腦和中樞神經裡起了強烈的催情作用。他開始撫摸她兩腿交叉的地方，晴子緊閉著兩眼，一動都不動，沒有任何的反應，他抬起頭來說：

「晴子，我要等你的淫水氾濫才穿刺你，聽你被我玩得死去活來的叫床呼喊。」

晴子沒有反應，他看著一對非常勻稱的乳房在起伏著，細細的腰身，平坦的小腹，修長的大腿和小腿，全身沒有一點多餘的贅肉，他自言自語的說：

「我還沒玩過這麼動人的女人，我非要把你的情欲挑起來，我們才好好的玩。」

酒井武聯把自己移到晴子的下身，把頭埋在他剛才撫摸的地方。晴子的眼睛睜開了，她開始有了感覺，她往下看了一眼，很快的又把眼睛閉上。酒井武聯先是感到了在他嘴下的身體有了輕微的動作，隔了一下就聽見了輕微的呻吟，他明白他的努力將要成功了，他加大了力度。被他握住的身體開始扭動，也聽見了她從喉嚨裡發出來的：

「嗯！我要……」

扭動的下身往上挺了幾下，晴子的大腿彎了上來，準備接納他，勾住他。酒井武聯跪在彎起來的大腿間，將他完全膨脹了的男性對準了目標，但是晴子的右腿突然爆發式的伸直，踢中了他將要進入的下體，酒井武聯感到一股尖銳的疼痛，從下身傳到心肺，漫延到了全身。他慘叫了一聲，握住了下體捲曲在床上。

他看見晴子翻身下床，赤裸裸的奔向房間的櫃檯，從手提包裡拿出一個黑色短棒。他忍著巨痛也下床跟著撲了過去，但是全身赤裸的晴子已經騰空飛起，修長的大腿像剪刀似的交叉踢出，腳背橫掃過去，踢中了酒井的臉，在他將要倒下時，晴子像是芭蕾舞者，兩腿前後相繼落地，輕快的站立，邁步向前，伸出右手，黑色的短棒電擊器接觸到酒井的前胸，在瞬間就有超過百萬伏的電流，進入了他的身體，酒井驚叫一聲後，就昏倒在地上。

晴子從手提袋裡拿出一副手銬，將酒井的雙手拷在背後。打開他的公事包，看見了兩份名單。還看見了武田寛人的筆記本和一張政府歷史檔案庫的出借單。晴子驚訝的發現一把貝雷塔手槍也在公事包裡。她將原住民名單放進自己的手提袋，然後拿起手袋裡的手機，按下快撥鍵：

「我是晴子，現場控制了，你們可以上來，請採證組派技術人員來，現場可能有武田命案的物證。還有，替我拿一套衣服上來。」

晴子將電擊棒插進插座充電，在警視廳，刑事科的人馬來到前，她從浴室裡拿出旅館的浴袍穿上。拔出了充電中的電擊棒，對著還是倒在地上，但是慢慢在甦醒的酒井武聯說：

「你剛才舔了我，但是告訴你，我只允許一個人有這個權力，你睡過他的女人，所以你得多受一點苦了。」

電擊棒觸及在他的下體，晴子按下了開關。這次酒井像殺豬似的慘叫，把開門進來的員警們嚇了一跳。

東京地方檢察署，對酒井武聯以蓄意謀殺武田寬人的罪名起訴，東京警視廳刑事科的刑警明石晴子是主要證人，她在審判庭上敘述了她是在東京皇家大酒店逮捕了被告，在他的公事包中找到了貝雷塔手槍，以及被害人的遺物，筆記本及出借單。警視廳的法醫作證：被害人武田是因胸部和頭部受槍擊死亡，解剖屍體取出的子彈頭紋路與被告的貝雷塔手槍槍管來福線吻合，證明該槍是凶槍。

檢察官又提出兩位目擊證人，證明在被害人遇害的當天，曾看見被告和被害人在一起出現。當說到殺人動機時，檢察署說明了被害人藏有當年日本皇軍在台灣的藏寶點地圖，兇手和尚未歸案的同夥酒井雄二因覬覦大量的金銀財寶，而殺害了武田，企圖取得藏寶地圖。檢察署指出在被害人武田的筆記本中，詳細的記載了金銀財寶的數量和來源。

在如此強有力的物證和人證下，酒井武聯堅持酒井雄二才是兇手，而他只是替兇手收藏證物而已。法庭要求檢察署全力追捕酒井雄二到案，對酒井武聯繼續羈押禁見。對於媒體，殺人案已經不是重點，注意力完全集中在埋藏了超過半個世紀的財寶，以及那份「日本愛國聯盟」的金主名單。

朝日新聞大幅的刊登了「日本愛國聯盟財政後援會名單」，並且對「愛國聯盟」的歷史背景做了詳細的分析和報導。名單上全是日本和美國的極右派，以及擁抱法西斯主義的保守派。

名單上的第一位是佐藤直樹，目前他是現任日本內閣總理大臣最信任的左右手。平常看不見他的身影，但是每當總理去參拜靖國神社時，他就會出現在總理的身邊。二戰時代裕仁天皇的胞弟，秩父宮親王，他發起「金百合計畫」，開始對整個亞洲被日軍佔領地區進行掠奪，並且藏匿寶藏的始作俑者。他的外孫就是佐藤直樹。同時他也是岸信介的後代。

在日本近代史裡，岸信介曾在一九五七年、一九五八年兩度組閣，擔任過三年多的內閣總理大臣，他曾擔任過偽滿洲國政府實業部總務司司長，產業部次長和總務廳次長等職務，因為生活放蕩，性格怪僻，被人稱為「滿洲之妖」。日本投降後，被定為甲級戰犯關進了東京巢鴨監獄。

一九四八年在東條英機那些甲級戰犯被處死的第二天，他被釋放。他組織了「日本再建同盟」，也就是今天「日本愛國聯盟」的前身。岸信介的父親從岸家入贅到佐藤家，但是他在中學時又被過繼到父親本家，改回原姓岸。他的親弟弟，佐藤榮作，也當過日本首相。現任的首相是日本的第九十代內閣總理大臣，也是岸信介的外孫。

這個日本的首相世家是有非常強烈的極右派保守主義理念。岸信介曾與蔣介石秘密成立反共聯盟，就任首相後組織了日華合作委員會。任期中放任國民黨特工人員把在日本的『台灣共和國臨時政府』東南亞巡迴大使陳智雄裹挾返台，導致他最終被槍決處死。日本政府還曾強制遣返多位在日本活動的台獨運動人士。當時朝日新聞曾發表社論，寫道；「由於被指名為甲級戰犯的岸信介復出為首相，這就是為什麼日本人無法明確追究戰爭責任的原因」。

第二人是土肥原一郎，是個軍國主義者，他的祖父是土肥原賢二將軍，是當年日本的高級情報人員，金百合計畫中五大頭目之一，一手策劃了對中國的洗劫。他是被處死在絞刑台上。其他的還有兒玉譽義夫的後代，他是日本頭號黑社會頭目的代表，這個家族通過洗劫中國的黑社會來支持「金百合計畫」，還利用贓款建立了在日本長期執政的自民黨。另外的就是和美國的強硬保守派有絲絲縷縷瓜葛的人士，例如美國前國務卿，杜勒斯，和前盟軍統帥，麥克亞瑟將軍家族的代表們。最後還有前菲律賓獨裁者馬科斯夫婦的後人。

朝日新聞在社論裡，特別的提醒讀者，這些甲級戰犯的受害者中，目前還有許許多多是生活在悲哀和痛苦裡，因為他們親人的亡魂，至今還飄蕩在深山之中，不能回到安息之地。作為一個日本人，應該思考我們的集體良心還在嗎？這份名單在日本和在美國都成為一顆震撼彈。在日本，金主名單曝光後，迅速的促成了「愛國聯盟」的解體。而武田筆記本裡只是黃金一項就超過了五十噸，一股尋金熱潮又開始沸沸揚揚。

明石晴子在電話上苦苦哀求陳有為，要讓她當面說明為什麼隱瞞她是員警的身分，同時要向他報告案情的最新發展。但是最重要的是，她需要逮捕酒井雄二歸案，而陳有為可以協助她在台灣完成任務，同時不暴露她的員警身分。對於陳有為，酒井雄二是找到藏金點的最後希望，也是他從小就答應了他外婆的承諾，他不會錯過的。

來到台北福華飯店時天已經黑了，晴子坐在大廳的椅子等他。陳有為一下子沒認出她，她身上穿著一件寬寬大大，露胸的極短迷你裙，把兩條讓他難忘的修長大腿全都露在外面，腳上穿著三吋高的時尚高跟鞋，迷你裙上的頭三個扣子沒有扣上，沒有胸罩，露出了半個豐滿的乳房。她起身相迎，寬大的裙擺漂浮起來，讓黑色的小小比基尼三角褲若隱若現。陳有為被眼前的性感美女迷住了，晴子說：

「怎麼？你不認識我了？還是你還在生我的氣？」

「男人看見這麼美麗性感的女人都會走神的。晴子，你打扮的這麼漂亮是要參加宴會嗎？」

「我是怕你看見我就生氣，所以才好好的打扮一番。我還買了兩瓶你最喜歡的紀州頂級梅子酒，來給你謝罪。」

「太好了，又打扮，又破費，看來謝罪是真心的，我不記仇了。走，我們去喝咖啡。」

他們在大廳的咖啡館坐下，要了飲料後，晴子把在東京發生的事詳詳細細的告訴陳有為。她說：「案子之所以有今天的進展，全是因為我們在台灣取得的資料。我來台灣是辦案的，如果我的員警身分曝光，會嚴重的影響台日間的關係。到底員警是不允許到其他國家去辦案子的，所以我只能瞞著你。我這次還是來辦案的，所以我仍是用記者身分入境，你還不能透露我的真實底細。」

「放心，沒問題。你要我幫你找酒井雄二，我是赴湯蹈火也要來，否則就對不起把我帶大的外婆。」

「林武聯把一切的殺人行為都推到酒井雄二身上，追緝不到他，就無法判林武聯的罪。」

「沒問題。我相信整個案子結束後，你這位美女員警會很風光的，到時候你要如何報答我？」

「我去說服莫馨，必要時去賄賂她，來陪你泡湯。記得嗎？『溫泉水滑洗凝脂，芙蓉帳暖度春宵』，多麼的纏綿悱惻啊！你不想再一次重溫舊夢嗎？」

「人家不一定會願意。如果我想要另外的美女陪我泡湯，你會成全我嗎？」

「只要是我有能力說服你心目中的美女，我保證會成全你。」

「我也保證你絕對會有這個能力，所以我就拭目以待了。」

晴子瞪著眼睛看著他很久，才回應說：

「我不跟你鬥嘴，反正有人跟我說，一般人最討厭的就是員警和記者，很不幸，這兩樣我都有了，我也有自知之明，所以在你面前我是沒戲可唱。」

不等陳有為的反應，晴子從手提袋裡拿出了她扣留下來的「原住民勞工名單」交給他：「你要找的顏發雷和吳坤都在名單上。」

他驚訝的說：「哎呀！老天有眼，我終於找到我外公了，也可以告訴吳坤的家人，找到他們的人了。」

「慢點！名單是我非法扣留的，還不能告訴任何人，否則我就要露餡了。」

陳有為非常的激動，他緊緊的握住了晴子的手：「晴子，你是我們布農族的恩人，你讓我們終於知道祖先的屍骨埋在何處，他們的亡魂可以回歸了。布農族將一輩子虧欠你。」

「我只要布農族裡的一個人記得我就行了。」

陳有為說：「我一定會的。你說我該怎麼謝你？」

晴子笑了：「先記帳，到時候不許逃跑。眼前，我們要去找酒井雄二。我租了汽車，但是你對台北比較熟，你來開車。」

陳有為和晴子開始了他們尋人的工作，首先他們確定了日本政府的出入境記錄，顯示酒井雄二最後一次離開東京飛往台北後，就沒有再入境了。也沒有護照過期後申請延期的記錄。台灣有他的入境記錄，但是沒有出境記錄。

酒井雄二在台灣失蹤後，台灣卻出現了有一個姓名叫做「鄭忠」的人，此人來頭很

特殊，他是由總統府秘書室直接發文給內政部戶政司，辦理了身分證。上面的出生地是日本九州福崗縣，職業是革命實踐研究院軍事教官，住址是工作機關的宿舍，身分證照片就是和酒井雄二日本護照上的同樣一張。可以確定的是，在台灣是曾經有一個名叫酒井雄二的日本人，以「鄭忠」的中文姓名生活在台灣，但是他現在何方？在台灣兩千多萬的茫茫人海裡，需要繼續追查。

陳有為認為，人都會思念自己的親人，如果酒井雄二去日本探親，他一定需要護照，果然不差，根據外交部護照科的記錄，鄭忠曾申請過護照，他沒有親自來領取，而是用郵寄。按申請人的要求，鄭忠的護照是用掛號信寄到一個在永和的位址，由人代收。晴子說：

「看你的表情，這地址和代收人可能是有文章的。」

「這地址從前是永和的一個軍眷區，代收人的姓名是蘇珍，多年前，我曾經聽見過這個名字，但是想不起來在什麼地方，和什麼時候。」

他們去到了戶政事務所，查出來，蘇珍在多年前就已搬離永和，住在大安區的一棟高級公寓裡。根據大安區地政事務所的資料，蘇珍是寄住人，那棟公寓的戶主名叫陳翔，蘇珍在五年前去世後，陳翔將公寓出售，也搬走了，沒有留下新的地址。晴子很沮喪的說：「我們所有的線索都斷了。看樣子，我的任務最後還是泡湯了。」

陳有為說：「別洩氣，還沒到最後關頭，還須要繼續努力。我們要查一查這位陳翔的來龍去脈。」

柳暗花明又一村，根據舊的戶口名簿資料，陳翔原來的名字是鄭忠，他向法院申請改名，被批准。

陳有為滿臉驚愕說：「酒井雄二的陰魂不散，從鄭忠變成陳翔，又出現了。你讓我看看大安區那棟公寓的地址。」

晴子把她的筆記本遞給他，陳有為想了一下，他說：「如果我沒記錯，林武聯就住在那裡，這是張慧雯說的，我想起來了，林武聯的祖母就叫蘇珍。她和多年前的婚外情戀人，終於住在一起了。」

晴子說：「酒井雄二變成陳翔後還是又失蹤了。現在怎麼辦？」

陳有為說：「我餓了，我們找個地方吃中飯，也讓我再想一想。」

他們在一家日本料理館叫了一份鰻魚飯和壽司，還有兩罐啤酒。晴子保持安靜不打擾他，但是她握住了他的手，慢慢的來回撫摸，過了一會她看沒有動靜，就問：「想出來了嗎？快告訴我。」

「你繼續摸，我繼續想，好舒服。」

「你要是跟我開玩笑，我就要掐你了，會痛死你的。」

「饒命！別掐我，我怕痛。晴子，我有個天馬行空的想法，可能不切實際。」

「反正我們是到了山窮水盡的地步，說來聽聽吧！」

「我們去查過出入境的記錄，酒井雄二，鄭忠和陳翔這三個名字在最近的五年內都沒有記錄，因此我認為此人還在台灣。問題是他住在哪裡？因為是長住，他不會住旅館，所以他要有住宅。」

「啊！你要去查查看，他有沒有購屋的記錄，是不是？」

「到底是美女員警，真聰明。」

陳有為提起手機接通了他認識的一位房地產仲介商，一小時後，接到他要的地址。他驅車向南開去，直奔新店。在離市區不遠的郊外，他將車停在一棵大樹旁：

「你看前面那棟獨門獨院的住宅，那是陳翔在五年前買的。我們去敲門，看他在不在。」

他開車門準備下車時，晴子抓住了他：「等一等，這是員警行動，你得聽我的。」

陳有為坐好，關上車門，晴子又說：

「不能驚動他，他要是逃跑了，又得去追拿。我們先觀察一下，如果確定人是在裡頭，我要馬上通知警視廳，正式要求台灣員警逮捕日本的殺人嫌疑犯。」

但是二十多分鐘後，陳有為驚呼了一聲：「這是怎麼回事，她來這裡幹什麼？」

一位面目姣好的中年婦女，下了計程車，提著一個購物袋，用鑰匙打開院子的大門，走進去。顯然她是目標房子裡的住客。晴子問說：

「這個女人是誰？你認識她嗎？」

「她是我當年的女朋友張慧雯，後來嫁給了林武聯。我是不是搞錯了？酒井雄二不是住在這裡。」

晴子說：「莫馨跟我說過他們的事，他們是轟轟烈烈的結婚，但是很快的就離婚。莫馨對她很清楚，說她喜歡男色，她是不是跟你說過，林武聯不能滿足她？這樣的女人和酒井雄二走在一起，完全有可能。」

「我的美女員警，現在該怎麼辦呢？我們總不能在這乾等吧？」

「如果酒井雄二走出來，我立刻通知東京，他們會啟動台灣警方的逮捕行動。在此之前，我們只要盯住就行了。如果一小時後還不見目標，我就破門而入。」

「不對，你是日本員警，不能在台灣放肆，打破老百姓家的大門，造成國際事端。你吃不了，就得兜著走。還是由我來，敲門求進，理由是來關心多年前的老情人。你看多好！」

「你好厲害，我好佩服你。從此以後，我聽你的。」

陳有為沒想到是張慧雯來開門的，他們上次見面是十年前分手時，當時的種種情景變化和起伏的複雜心情，一幕幕的重現在他眼前。從她臉上的變化，可以看得出來人生經歷給她的壓力。

「陳有為？怎麼會是你呢？酒井說一定是員警到了。」

「沒錯，我身後的就是從東京來的員警。」

晴子出示她的警證：「我是日本東京都，警視廳刑事科的明石晴子警官。目的是要詢問日本公民酒井雄二先生，有關殺人案件的問題。」

「明石警官，酒井在後面的臥室裡，請自便。」

酒井雄二是躺在臥室的床上，從他帶有灰色的蒼白臉色，可以想到他是身患重病的人。晴子拿出警證準備自我介紹時，酒井雄二用微弱沙啞的聲音說：

「我知道你是誰，我看了NHK的新聞報導，在審判武田命案的過程中，明石警官的表現非常出色。我想到過，您會來找我。」

「謝謝酒井先生。東京地方法院主審法官，判定酒井先生為重要證人，責成警視廳將您帶回法庭。請問您是否同意。」

陳有為插進來說：「如果不同意，日方必須取得台灣法院的引渡同意判決，才能把您帶回東京。」

酒井雄二說：「這個我明白。明石警官，我現在是肝癌後期，剩下的時日不多了。

我決定志願返回日本。但是我的身體情況起起伏伏，今天是特別好，我想乘機說幾件事，就請陳有為教授做個見證人，用手機記錄下來。」

酒井雄二說出了半個多世紀前發生的驚人傳奇故事：

酒井雄二和武田寬人是日本士官學校的同班同學，非常要好。畢業後一起被分發到南洋擔任作戰任務，在叢林中出生入死。後來兩人又一起被派參加了「金百合計畫」。二戰結束前兩人又一齊被調到台灣主持修建藏金點和金銀財寶的隱藏。日本皇軍對台灣藏寶點的選址是有原因的。

一八九六年後，台灣總督府為控制花蓮地區的原住民勢力，與當時的太魯閣族人發生了一連串的戰役，太魯閣族因此被當局視為首要敵人。為了討伐他們，日本殖民政府開始興建軍用道路。一九一四年五月由素有「理蕃總督」之稱的台灣總督，佐久間左馬太，擔任討伐軍司令，發動大規模攻勢，派出兩萬多名軍警入山攻打。原住民在首領莫那·魯道率領下退守斷崖絕壁，利用地形的險要和山林洞窟繼續頑強抵抗。

日軍違反國際戰爭公約裡的嚴格規定，施放毒氣，毒死了數百名原住民。首領看到大勢已去，殺死了妻子後在山洞裡自殺。也許是因為毒氣的關係，莫那．魯道的屍體沒有腐化，變成了木乃伊。

討伐戰結束後，新開發了「合歡越嶺古道」，分別通往梨山、霧社與太魯閣，它的交叉點是個三岔路口，被稱為「合歡山埡口」。一九四〇年，又將部分的合歡越嶺古道拓寬改建為汽車道，以便開發山地資源。

酒井和武田經過多次的秘密探勘後，在合歡山埡口附近發現一個非常隱秘的天然地底山洞，「金百合計畫」決定將它修建為藏寶點。合歡山地區的原住民是太魯閣族，他們有長期與日本殖民政府抗爭的歷史，根據「金百合計畫」在菲律賓修建藏寶點的經驗和作業程式，為了安全和隱秘，從遠方的台東地區徵調了布農族的勞工。

布農族是台灣原住民族中，最後歸順日本的一族，當時曾在高雄州廳舉行「和解」儀式，日本人則稱為是「歸順儀式」，創下日本治理原住民史上的首例。布農族首領，拉荷．阿雷，在一九四一年去世，享年七十二歲，是當年少有的原住民首領得到善終的。

在「金百合計畫」的嚴密監督下，酒井和武田帶著毫不知情的日軍士兵和原住民勞工，將五十噸的黃金和其他的金銀財寶，以車輛和人力用了將近兩個月的時間運進合歡埡口的山洞。

完成之日，日軍士兵撤出下山，酒井和武田按「金百合計畫」的既定程序，在山洞裡以佳餚款宴原住民勞工，在他們喜愛的米酒中放入劇毒。三十七名布農族原住民，全體喪命。酒井和武田在山洞口引爆炸藥，用土石封閉洞口。使三十七個亡魂在半個多世紀來，飄蕩在大山中，無法回歸。

晴子請陳有為將手機的錄影繼續打開，她問酒井：

「這批藏金是如何回到現實的世界呢？」

「當年歲越大，對這三十七條人命就越梗梗於懷。武田在一場大病後，他來找我說要想辦法讓這些亡魂回家。當時林武聯也在場，他堅持黃金和財寶是屬於大和民族的，作為一個台灣的日本人，他有責任把這些財寶送回日本。」

陳有為問：「他是什麼時候開始把自己看成是日本人？」

「是在綠營執政以後的事，但是我認為這是他的藉口，真正的理由是他有一身債務，再加上他愛財的性格，所以看中了這筆天大的財產。」

「我和武田曾去找過藏金的山洞，合歡山埡口已經改稱為大禹嶺，多年前在開挖合歡山隧道時，將挖出的土石堆放在三岔口的低地，在那裡一片雜草樹林中，正好是藏金地洞的入口。現在三岔口低地已經變成一個七、八公尺深度的大平原。光靠兩個人用鐵鍬去挖寶是不可能的，那是需要用現代化的機械工具，有系統的開掘才行。林武聯不相信我說的話。」

晴子說：「在法庭上，他一口咬定是您將武田先生殺了，您是如何回應？」

「首先，武田是我一生最好的朋友，我們在南洋的叢林裡出生入死，好幾次我們冒死將對方救出鬼門關。我不會為任何理由去殺我的救命恩人。其次，案發當天，我整天在此地的耕薪醫院進行化療，這是有記錄可查。第三點，也是最關鍵的一點，去找武田不外乎是問他索取藏寶點的地圖，在此之前，武田已經將地圖寄給我了，但是我並沒有告訴林武聯。武田被害是因為藏寶圖已經不在他身上了。」

案情的急轉直下讓在場的人都沉默了，酒井拿起床頭櫃上的一個信封：

「明石警官，我知道您一定會找到我，我已經等了兩天了。藏寶地圖放在信封裡，就請您保管了。」

張慧雯在身後說：「我丈夫正在進行又一次的化療，療程還有一個星期，我希望在這之前不要動他。」

晴子說：「這沒問題，何況我們也需要一周的時間來安排救護專用飛機，接酒井先生去東京。」

他們在離開要出門的時候，陳有為轉身看著張慧雯說：「我可以跟你說句話嗎？」

看見她點了點頭，他就說：「時間過得真快，彈指之間十年就過去了，所有的風風雨雨都該煙消雲散了。我恭喜你和酒井結成連理，祝你們白頭偕老。」

張慧雯的臉上出現了苦笑：「謝謝你的祝福。我已經無法判斷你是真心還是諷刺，但是請你聽我說句已經等了十年的話。十年前，我們被看成是匹配的男女，但是你我的成長環境完全不同，它造成我的個性，毀滅了我刻骨銘心的初戀。當我醒悟時，面對的是一顆冰冷的心，千言萬語的懺悔都無法穿透它。我別無他途，只剩下了不歸路。在路的盡頭，我失去了所有的愛情和親情，孩子們也都棄我而去，剩下來的只有用不完和帶不走的財富。唯一不同的是酒井，他曾是我公婆的日本男友，在我和丈夫離婚後，也是在我最黑暗和最無助的日子裡，他無怨無悔，無論我身邊的男人是誰，他給我溫暖和援手。陳有為，請聽我最後一句話，在我一生中，我只愛過兩個男人，一個是我的初戀，另一個是我最後的丈夫。」

張慧雯的話顯然給陳有為很大的衝擊，在開車回去的路上，他一語不發，晴子感覺到他波濤洶湧的心境，想安慰他，但是無能為力，不知說什麼好。一直到他們在一家飯館停下來用餐時，陳有為才開口：「晴子，跟我回酒店陪我喝酒，好不好？正好有你送我的兩瓶梅子酒，我們就喝了它。」

「好！我陪你喝，男人喝悶酒對身體不好。」

回到了福華飯店，陳有為請晴子到他的客房，他打電話給客房服務，叫了兩個下酒的熱炒和冷盤送到房間。在酒精的刺激下，陳有為的心情漸漸平靜，也開始說話了。

「晴子，你覺得我是個壞人嗎？」

「你是好人還是壞人不是一個人說了算。都這麼多年了，除了認識你的親戚，朋友，同學之外，你和不少的同事和學生，還有社會上的一般人，都有交往，這些人對你的評價，你不會不知道，為什麼對自己失去信心呢？」

「和別人不同的是，張慧雯雖然不是我的初戀，但是和我已經論起婚嫁了，她應該看到我的原始個性和我在成長中的變化。今天她把我的評論定下來了。」

「我認為她很不公平，她是先把自己背叛你的事輕描淡寫的說過去，然後就說你是鐵石心腸，不原諒她的懺悔，造成她走上不歸路。一輩子活在被人遺棄的陰影裡。這完全是自我脫罪的論說，你不應該放在心上。」

「謝謝你這麼說，讓我心裡舒服多了。其實，我是想反駁她，數說她讓我因承受嚴重的孤獨，所造成的心理創傷。但是看到她丈夫酒井病的樣子，我就忍住了。」

「所以莫馨就常說，在張慧雯面前，就是因為你的善良，讓自己受傷。」

「晴子，你曾經孤獨過嗎？」

「從巴黎索邦大學畢業後，曾經想去當修女來解脫我的孤獨。」

陳有為說：「最後，你是怎麼脫離苦海的？」

「說來你一定不相信，因為我受過中國文化的薰陶，讓我脫離了孤獨。」

晴子站起來，把剩下的梅酒倒在杯裡，她說：「一壺濁酒盡餘歡，今宵別夢寒。」

她拿出手機，按下幾個圖示，馬上就傳出了《送別》盪氣迴腸的歌聲：

長亭外，古道邊，芳草碧連天。
晚風拂柳笛聲殘，夕陽山外山。
天之涯，地之角，知交半零落。
人生難得是歡聚，唯有別離多。
長亭外，古道邊，芳草碧連天。
問君此去幾時還，來時莫徘徊。
天之涯，地之角，知交半零落。
一壺濁酒盡餘歡，今宵別夢寒。

兩人緊緊的依靠著聽這首舒緩旋律的名曲，感受著曲中濃濃的愛情和對離去愛人的懷念。兩人久久不能釋懷。晴子說：

「《送別》這首歌曲我已經聽了無數次，它讓我平靜。但是也會讓我內心激動，甚至使我熱淚盈眶，好像觸動了我心裡最深層的什麼部分，可是我說不出來，也描繪不清楚。有為，你有過這種經驗嗎？」

「以前當我讀到一篇小說，讀完一首詩，我生命裡面的一種情懷彷彿被文字或者文學裡某一種非常深刻的東西觸動了，心裡覺得激動，可是也往往說不清楚。」

晴子說：「這首歌曲和它的作詞者都是李叔同，但是有人說它也借用了一首美國通俗歌曲的曲調，歌詞還參考了一首我們日本歌曲，同時詞意也濃縮了《西廂記》裡的意境，所以才有如此淒迷陰柔的歌曲，而詞淺意深但哀而不傷。難怪它會成為中國的名曲。」

陳有為說：「明石晴子，你是個有詩情畫意的美麗女員警，太可愛了。」

晴子接著說：「聲音像潮汐，一波一波，或輕或重，或低沉或飛揚，在空氣裡蕩漾。當音樂完了，一個人，聽到自己的心跳聲音在安靜的空氣裡震盪。我很享受這樣的感覺，也很珍惜這樣完全孤獨地與自己相處的時刻。也讓我明白在失去愛人的極度哀傷時，為什麼要走進孤獨。」

陳有為說：「這份無法描繪，也說不清楚的感覺，其實就是我們對生命的熱愛。你對愛情的絕望，使你走進孤獨，但是並沒有減少你豐富的人生和對生命的熱愛，讓你成為一名優秀的刑事員警。」

他看晴子沒說話，就接著說：「我們都嘗過生命的滋味，有甜美，有辛酸，有失敗挫折的痛苦，也有成功的輝煌。這些都是豐富的生命記憶。我們應該繼續堆積這些記憶，而不應該沉沒在這些記憶中。晴子，今天我見到了十年前分手的未婚妻，她的話讓我深思，十年過去了，我累積了事業，但是我還是一個孤獨的人。上次我們相遇，讓我深深體會到你的內涵。這次又讓我看見你詩情畫意的一面。我想翻開我人生裡新的一頁，明石晴子，你願意進來嗎？」

她沒有回答，但是摟住了陳有為熱情的擁吻。

「時間太晚了，你就讓我在你沙發上睡一晚。別害怕，我保證不強暴你。」

「走著瞧，看到底是誰怕誰。」

在臥室裡，晴子一言不發就把備用的毯子和枕頭拿來鋪在長沙發上，做好了入睡的準備，然後就進浴室去洗澡了。她在浴室裡待了很久，陳有為不時的聽見浴缸的水聲，顯然她是在享受泡澡，等到水聲停了不久，晴子就從浴室像一陣風似的衝了出來，身上穿著陳有為的襯衫，手裡拿著脫下來的衣服，一頭就鑽進了長沙發上的被窩，她說：

「我要睡了，晚安。明天早上叫我。」

陳有為把房間裡的燈全關上，在浴室裡換下衣服準備洗澡。一進浴室時，他才明白為什麼晴子在裡頭待了很久，她不僅將浴室整理的乾乾淨淨一絲不亂，浴缸裡也放滿了熱水，他感到這位日本員警美女還真的很會體貼人。他在淋浴下著實的用肥皂把全身的汗臭都洗乾淨，也洗了頭髮，然後才進了浴缸泡在熱水裡。

陳有為渾身泡在熱水裡，全身的毛孔都張開了，他已經很久沒有這麼的身體舒暢過，浴缸裡的高溫洗澡水和瀰漫著的水蒸氣，讓他全身的肌肉都完全鬆弛了，他昏昏欲睡，眼皮都睜不開。

等到他再度睜開眼睛時，浴缸裡的水溫已經從燙人的溫度變成了微熱。他趕快起身，把渾身擦乾，頭髮上的水也都弄乾，穿上掛在門上的睡袍，走了出來。全屋子已經漆黑，將落地窗的窗簾打開，看見屋外是沒有月亮的夜晚，但是滿天的星斗頓時將全屋子都灑滿了星光和影子，他看見躺在長沙發上的晴子，天使般的面孔上帶著微笑熟睡著，高高的胸部均勻的起伏著，薄薄的毯子將她堅挺的乳房，平坦的小腹和修長的大腿勾勒出誘人的輪廓和線條。

陳有為完全的明白了，眼前和他睡在同房間的女人是他少見過的美女，雖然只有短暫的相處，在參雜了似是而非的戲謔中，他們不時地向對方釋出愛意，他們在房間裡，甚至在風平浪靜的浪茄灣，兩人擋不住洶湧的熱情，而有了肌膚之親。她是真心的嗎？到頭來，晴子還是有一股不可捉摸的神秘，百思不解的迷惑讓陳有為沉沉入睡。

開始的時候，他以為是在做夢，夢中有美女在撫摸他，但是等到稍有一點知覺時，陳有為發現了他不是在做夢，而是有一個活生生的女人在撫摸他。她把頭放在他的肩上，一個乳房壓在他的左胸，她的右手則在他身上游走。從臉往下，皮膚細膩潤滑的手經過和徘徊在脖子，胸脯和小腹，一步一步的向下前進，終於找到了目標。陳有為把眼睛睜開些許，進入他眼簾的影像讓他震驚，半趴在他身上的是個完美的赤裸女神，均勻但是惹火的身材包在雪白細緻的皮膚裡，落地窗外射進來的星光瀰漫在屋裡，在美女的皮膚上反射和跳躍著，絕美的影像所造成視覺的震撼，和感官的激蕩，陳有為的身體起了反應。他聽見晴子說：

「你洗完澡後，為什麼不來找我？你看都不看我一眼，倒頭就呼呼大睡。」

他們開始深深的親吻，嘴唇在糾纏著，兩人的敏感部位都被佔領了。夜晚的星光在她赤裸裸的皮膚上跳躍著，勾畫出她誘人的胴體。晴子張開了自己，全面的迎接他。陳有為將她帶進了神奇的虛幻世界，讓晴子的感官昇華到九霄雲外，時間在緩慢的推進，一切都似乎是虛無縹緲，他們的身體像是一首浪漫的迴旋曲，抽動和收縮的韻律都非常

的緩慢，但是深深的，觸及到靈魂的深處而出竅。

親吻和撫摸像是小河裡的流水，輕輕的移動著，沒有激起任何的波漣，但是它流過了所有的彎曲河道，濕潤了所有流過的地方，讓岸邊的土壤和石塊，沒有錯過被流水撫摸的歡愉。突然時間停止運轉，炙熱的肌膚將他緊緊的包住，用韻律的運動，對愛情傾訴，他們在幸福裡跳躍，然後奮不顧身的擁抱著進入一個接一個的高峰，到達了忘我的心醉神迷境界。世界分裂成幾百萬個閃亮的星星，他們停留在其中的一顆，正在飛向天堂，很久之後才慢慢的回到了地球。

她的全身顫抖，跟著一聲歡呼從晴子的喉嚨深處發出來。她閉上了眼睛，全身癱瘓在床上。十年來，陳有為第一次感到孤獨已經離他而去。

東京警視廳通告台灣警政署，一名在台灣的日本公民是一件殺人命案的重要嫌疑犯，在他自願回國之前，請警政署外事科協助監視。於是一輛警車開始停在距離陳翔的獨門獨院住宅前，晴子和車上的兩名刑警保持電話聯繫。在晴子和陳有為找到他們的第三天，監視刑警通知晴子，目標出現異常情況。通常張慧雯會在一大早出門，在對街的小店購買早餐，但是今天已經過了十點，大門還是深鎖，屋內毫無動靜。晴子詢問屋子的門窗情況，刑警回報說，前後門窗緊閉。晴子要求立刻破門進入。但是為時已晚，酒井雄二和張慧雯和衣擁抱在床上，已死亡多時，室內留有燒炭物件。

張慧雯的自殺雖然給陳有為當年在台灣的生活回憶畫上了最後的句號，但是也給他很大的打擊。他自己也很驚訝，張慧雯對他的一生裡會有如此的影響。晴子在台灣多停留了一周，但是陳有為變得沉默寡言，她也只能黯然離去。在機場道別時，晴子要求他絕對不能再走進孤獨。她將酒井雄二的藏寶地圖交給陳有為，她認為在合歡山裡的亡魂對這些寶藏是最有發言權的。

第十章 落幕 舊情復燃的時候

加州理工學院雖然是以傑出的理工科系成為名列前茅的世界級學府，但是它要求所有的學生，包括研究生和本科生都必須選修一定學分的博雅課程，因此它也有一個小而精的人文社會學部，提供相關的人文社會課程及研究。

陳有為是在校刊新聘教員的報導，赫然發現了夏梅萍的名字，簡單的介紹她是在維吉尼亞大學取得歷史學博士學位，在芝加哥大學的社會系做了三年的博士後研究，完成了多篇精彩的研究論文，刊登在學術期刊。

在眾多的教員申請人裡，夏梅萍脫穎而出，通過遴選委員會的評審，成為人文社會學部新任的助理教授。

在一個秋高氣爽的下午，陳有為來到校園的總圖書館，他在台階的一個角落坐下，一邊看著手裡的報紙，一邊看著走過身邊的男男女女，等待一位多年不見的朋友。

一雙足蹬半高跟鞋，美好誘人的小腿出現在他眼前，抬起頭來一看，是個戴著一副眼鏡的美女，她燦爛的笑起來：

「如果我沒有看錯的話，這不是我以前的鑽石王老五老闆嗎？」

「夏梅萍，你太不夠意思了，居然把申請加州理工的事對我保密。」

「我是害怕陳老師會向遴選委員會告密，反對我的申請。」

「我是學航空的，你是學歷史的，我反對你，那是撈過界，在我們這裡有用嗎？」

「但是當年在台北被陳老師滑鐵盧，一敗塗地的陰影還是籠罩著我。我沒有臉來見老師。」

「我們這麼小的校園，你躲得了嗎？」

「能躲一天算一天。不過看到陳老師，我還是挺高興的。」

「十年前的大學生，現在也成為老師了，但是美麗依舊。夏梅萍，別來無恙，你好嗎？」

「泛善可陳，唯一值得說的，就是我發現了自己還很喜歡教書。所以對這裡的工作期待很高。」

「你有時間嗎？我們能坐下來談談，一起喝杯咖啡嗎？我辦公室裡有極品現磨咖啡。」

「太好了，顯然老師還記得我愛喝咖啡的致命弱點。」

「我們是同事了，不要再叫我老師了。」

「那該叫什麼呢？」

「大部分的同事叫我有為，但是用美式發音，聽起來像『優威』，有人誤會是一種吃的優格。老朋友同事發懶，省去一字，就叫我『優』。」

陳有為在辦公室裡用自動咖啡機做了兩杯拿鐵，夏梅萍喝了以後讚賞不已：

「比我們在台灣喝得更好。老師還記得嗎？當年我對您堅持的破規矩很有意見，現在我當了老師後，變成了破規矩的擁護者。」

陳有為笑著問：「你一定是有了親身經驗，才讓你回心轉意。」

「老師說對了，在芝加哥大學時，有一個大二的小男生吃了熊心豹膽，選了我的課，還跟我說他愛上了我，要請我吃飯，以及飯後餘興。到我辦公室來還關門，對我動手動腳。最後我只好叫校警來。」

「經一事，長一智，定出來的規矩一定有它的道理。」

夏梅萍聚精會神的看著書架上的兩個美女相片。陳有為問：

「你認識她們嗎？」

「當然，一位是莫姐，老師的青梅竹馬初戀情人，一位是個日本最美的女警察，明石晴子。」

「莫馨什麼時候成了你的莫姐了？」

「當年我自動獻身，被人拒絕，是一生的奇恥大辱，逃到美國。十年來，你不聞不問，所以找你的老情人聊天，我們有你這共同話題，一拍即合，成為了好朋友。她管我叫小妹，我管她叫大姐。每次見面我們就是在數落你。」

「怪不得我的耳朵發癢，原來是你們在一起罵我。」

夏梅萍沒有出聲，陳有為就繼續說：

「當年離開台灣後讓我耿耿於懷的是兩件事，一是追尋外公顏發雷和吳坤的亡魂，現在功德圓滿了。另一件事就是你索取紀念品，我沒能給，一直是個遺憾。現在看到了你，我終於明白，遺憾只是我的，而你一定有無數的紀念品供應者在排隊等待。」

「是這樣嗎？還是你這位大教授的想像力豐富。你想知道實際的真相嗎？」

「我洗耳恭聽。」

「我在維吉尼亞大學讀了個歷史博士學位，您知道我的博士論文題目是什麼嗎？聽好了，就是：日本帝國主義在東南亞掠奪財寶的成因，現在明白了嗎？」

「太好了，夏老師，能送我一本你的論文嗎？」

「沒問題。在我論文前面的感謝詞裡，你是第一個被點名的。沒想到的是，四年的研究生生涯，讓我發現自己是井底之蛙，坐井觀天，非常幼稚。所以，它改變了我的人生。」

「莫馨說你拿到博士學位後就結束了你的婚姻，我記得你是抱著很興奮的心情到美國去結婚的。」

「你記錯了，是我媽抱著很興奮的心情趕我去美國結婚的。我和他是只見過三次面的陌生人，如何去組織家庭和過日子呢？所以終究是分手了。」

陳有為說：「那位數學教授現在如何？」

「我的消息是，他娶了個年輕的大陸女子，婚後替他生了三個孩子。相信生活得很幸福。」

「你們之間發生什麼事了嗎？」

夏梅萍默不出聲，隔了很久才說：「是我的問題，我沒把心放在我們的婚姻裡。」

又過了一會，她繼續說：「在我的新婚之夜，我心裡想著的是你的婚姻觀，你對我說過，你的婚姻最終追求的是一顆心，愛你的和你愛的心，然後相濡以沫，終老一生。當時我的心裡沒有裝著數學教授，是裝著另一個人。」

又經過一陣沉默後，陳有為終於開口：「對不起，夏梅萍。」

她立刻回答：「不是你的錯，不用道歉。歸根結底是我自己不夠格，我問你要一點點紀念品，你不肯。雖然你身體裡有成千上萬個，還是被你拒絕了，越想越窩囊。」

「記得嗎？我曾說過，你我之間的愛情，不會是天翻地覆的折騰一夜後就說再見的一夜情，因為我無法面對那位數學教授和你們的一群孩子。我還說：等你解脫了婚姻的束縛，你要多少紀念品，我都給。為什麼不通知我你離婚了呢？」

夏梅萍笑了：「老師，我很高興，你真的沒有忘記十年前你跟我說的話。當時我是曾想過要和你聯絡，但是短暫的婚姻讓我明白，相濡以沫，終老一生。是要有條件的，生孩子，做飯，洗衣服，購物等等，都不重要，重要的是一個人的內涵，那才能讓你瞭解你愛人的人生，才能和他相濡以沫。所以我決定去念一個博士學位，它也改變了我的人生觀，發現自己以前是個井底之蛙。」

陳有為被這番話說得動容：「其實每一個人都會有人生的轉捩點，過去的要告一段落，開始新的未來。你想到要找一個一路相隨的夥伴嗎？」

夏梅萍沒有回答，她反問：「十年過去了，你想到要重新啟動，尋找相濡以沫，終老一生的伴侶嗎？莫姐說，你和日本的美女警察有過一段情，為什麼退縮呢？」

思考了一會後，陳有為回答：「明石晴子，是一位優秀警官。是她暴露了『日本愛國聯盟』的真面目，冒著生命的危險，單槍匹馬，追緝拿下殺人犯林武聯，把從酒井雄二那裡取得的藏寶圖留給我，讓台灣政府終於找到了布農族原住民的遺骸，讓亡魂回家，讓家屬取得應有的補償。我們曾有一段短暫但是火熱的愛情，遺憾的是我們是在平行線上發展，永遠不會交叉，也就無法開花結果。」

「莫姐告訴我，晴子成為你的紅粉知己，她對你的熱情還繼續的在燃燒著。」

陳有為問：「你有莫馨最近的消息嗎？」

夏梅萍沉默了許久才說：「我來這裡報到之前，回台灣一趟去看我父母，他們也老了。我見到了莫馨，她一切都很好，只是還沒有克服她的心理障礙，非常害怕見到你就會崩潰。現在她的事業和家庭都增加了她的責任，壓力也很大。她說請你原諒她，現在不能見面，但是期待著見面的一天。陳老師，莫馨對你的愛情從未中斷。」

隔了很久，陳有為說：「那你還需要紀念品嗎？」

「我告訴你，你別想賴帳。」

一年後，陳有為和夏梅萍終於修成正果，結為連理。

他們的蜜月是去遊覽了不少的懷舊地方，當他們來到了陽明山，找到了隱蔽在樹林裡的麗致溫泉酒店，陳有為把大泡湯池的溫泉水龍頭打開，一股帶著濃濃硫磺味的溫泉熱水一湧而出。

他全身泡在溫泉水裡，閉上眼睛，感到皮膚上所有的毛孔都張開，把連日來的疲憊都沖掉了。

硫磺味的空氣裡傳來一股香水味，他睜開了眼睛，發現一位美豔的女神，赤裸裸誘人的身體，走進了泡湯池，擁抱他。

陳有為感到皮膚上的滑膩，但是分不出是來自溫泉水，還是夏梅萍的皮膚，能感到的是她不斷的撫摸，他醉了，耳邊響起了輕聲細語：

「嗯！太好了，有反應了。我要收集紀念品了，還記得嗎？溫泉水滑洗凝脂，芙蓉帳暖度春宵。你在等什麼？我看你還往哪裡跑。」

夏梅萍一直在恐懼著，陳有為曾對她說過，要把她赤裸裸的壓在身體底下，不管她如何的掙扎，無論她是如何搶天呼地的苦苦哀求，他都絕不手軟。

沒想到的是，從前戲到穿刺，和最後的高潮，他將夏梅萍當成是藝術品，在欣賞，在品嘗，又將她當成失去多年後再重逢的愛人，有無限的愛惜，輕輕的深入，關心的愛撫，觸及到她全身每一寸皮膚，即使是最神秘和從沒有被人碰過的角落都不放過。

帶著濃濃的詩情畫意，朗誦著醉人的詩歌，帶著她同時進入最後的激情，他一瀉千里，把紀念品留在她身體裡。當一切都平靜了，兩人在舒適的大床上擁抱著，夏梅萍喃喃的自言自語：

「難怪莫馨說你是男人裡的精品。」

春去秋來，光陰似箭，陳有為和夏梅萍已經結婚了兩年，她擔任助理教授的表現很不錯，但是加州理工學院人文社會學部和其他的科系一樣，教員升等的競爭非常激烈。每五年裡，在四、五名助理教授中，只會有一位被升任為副教授，進入終身職的圈子。

陳有為和夏梅萍雖然都很喜歡孩子，但決定延遲生育，等到夏梅萍當了副教授後再考慮。

為了把偌大的一個家添加一些孩子的歡笑，夏梅萍建議去認個乾兒子，陳有為也同意了。

過了兩天，夏梅萍告訴她老公，她看上了一個可愛的小男孩，想要收他當乾兒子，陳有為興奮的說，安排孩子的父母帶著孩子來家吃飯，正式認養。

見面的那天，夏梅萍抱著一個三歲大的小男孩回家：

「老公，快來看我們的乾兒子，好可愛喔！你看他像誰？」

陳有為愣住了，盯著孩子看，雖然只是三歲大，已經看出來是陳有為的模樣，他問：

「孩子的名字叫什麼？」

「楊有惠。」

「他母親在哪？」

「就在你身後。」

一轉身，陳有為就看見莫馨，她和四年前在日本東京分手時的樣子沒有很大的差異，還是那麼的亮麗。

陳有為的思潮洶湧，勉強的出聲：「莫馨，你來了！」

莫馨向前邁出一步就跪倒了，她流著淚說：「陳有為，對不起。我把兒子帶來了。」

夏梅萍把小孩放下，衝過來扶住了莫馨，剛剛會走路的小孩也搖搖晃晃的走來叫著：「媽媽，媽媽。」

「莫姐，快起來吧，別把小孩嚇著了。老公！還不快過來抱抱莫姐。」

陳有為抱住了莫馨，夏梅萍把楊有惠抱起來，四個大人小孩抱成一團，又哭又笑，終於雨過天晴。

莫馨是在證實了她懷孕的時候，接到楊惠書殉職的通知，然後又接到疼愛她的婆婆也走了的訊息。

她靠著宗教和一股堅強意志，為了她一生對陳有為的愛情，她必須要把孩子生下來，養大。

待產期間，停止了《亞洲真相週刊》的外勤工作，專心策劃它未來的發展。莫馨有了創辦新聞媒體企業的想法，首先她將想法和她的閨中好友沈婷討論，得到她熱烈的支持。然後，《亞洲真相週刊》和深圳的《濱海週報》簽訂了長期的深度合作協定，共同發展國際新聞事業的市場。

沈婷被派到台灣工作，成為合作協定的具體內容。在楊有惠滿周歲時，《亞洲真相週刊》宣佈擴大營業，成立了《真相新聞企業》，它是公司方式的機構，面對國際市場。業主是莫馨，但是所有對外事務都是由公司的「執行長」沈婷出面。

很快的，由於先前《亞洲真相週刊》所建立的業績，主要的國際新聞媒體陸續的和第一個亞洲的國際新聞企業建立協議。

莫馨發現她把談戀愛的精力花在事業上，結果驚人。但是莫馨還是無法面對讓她刻骨銘心思念的戀人，通過夏梅萍，她有了陳有為生活上的點點滴滴資訊。

楊有惠一天天的長大，讓莫馨欣喜的是他長得和小時候的陳有為一模一樣，但是讓她擔心的是孩子沒有父親，終究會影響到他的成長。

莫馨找到夏梅萍，建立了「收乾兒子陰謀」，讓父子團圓。

楊有惠每年住在乾爸乾媽家的時間越來越長，漸漸的把「乾爸」，「乾媽」的稱呼縮短為「爸，媽」，去掉了「乾」字。

他一直以為，他生來就有兩個媽媽，一個爸爸，一起疼他。

楊有惠五歲前，莫馨做了一個重要的決定，她決定讓孩子留在美國上幼稚園，其中原因之一是因為加州理工對面就有一間私立學校，從幼稚園到高中，全日上課，並且它是加州最好的學校之一。上學，放學，走過馬路，就能到「乾爸和乾媽」的辦公室。

從此，楊有惠就真正的變成了陳有為和夏梅萍家庭的一份子。

莫馨想到她應該再有一個孩子，她去找小妹夏梅萍商量。莫姐和她的小妹花了很長的時間商量。

莫馨再度來到了巴沙迪納來看兒子，夏梅萍準備了一頓豐盛的晚餐接待她。

飯後，她說：「我需要帶小傢伙去參加他學校的活動，你們先聊聊。」

夏梅萍又說：「喔，莫姐，你說的事，老公都答應了。」

家裡就剩下了陳有為和莫馨，他去倒了兩杯紅酒，然後就挨著莫馨身邊坐下，不等她開口，陳有為又握住了她的兩手：

「你還記得上一次我們握著手坐在一起是什麼時候？」

莫馨說：「那是太久，太久，以前的事了。記不起來了。」

「那你還記得，我們握手以後的事嗎？」

莫馨的臉發紅了，他說：「顯然，你是記得一清二楚。」

陳有為抱住她親吻，莫馨用手抵住，掙扎了一下，但是放棄了。

在他堅持的努力下，她也把嘴張開，讓他佔領，最後她也摟住了陳有為，讓他為所欲為的撫摸。

經過了這些年，莫馨又嘗到了做女人的滋味。

陳有為放開她，她低著頭把衣服整理一下：

「你這是幹什麼？」

「你可能忘記了，這就是男人和女人做愛的前戲，是必要和充分的動作。」

「我跟夏梅萍說，我只是要借用你的精子，做人工受孕。」

「對你，我要做全方位的服務，包括穿刺你，將精子送到目的地。今天是你排卵期的高峰。」

莫馨大聲呼叫：「陳有為，你敢！我已經是佛門裡的人了。」

陳有為說：「莫馨，我愛你。我也曾說過，我對你的愛情是永恆的，它和時間與空間都沒有關係。你也說了，你是同樣的愛我。」

夏梅萍是在第二天的中午前才回家，進門後，她說：「小傢伙玩瘋了，不要回家。他要吃過中飯，大人會送他回來。」

她看著莫馨說：「果然沒錯，一夜的激情，找回了十年的青春。莫姐，你真的年輕漂亮多了。」

夏梅萍接著說：「老公，都搞定了嗎？」

陳有為很靦腆的點點頭，她又繼續說：「青梅竹馬的情人床上功夫還是一流，又讓你爽了。」

莫馨說：「夏梅萍，你沒良心，居然和陳有為聯手算計我，我被他蹂躪了一整晚。」

「莫姐，你最清楚你的初戀男人，你一定要被他徹底的征服，把你玩得死去活來，他才會對你全面的播種。你不是還要一個純種布農族生蕃的孩子嗎？何況你又賺回來十年的青春，你要感謝我老公才對啊！」

「你知道我的心，我只是嘴硬，一生的老毛病。沒有他無怨無悔的愛情，我還能有今天嗎？」

莫馨又開始流淚了，陳有為和夏梅萍兩人一起摟住了她，但是夏梅萍很嚴肅的說：「莫姐，我從認識陳有為的第一天就愛上了他，也感覺到他對你的愛情很不平凡，我很羨慕你。一直到昨天晚上我還不能確定，如果他在我們的床上把你愛得死去活來，我會是如何感覺。今天早上，我才明白，我的感覺正如你看到楊有惠，依偎著我睡了一晚的感覺。我們是一家人。」

夏梅萍停了一下，繼續說：「莫姐，我和陳有為會待在這巴沙迪納小鎮，一輩子做教書人，教育學生，養育我們三人的孩子。而你的輝煌事業需要你走遍天下。我們要你記住，這裡是你的家，陳有為和我，還有我們的孩子永遠的等著你。」

陳有為接著說：「莫馨，讓我們一起看著孩子們長大成人，頂天立地。最後，我們三個人手牽著手，一起老去。」

莫馨已經滿臉淚水，泣不成聲，夏梅萍和陳有為安慰她很久才破涕為笑。夏梅萍說：「莫姐，你不能再等了，一定要懷孕。所以在以後的三天，你要讓他多次的徹底征服你，重複的在你體內全面播種，還要緊緊的包住他，不讓他跑走。」

「你這不是要我的命碼？」

「莫姐，我是擔心你會要了他的命。」

又是春去秋來，一年後，一個漂亮的女娃娃出生了，她的名字是陳萍馨。

莫馨的好友沈婷，請了一桌客人慶祝她的滿月，還請了一位從日本來的特別客人：東京警視廳的警官，明石晴子。

客人們都是陳有為、莫馨和夏梅萍的親密好友，知道他們這個非傳統家庭的來龍去脈，清楚他們之間的關係。

酒足飯飽後，開始了玩笑節目。有人說，今天聚會的特點是有四位純種布農族生蕃在場，但是也有一位日本美女，她身體裡卻有布農族的血液。

大家都注意看著明石晴子，莫馨自告奮勇來解釋。

她說：當年日本佔領台灣時的第七任總督是明石元二郎，他制定了非常嚴酷的理蕃政策，格殺了許多布農族人。

為了復仇，總督家中的一位布農族男僕人，將女主人擺平，讓總督帶了綠帽子。從此，布農族的基因就在明石家族的後代中，代代相傳，也因此產生了像晴子這樣的美女。明石晴子笑著說：

「為了救贖明石家族，我還要當一位布農族生蕃的慰安婦。」

有人好奇的問：「這都是真的嗎？」

莫馨說：「當然，兩位當事人都在場。我相信這位慰安婦除了救贖之外，也是感恩，布農族生蕃的基因讓她這麼美麗。」

在座的人都笑起來。

全書完

高砂復仇

作者：追風人
發行人：陳曉林
出版所：風雲時代出版股份有限公司
地址：10576台北市民生東路五段178號7樓之3
電話：(02) 2756-0949
傳真：(02) 2765-3799
執行主編：劉依慈
美術設計：MOMOCO
行銷企劃：林安莉
業務總監：張瑋鳳

初版日期：2020年4月
版權授權：陳介中
ISBN ：978-986-352-813-5
風雲書網：http://www.eastbooks.com.tw
官方部落格：http://eastbooks.pixnet.net/blog
Facebook：http://www.facebook.com/h7560949
E-mail：h7560949@ms15.hinet.net
劃撥帳號：12043291
戶名：風雲時代出版股份有限公司

風雲發行所：33373桃園市龜山區公西村2鄰復興街304巷96號
電話：(03) 318-1378
傳真：(03) 318-1378
法律顧問：永然法律事務所 李永然律師
北辰著作權事務所 蕭雄淋律師

行政院新聞局局版台業字第3595號 營利事業統一編號22759935

定價：340元

國家圖書館出版品預行編目資料

高砂復仇 ／ 追風人 著. -- 臺北市：風雲時代，
2020.03- 面；公分

ISBN 978-986-352-813-5（平裝）

863.57 109001113